静山社ペガサス文庫

JN108195

ハリー・ポッターと炎（ほのお）のゴブレット〈4-3〉

J.K.ローリング 作　松岡佑子 訳

ハリー・ポッターと炎のゴブレット4-3 もくじ

第26章 第二の課題……7
第27章 パッドフット帰る……55
第28章 クラウチ氏の狂気……99
第29章 夢……153
第30章 ペンシーブ……184
第31章 第三の課題……223

第32章 骨肉そして血……272
第33章 死喰い人……283
第34章 直前呪文……307
第35章 真実薬……324
第36章 決別……359
第37章 始まり……398

ハリー・ポッターと炎のゴブレット4-3 人物紹介

ハリー・ポッター
ホグワーツ魔法魔術学校の四年生。緑の目に黒い髪、額には稲妻形の傷。幼いころに両親を亡くし、マグル(人間)界で育ったので、十一歳になるまで自分が魔法使いであることを知らなかった

バーテミウス・クラウチ
魔法省国際魔法協力部部長。ロンの兄のパーシーが敬愛する上司だが、病気で不在がちに……

イゴール・カルカロフ
ダームストラング校の校長。スネイプと親しいらしい

マダム・マクシーム
ボーバトン校の校長で、ハグリッドに負けず巨大な美女

ビクトール・クラム
クィディッチ・ブルガリア代表のシーカーで、三校対抗試合のダームストラング校代表選手

フラー・デラクール
ボーバトン校代表選手。魔法生物ヴィーラの血を引く美少女

嘆きのマートル
ホグワーツの女子トイレに棲みついているゴースト

ドビー
ハリーが自由を与えた、元屋敷しもべ妖精。マルフォイ家に仕えていた

ウィンキー
クラウチ家の屋敷しもべ妖精だったが、ある事件で解雇された

死喰い人
ヴォルデモート卿に従い、忠誠を誓った魔法使いと魔女の呼び名

ヴォルデモート（例のあの人）
最強の闇の魔法使い。多くの魔法使いや魔女を殺したが、なぜかハリーには呪いが効かなかった

To Peter Rowling
in memory of Mr. Ridley
and to Susan Sladden,
who helped Harry out of his cupboard

ロナルド・リドリー氏の追悼のために、
父、ピーター・ローリングに。
そして、ハリーを物置から引っ張り出してくれた
スーザン・スラドンに

Original Title: HARRY POTTER AND THE GOBLET OF FIRE

First published in Great Britain in 2000
by Bloomsburry Publishing Plc, 50 Bedford Square, London WC1B 3DP

Text © J.K. Rowling 2000

Wizarding World is a trade mark of Warner Bros. Entertainment Inc.
Wizarding World Publishing and Theatrical Rights © J.K. Rowling

Wizarding World characters, names and related indicia are TM and © Warner Bros.
Entertainment Inc. All rights reserved

All characters and events in this publication, other than those
clearly in the public domain, are fictitious and any resemblance
to real persons, living or dead, is purely coincidental.

No part of this publication may be reproduced, stored
in a retrieval system, or transmitted, in any form, or by any means, without
the prior permission in writing of the publisher, nor be otherwise circulated
in any form of binding or cover other than that in which it is published
and without a similar condition including this condition being
imposed on the subsequent purchaser.

Japanese edition first published in 2002
Copyright © Say-zan-sha Publications, Ltd. Tokyo

This book is published in Japan by arrangement with
the author through The Blair Partnership

第26章 第二の課題

「卵の謎はもう解いたって言ったじゃない！」

ハーマイオニーが憤慨した。

「大きな声を出さないで！」

ハリーは不機嫌に言った。

「ちょっと――仕上げが必要なだけなんだから。わかった？」

「呪文学」の授業中、ハリーとロン、ハーマイオニーは、教室の一番後ろに三人だけで机を一つ占領していた。今日は「呼び寄せ呪文」の反対呪文――「追い払い呪文」――を練習することになっていた。いろいろな物体が教室を飛び回ると、始末の悪い事故にならないともかぎらないので、フリットウィック先生は生徒一人にクッション一山を与えて練習させた。理論的には、たとえ目標をそれても、クッションなら誰もけがをしないはずだった。理論は立派だったが、実際はそううまくはいかない。ネビルはけたちがいの的はずれで、そんなつもりでなくとも、クッションより重い物を教室のむこうまで飛ばしてしまった――たとえばフリットウィック先生だ。
「頼むよ。卵のことはちょっと忘れて」
ハリーは小声で言った。ちょうどその時、フリットウィック先生が、あきらめ顔で三人のそばをヒューッと飛び去り、大きなキャビネットの上に着地した。
「スネイプとムーディのことを話そうとしてるんだから……」
私語をするには、このクラスはいい隠れみのだった。みんなおもしろがって、三人のことなど気にもとめていないからだ。ここ半時間ほど、ハリーは昨夜の冒険を少しずつ、ヒソヒソ声で話して聞かせていた。
「スネイプは、ムーディも研究室を捜索したって言ったのかい？」
ロンは興味津々で、目を輝かせてささやいた。同時に、杖を一振りして、クッションを一枚「追い払い」した（クッションは宙を飛び、パーバティの帽子を吹っ飛ばした）。
「どうなんだろう……ムーディは、カルカロフだけじゃなく、スネイプも監視するためにここにいるのかな？」
「ダンブルドアがそれを頼んだかどうかわからない。だけど、ムーディは絶対そうしてるな」
ハリーが上の空で杖を振ったので、クッションが出来そこないの宙返りをして机から落ちた。

「ムーディが言ったけど、ダンブルドアがスネイプをここに置いているのは、やり直すチャンスを与えるためだとか何だとか……」

「何だって？」

ロンが目を丸くした。ロンの次のクッションが回転しながら高々と飛び上がり、シャンデリアにぶつかって跳ね返り、フリットウィック先生の机にドサリと落ちた。

「ハリー……もしかしたら、ムーディはスネイプが君の名前を『炎のゴブレット』に入れたと思ってるんだろう！」

「でもねえ、ロン」

ハーマイオニーがそうじゃないでしょうと首を振りながら言った。

「前にも、スネイプがハリーを殺そうとしてるって思ったことがあったけど、あの時、スネイプはハリーの命を救おうとしてたのよ。覚えてる？」

ハーマイオニーはクッションを「追い払い」した。クッションは教室を横切って飛び、決められた目的地の箱にスポッと着地した。ハリーはハーマイオニーを見ながら考えていた……たしかに、スネイプは一度ハリーの命を救った。しかし、奇妙なことに、スネイプはハリーを毛嫌いしている。学生時代、同窓だったハリーの父親を毛嫌いしていたように。スネイプはハリーを減点処分にするのが大好きだし、罰を与えるチャンスは逃さない。退学処分にすべきだと提案することさえある。

「ムーディが何を言おうが私は気にしないわ」

ハーマイオニーがしゃべり続けた。

「ダンブルドアはばかじゃないもの。ハグリッドやルーピン先生を信用なさったのも正しかった。あの人たちを雇おうとはしない人は山ほどいるけど。だから、ダンブルドアはスネイプについてもまちがってないはずだわ。たとえスネイプが少し――」

「――ワルでも」

ロンがすぐに言葉を引き取った。

「だけどさあ、ハーマイオニー、それならどうして『闇の魔法使い捕獲人』たちが、そろってあいつの研究室を捜索するんだい？」

「クラウチさんはどうして仮病なんか使うのかしら？」

ハーマイオニーはロンの言葉を無視した。

「ちょっと変よね。クリスマス・ダンスパーティには来られないのに、来たいと思えば、真夜中にここに来られるなんて、おかしくない？」

「君はクラウチが嫌いなんだろう？　しもべ妖精のウィンキーのことで」
クッションを窓のほうに吹っ飛ばしながら、ロンが言った。
「あなたこそ、スネイプに難癖をつけたいんじゃない」
クッションをきっちり箱の中へと飛ばしながら、ハーマイオニーが言った。
「僕はただ、スネイプがやり直すチャンスをもらう前に、何をやったのか知りたいんだ」
ハリーが厳しい口調で言った。ハリーのクッションは、自分でも驚いたことに、まっすぐ教室を横切り、ハーマイオニーのクッションの上に見事に着地した。

ホグワーツで何か変わったことがあればすべて知りたいというシリウスの言葉に従い、ハリーはその夜、茶モリフクロウにシリウス宛の手紙を持たせた。クラウチがスネイプの研究室に忍び込んだことや、ムーディとスネイプの会話のことを記した。それからハリーは、自分にとって、より緊急な課題に真剣に取り組んだ。二月二十四日に一時間、どうやって水の中で生き延びるかだ。

ロンはまた「呼び寄せ呪文」を使うというアイデアが気に入っていた――ハリーがアクアラングの説明をすると、ロンは、一番近くのマグルの町から、一式呼び寄せればいいのにと言った。

ハーマイオニーはこの計画をたたきつぶした。一時間の制限時間内でハリーがアクアラングの使い方を習得することはありえないし、たとえそんなことができたにしても、「国際魔法秘密綱領」に触れて失格になるにちがいないというのだ。アクアラング一式がホグワーツ目指して田舎の空をブンブン飛ぶのを、マグルが誰も気づかないだろうと思うのは虫がよすぎる。

「もちろん、理想的な答えは、あなたが潜水艦か何かに変身することでしょうけど」

ハーマイオニーが言った。

「ヒトを変身させるところまで習ってたらよかったのに！　だけど、それは六年生まで待たないといけないし。生半可に知らないことをやったら、とんでもないことになりかねないし……」

「うん、僕も、頭から潜望鏡を生やしたままうろうろするのはうれしくないしね」

ハリーが言った。

「ムーディの目の前で誰かを襲ったら、ムーディが僕を変身させてくれるかもしれないけど……」

「でも、何に変身したいか選ばせてくれるわけじゃないでしょ」

ハーマイオニーは真顔で言った。

「だめよ。やっぱり一番可能性のあるのは、何かの呪文だわね」

そしてハリーは、もう一生図書館を見たくないほどうんざりした気分になりながら、またしてもほこりっぽい本の山に埋もれて、酸素なしでもヒトが生き残れる呪文はないかと探した。ハリーも、ロンも、ハーマイオニーも、昼食時、夜、週末全部を通して探しまくったが――ハリーはマクゴナガル先生に願い出て、禁書の棚を利用する許可までもらったし、怒りっぽい、ハゲタカに似た司書のマダム・ピンスにさえ助けを求めたにもかかわらず――ハリーが水中で一時間生き延びて、それを後々の語り草にすることができるような手段はまったく見つからなかった。

あの胸騒ぎのような恐怖感が、またハリーを悩ませはじめ、授業に集中することができなくなっていた。校庭の景色の一部として、何の気なしに見ていた湖が、教室の窓近くに座るたびにハリーの目を引いた。湖は、今や鋼のように灰色の冷たい水をたたえた巨大な物体に見え、その暗く冷たい水底は、月ほどに遠く感じられた。

ホーンテールとの対決を控えたときと同じく、時間がすべり抜けていった。誰かが時計に魔法をかけ、超特急で進めているかのようだった。二月二十四日まであと一週間（まだ時間はある）……あと五日（もうすぐ何かが見つかるはずだ）……あと三日（お願いだから、何か教えて……お願い……）。

あと二日に迫ったとき、ハリーはまた食欲がなくなりはじめた。月曜の朝食でたった一つよかったのは、シリウスに送った茶モリフクロウが戻ってきたことだった。羊皮紙をもぎ取り、広げると、これまでのシリウスからの手紙の中で一番短いものだった。

返信ふくろう便で、次のホグズミード行きの日を知らせよ。

ハリーはほかに何かないかと、羊皮紙をひっくり返したが、白紙だった。

「来週の週末よ」

ハリーの後ろからメモ書きを読んでいたハーマイオニーがささやいた。

「ほら――私の羽根ペン使って、このふくろうですぐ返事を出しなさいよ」

ハリーはシリウスの手紙の裏に日づけを走り書きし、また茶モリフクロウの脚にそれを結びつけ、ふくろうが再び飛び立つのを見送った。僕は何を期待していたんだろう？　水中で生き残る方法のアドバイスか？　ハリーはスネイプとムーディのことをシリウスに教えるのに夢中で、卵のヒントに触れるのをすっかり忘れていたのだ。

「次のホグズミード行きのこと、シリウスはどうして知りたいのかな？」ロンが言った。

「さあ」

ハリーはのろのろと答えた。茶モリフクロウを見たときに一瞬心にはためいた幸福感が、しぼんでしまった。

「行こうか……『魔法生物飼育学』に」

ハグリッドが「尻尾爆発スクリュート」の埋め合わせをするつもりなのか、スクリュートが二匹しか残っていないせいなのか、それともグラブリー－プランク先生のやることくらい自分にもできると証明したかったのか、ハリーにはわからなかった。しかし、ハグリッドは仕事に復帰してからずっと、ユニコーンの授業を続けていた。ハグリッドが、怪物についてと同じくらいユニコーンにもくわしいことがわかった。ただ、ハグリッドが、ユニコーンに毒牙がないのは残念だ、と思っていることはたしかだった。

今日は、いったいどうやったのか、ハグリッドはユニコーンの赤ちゃんを二頭捕らえていた。成獣とちがい、純粋な金色だ。パーバティとラベンダーは、二頭を見てうれしさのあまりぼうっと恍惚状態になり、パンジー・パーキンソンでさえ、どんなに気に入ったか、感情を隠しきれないでいた。

「大人より見つけやすいぞ」ハグリッドがみんなに教えた。

「二歳ぐれえになると、銀色になるんだ。そんでもって、四歳ぐれえで角が生えるな。すっかり大人になって、七歳ぐれえになるまでは、真っ白にはならねえ。赤ん坊のときは、少しばっかり人なつっこいな……男の子でもあんまりいやがらねえ……ほい、ちょっくら近くに来いや。なでたければなでてええぞ……この砂糖の塊を少しやるとええ……」

「ハリー、大丈夫か？」

みんなが赤ちゃんユニコーンに群がっているとき、ハグリッドは少し脇によけ、声をひそめてハリーに聞いた。

「うん」ハリーが答えた。

「ちょいと心配か？　ん？」ハグリッドが言った。

「ちょっとね」ハリーが答えた。

「ハリー」

ハグリッドは巨大な手でハリーの肩をぽんとたたいた。衝撃でハリーのひざがガクンとなった。

「おまえさんがホーンテールと渡り合うのを見る前は、俺も心配しちょった。だがな、今はわかっちょる。おまえさんはやろうと思ったら何でもできるんだ。俺はまったく心配しちょらんぞ。おまえさんは大丈夫だ。手がかりはわかったんだな？」

ハリーはうなずいた。しかし、うなずきながらも、湖の底で一時間、どうやって生き残るのかわからないのだと、ぶちまけてしまいたい狂おしい衝動にかられた。ハリーはハグリッドを見上げた――もしかしたら、ハグリッドはときどき湖に出かけて、中にいる生物の面倒を見ることがあるのじゃないだろうか？　何しろ、地上の生物は何でも面倒を見るのだから――。

「おまえさんは勝つ」

ハグリッドはうなるように言うと、もう一度ハリーの肩をぽんとたたいた。ハリーはやわらかい地面に数センチめり込むのが自分でもわかった。

「俺にはわかる。感じるんだ。**おまえさんは勝つぞ、ハリー**」

ハグリッドの顔に浮かんだ、幸せそうな確信に満ちた笑顔をぬぐい去ることなんて、ハリーにはとてもできなかった。ハリーはつくろった笑顔を返し、赤ちゃんユニコーンに興味があるふりをして、ユニコーンをなでにみんなのところに近づいていった。

いよいよ第二の課題の前夜、ハリーは悪夢にとらわれたような気分だった。奇跡でも起こって適切な呪文がわかったとしても、一晩で習得するのは大仕事だとハリーは充分認識していた。どうしてこんなことになってしまったのだろう？　もっと早く卵の謎に取り組むべきだったのに。どうして授業を受けるときぼんやりしていたんだろう？――先生が水中で呼吸する方法をどこかで話していたかもしれないのに。

夕陽が落ちてからも、ハリー、ロン、ハーマイオニーは、図書館で互いに姿が見えないほどずたかく机に本を積み、憑かれたように呪文のページをめくり続けていた。「水」という字が見つかるたびに、ハリーの心臓は大きく飛び上がったが、たいていはこんな文章だった。「二パイントの水に、刻んだマンドレイクの葉半ポンド、さらにイモリ……」

「不可能なんじゃないかな」

机のむこう側から、ロンの投げやりな声がした。

「何にもない。なーんにも。一番近いのでも、水たまりや池を干上がらせる『旱魃の呪文』だ。だけど、あの湖を干上がらせるには弱過ぎて問題にならないよ」

「何かあるはずよ」

ハーマイオニーはろうそくを引き寄せながらつぶやいた。ハーマイオニーは、つかれきった目をして、『忘れ去られた古い魔法と呪文』の細かい文字を、ページに鼻をくっつけるようにして、詳細に読んでいた。

「不可能な課題が出されるはずはないんだから」

「出されたね」ロンが言った。

「ハリー、あしたはとにかく湖に行け。いいか。頭を突っ込んで、水中人に向かって叫べ。何だか知らないけど、ちょろまかしたものを返せって。やつらが投げ返してくるかどうか様子を見よう。それっきゃないぜ、相棒」

「何か方法はあるの！」

ハーマイオニーが不機嫌な声を出した。

「何かあるはずなの！」

この問題に関して、図書館に役立つ情報がないのは、ハーマイオニーにとって、自分が侮辱されたような気になるらしい。これまで図書館で見つからないことなどなかったのだ。

「僕、どうするべきだったのか、わかったよ」

『トリック好きのためのおいしいトリック』の上に突っ伏して休けいしながら、ハリーが言った。

「僕、シリウスみたいに、『動物もどき』になる方法を習えばよかった」

「うん。好きなときに金魚になれたろうに」ロンが言った。

「それともカエルだ」ハリーがあくびした。つかれきっていた。

「『動物もどき』になるには何年もかかるのよ。それから登録やら何やらしなきゃならないし」

ハーマイオニーもぼうっとしていた。今度は『奇妙な魔法のジレンマとその解決法』の索引に目を凝らしている。

「マクゴナガル先生がおっしゃったわ。覚えてるでしょ……魔法不適正使用取締局に登録しなければならないって……どういう動物に変身するかとか、特徴とか。濫用できないように……」
「ハーマイオニー、僕、冗談で言ったんだよ」
ハリーがつかれた声で言った。
「あしたの朝までにカエルになるチャンスがないことぐらい、わかってる……」
「ああ、これは役に立たないわ」
ハーマイオニーは『奇妙な魔法のジレンマとその解決法』をパタンと閉じながら言った。
「鼻毛を伸ばして小さな輪を作る、ですって。どこのどなたがそんなことしたがるっていうの？」
「俺、やってもいいよ」
フレッド・ウィーズリーの声がした。
「話の種になるじゃないか」
ハリー、ロン、ハーマイオニーが顔を上げると、どこかの本棚の陰からフレッドとジョージが現れた。
「こんなところで、二人で何してるんだ？」ロンが聞いた。
「おまえたちを探してたのさ」ジョージが言った。

「マクゴナガルが呼んでるぞ、ロン。ハーマイオニー、君もだ」
「どうして？」ハーマイオニーは驚いた。
「知らん……少し深刻な顔してたけど」フレッドが言った。
「俺たちが、二人をマクゴナガルの部屋に連れていくことになってる」
ジョージが言った。
ロンとハーマイオニーはハリーを見つめた。ハリーは胃袋が落ち込むような気がした。マクゴナガル先生は、ロンとハーマイオニーを叱るのだろうか？　どうやって課題をこなすかは、僕一人で考えなければならないのに、二人がどんなにたくさん手伝ってくれているかに気づいたのだろうか？
「談話室で会いましょう」
ハーマイオニーはハリーにそう言うと、ロンと一緒に席を立った――二人ともとても心配そうだった。
「ここにある本、できるだけたくさん持ち帰ってね。いい？」
「わかった」ハリーも不安だった。
八時になると、マダム・ピンスがランプを全部消し、ハリーを巧みに図書館から追い出した。

本を持ってるだけ持って、重みでよろけながら、ハリーはグリフィンドールの談話室に戻った。テーブルを片隅に引っ張ってきて、ハリーはさらに調べ続けた。『突飛な魔法戦士のための突飛な魔法』には何もない……『中世の魔術ガイドブック』もダメ……『十八世紀の呪文選集』には水中での武勇伝は皆無だ……『深い水底の不可解な住人』も、『気づかず持ってるあなたの力、気づいた今はどう使う』にも何もない。

クルックシャンクスがハリーのひざに乗って丸くなり、低い声でのどを鳴らした。談話室のハリーの周りは、だんだん人がいなくなった。みんな、あしたはがんばれと、ハグリッドと同じように明るい、信じきった声で応援して出ていった。みんながみんな、第一の課題で見せたと同じ、目の覚めるような技をハリーがくり出してくれるのだろうと、信じきっているようだ。ハリーは声援を受けても応えられなかった。ゴルフボールがのどに詰まったかのように、ただこっくりするだけだった。あと十分で真夜中というとき、談話室はハリーとクルックシャンクスだけになった。持ってきた本は全部調べた。しかし、ロンとハーマイオニーは戻ってきていない。

おしまいだ。ハリーは自分に言い聞かせた。できない。明日の朝、湖まで行って、審査員にそう言うほかない……。

ハリーは、課題ができませんと審査員に説明している自分の姿を想像した。バグマンが目を丸くして驚く顔が浮かぶ。カルカロフは、満足げに黄色い歯を見せてほくそ笑む。フラー・デラクールの声が聞こえるようだ。「わたし、わかってまーした……あのいと、若過ぎまーす。あのいと、まだ小さな子供でーす」。マルフォイが観客席の最前列で、「**汚いぞ、ポッター**」バッジをチカチカ光らせているのが見える。ハグリッドが、信じられないという顔で、打ちしおれている……。

クルックシャンクスがひざに乗っていることを忘れ、ハリーは突然立ち上がった。クルックシャンクスは怒ってシャーッと鳴きながら床に落ち、フンという目でハリーをにらみ、瓶洗いブラシのようなしっぽをピンと立てて、悠々と立ち去った。しかし、ハリーはもう寝室へのらせん階段をかけ上がっていた……早く「透明マント」を取って、図書館に戻るんだ。徹夜でも何でもやってやる……。

「ルーモス！　光よ！」

十五分後、ハリーは図書館の戸を開いていた。

杖灯りを頼りに、ハリーは本棚から本棚へと忍び足で歩き、本を引っ張り出した――呪いの本、呪文の本、水中人や水中怪獣の本、有名魔女・魔法使いの本、魔法発明の本、とにかく、一言でも水中でのサバイバルに触れていれば何でもよかった。ハリーは全部の本を机に運び、調べにかかった。細い杖灯りの下で、ときどき腕時計を見ながら、探しに探した……。
午前一時……午前二時……同じ言葉を、何度も何度も自分に言い聞かせて、ハリーは調べ続けた。次の本にこそ……次こそ……次こそ……。

監督生の浴室にかかった人魚の絵が、岩の上で笑っている。そのすぐそばの泡だらけの水面に、ハリーはコルクのようにプカプカ浮かんでいる。人魚がファイアボルトをハリーの頭上にかざした。

「ここまでおいで！」
人魚は意地悪くクスクス笑った。
「さあ、飛び上がるのよ！」
「僕、できない」
ファイアボルトを取り戻そうと空を引っかき、沈むまいともがきながら、ハリーはあえいだ。
「返して！」
しかし、人魚は、ハリーに向かって笑いながら、箒の先でハリーの脇腹を痛いほどつっついただけだった。

「痛いよ――やめて――アイタッ――」
「ハリー・ポッターは起きなくてはなりません！」
「つっつくのはやめて――」
「ドビーはハリー・ポッターをつっつかないといけません。ハリー・ポッターは目を覚まさなくてはいけません！」
ハリーは目を開けた。まだ図書館の中だった。寝ている間に、透明マントが頭からずり落ち、ハリーは『杖あるところに道は開ける』の本のページにべったりほおをつけていた。ハリーは体を起こし、めがねをかけなおし、まぶしい陽の光に目をパチパチさせた。
「ハリー・ポッターは急がないといけません！」
ドビーがキーキー声で言った。
「あと十分で第二の課題が始まります。そして、ハリー・ポッターは――」
「十分？」ハリーの声がかすれた。
「じっ――十分？」
ハリーは腕時計を見た。ドビーの言うとおりだ。九時二十分すぎ。ハリーの胸から胃へと、重苦しい大きなものがズーンと落ちていくようだった。

「急ぐのです。ハリー・ポッター！」
ドビーはハリーのそでを引っ張りながら、キーキー叫んだ。
「ほかの代表選手と一緒に、湖のそばにいなければならないのです！」
「もう遅いんだ、ドビー」
ハリーは絶望的な声を出した。
「僕、第二の課題はやらない。どうやっていいか僕には――」
「ハリー・ポッターは、その課題をやります！」
妖精がキーキー言った。
「ドビーは、ハリー・ポッターが正しい本を見つけられなかったことを、知っていました。それで、ドビーは、かわりに見つけました！」
「えっ？　だけど、君は第二の課題が何かを知らない――」ハリーが言った。
「ドビーは知っております！　ハリー・ポッターは、湖に入って、探さなければなりません。あなた様のウィージーを――」
「僕の、何だって？」
「――そして、水中人からあなた様のウィージーを取り戻すのです！」

「ウィージーって何だい？」
「あなた様のウィージーでございます。ウィージー――ドビーにセーターをくださったウィージーでございます！」
ドビーはショートパンツの上に着ている縮んだ栗色のセーターをつまんでみせた。
「何だって？」
ハリーは息をのんだ。
「水中人が取っていったのは……取っていったのは、ロン？」
「ハリー・ポッターが一番失いたくないものでございます！」
ドビーがキーキー言った。
「そして、一時間過ぎると――」
「――『もはや望みはありえない』」
ハリーは恐怖に打ちのめされ、目を見張って妖精を見ながら、あの歌をくり返した。
「『遅すぎたなら　そのものは　もはや二度とは戻らない……』ドビー――僕、何をすればいいんだろう？」
「あなた様は、これを食べるのです」

妖精はキーキー言って、ショートパンツのポケットに手を突っ込み、ネズミのしっぽを団子にしたような、灰緑色のぬるぬるしたものを取り出した。

「湖に入るすぐ前にでございます――ギリウィード、エラ昆布です！」

「何するもの？」ハリーはエラ昆布を見つめた。

「これは、ハリー・ポッターが水中で息ができるようにするのです！」

「ドビー」ハリーは必死だった。「ね――ほんとにそうなの？」

以前にドビーがハリーを「助けよう」としたとき、結局右腕が骨抜きになってしまったことを、ハリーは完全に忘れるわけにはいかなかった。

「ドビーは、ほんとにほんとでございます！」

妖精は大真面目だった。

「ドビーは耳利きでございます。ドビーは屋敷妖精でございます。火をおこし、床にモップをかけ、ドビーは城の隅々まで行くのでございます。ドビーはマクゴナガル先生とムーディ先生が、職員室で次の課題を話しているのを耳にしたのでございます……ドビーはハリー・ポッターにウィージーを失わせるわけにはいかないのでございます！」

ハリーの疑いは消えた。ハリーは勢いよく立ち上がり、透明マントを脱いでかばんに丸めて入れ、エラ昆布をつかんでポケットに突っ込み、飛ぶように図書館を出た。ドビーがすぐあとについて出た。

「ドビーは厨房に戻らなければならないのでございます！」

二人でワッと廊下に飛び出したとき、ドビーがキーキー言った。

「ドビーがいないことに気づかれてしまいますから――がんばって、ハリー・ポッター、どうぞ、がんばって！」

「あとでね、ドビー！」

そう叫ぶと、ハリーは全速力で廊下をかけ抜け、階段を三段飛ばしで下りた。

玄関ホールにはまだ数人まごまごしていた。みんな大広間での朝食を終え、樫の両開き扉を通って第二の課題を観戦しに出かけるところだった。ハリーがそのそばを矢のようにかけ抜け、石段を飛び下りる勢いでコリンとデニス・クリービーを宙に舞い上げ、まばゆい、肌寒い校庭にダッシュしていくのを、みんなあっけに取られて見ていた。

芝生を踏んでかけ下りながら、ハリーは、十一月にはドラゴンの囲い地の周りに作られていた観客席が、今度は湖の反対側の岸辺に沿って築かれているのを見た。何段にも組み上げられたスタンドは超満員で、下の湖に影を映していた。大観衆の興奮したガヤガヤ声が、湖面を渡って不思議に反響するのを聞きながら、ハリーは全速力で湖の反対側に走り込み、審査員席に近づいた。水際に金色の垂れ布で覆われたテーブルが置かれ、審査員が着席していた。セドリック、フラー、クラムが審査員席のそばで、ハリーが疾走してくるのを見ていた。

「到着……しました……」

ハリーは泥に足を取られながら急停止し、はずみでフラーのローブに泥をはねてしまった。

「いったい、どこに行ってたんだ？」

いばった、非難がましい声がした。

「課題がまもなく始まるというのに！」

ハリーはきょろきょろ見回した。審査員席に、パーシー・ウィーズリーが座っていた――クラウチ氏はまたしても出席していない。

「まあまあ、パーシー！」

ルード・バグマンだ。ハリーを見て心底ホッとした様子だった。

「息ぐらいつかせてやれ！」

ダンブルドアはハリーにほほ笑みかけたが、カルカロフとマダム・マクシームは、ハリーの到着をまったく喜んでいなかった……ハリーはもう来ないだろうと思っていたことが、表情からはっきり読み取れた。

ハリーは両手をひざに置き、前かがみになってゼイゼイと息を切らしていた。ろっ骨にナイフを差し込まれたかのように、脇腹がキリキリ痛んだ。しかし、治まるまで待っている時間はない。ルード・バグマンが代表選手の中を動き回り、湖の岸に沿って、三メートル間隔に選手を立たせた。ハリーは一番端で、クラムの隣だった。クラムは水泳パンツをはき、すでに杖を構えていた。

「大丈夫か？　ハリー？」

ハリーをクラムの三メートル隣からさらに数十センチ離して立たせながら、バグマンがささやいた。

「何をすべきか、わかってるね？」

「ええ」ハリーは胸をさすり、あえぎながら言った。

バグマンはハリーの肩をギュッと握り、審査員席に戻った。そして、ワールドカップのときと同じように、杖を自分ののどに向け、「ソノーラス！　響け！」と言った。バグマンの声が暗い水面を渡り、スタンドにとどろいた。

「さて、全選手の準備ができました。第二の課題は私のホイッスルを合図に始まります。選手たちは、きっちり一時間のうちに奪われたものを取り返します。では、三つ数えます。いーち……にー……さん！」

ホイッスルが冷たく静かな空気に鋭く鳴り響いた。スタンドは拍手と歓声でどよめいた。ほかの代表選手が何をしているかなど見もせずに、ハリーは靴と靴下を脱ぎ、エラ昆布を一つかみポケットから取り出し、口に押し込み、湖に入っていった。

水は冷たく、氷水というより、両足の肌をジリジリ焼く火のように感じられた。だんだん深みへと歩いていくと、水を吸ったローブの重みで、ハリーは下に下にと引っ張られた。もう水はひざまで来た。足はどんどん感覚がなくなり、泥砂やぬるぬるする平たい石ですべった。ハリーはエラ昆布をできるだけ急いで、しっかりかんだ。ぬるっとしたゴムのようないやな感触で、タコの足のようだった。凍るような水が腰の高さに来たとき、ハリーは立ち止まって、エラ昆布を飲み込み、何かが起こるのを待った。

観衆の笑い声が聞こえた。何の魔力を表す気配もなく湖の中をただ歩いている姿は、きっとばかみたいに見えるのだろうと、ハリーはわかっていた。まだぬれていない皮膚には鳥肌が立ち、氷のような水に半身を浸し、情け容赦ない風に髪を逆立て、ハリーは激しく震えだした。ハリーはスタンドを見ないようにした。笑い声がますます大きくなった。スリザリン生が口笛を吹いたり、やじったりしている……。

その時、まったく突然、ハリーは、見えない枕を口と鼻に押しつけられたような気がした。息をしようとすると、頭がくらくらする。肺がからっぽだ。そして、急に首の両脇に刺すような痛みを感じた――。

ハリーは両手でのどを押さえた。すると、耳のすぐ下の大きな裂け目に手が触れた。冷たい空気の中で、パクパクしている……**エラがある**。何のためらいもなくハリーは、これしかない、という行動をとった――水に飛び込んだのだ。

ガブリと最初の一口、氷のような湖の水は、命の水のように感じられた。頭のくらくらが止まった。もう一口大きくガブリと飲んだ。水がエラをなめらかに通り抜け、脳に酸素を送り込むのを感じた。ハリーは両手を突き出して見つめた。水の中では緑色で半透明に見える。それに、水かきができている。身をよじってむき出しの足を見た――足は細長く伸びて、やはり指の間に水かきがあった。まるで、鰭足が生えたようだった。

水も、もう氷のようではない……それどころか、冷たさが心地よく、とても軽かった……ハリーはもう一度水をけってみた。鰭足が推進力になり、驚くほど速く、遠くまで動ける。それに、なんてはっきり見えるんだろう。もう瞬きをする必要もない。たちまち湖の岸からずっと離れ、もう湖底が見えないほど深いところに来ていた。ハリーは身をひるがえし、頭を下にして湖深くもぐっていった。

見たこともない暗い、霧のかかったような景色を下に見ながら、ハリーは泳ぎ続けた。静寂が鼓膜を押した。視界は周辺の二、三メートルなので、前へ前へと泳いでいくと、突然新しい景色が前方の闇からぬっと姿を現した。もつれ合った黒い水草がゆらゆら揺れる森、泥の中に鈍い光を放つ石が点々と転がる広い平原。ハリーは深みへ深みへと、湖の中心に向かって泳いだ。周囲の不可思議な灰色に光る水を透かして、目を大きく見開き、前方の半透明の水に映る黒い影を見つめながら、ハリーは進んだ。

小さな魚が、ハリーの脇を銀のダーツのようにキラッキラッと通り過ぎていった。一、二度、行く手に何かやや大きいものが動いたように思ったが、近づくと、単に黒くなった大きな水中木だったり、水草の密生したしげみだったりした。ほかの選手の姿も、水中人もロンも、まったくその気配がない――それに、ありがたいことに、大イカの影もない。

淡い緑色の水草が、目の届くかぎり先まで広がっている。一メートル弱の高さに伸び、草ぼうぼうの牧草地のようだった。薄暗がりの中を何か形のあるものを見つけようと、ハリーは瞬きもせずに前方を見つめ続けた……すると、突如、何かがハリーのくるぶしをつかんだ。

ハリーは体をひねって足下を見た。グリンデロー、水魔だ。小さな、角のある魔物で、水草の中から顔を出し、長い指でハリーの足をがっちりつかみ、とがった歯をむき出している――ハリーは水かきのついた手を急いでローブに突っ込み、杖を探った――やっと杖をつかんだときには、水魔があと二匹、水草の中から現れて、ハリーのローブをギュッと握り、ハリーを引きずり込もうとしていた。

「レラシオ！　放せ！」

ハリーは叫んだ。ただ、音は出てこない……大きな泡が一つ口から出てきた。杖からは、水魔目がけて火花が飛ぶかわりに、熱湯のようなものを噴射して水魔を連打した。水魔に当たると、緑の皮膚に赤いはん点ができた。ハリーは水魔に握られていた足を引っ張って振りほどき、ときどき、肩越しに、熱湯を当てずっぽうに噴射しながら、できるだけ速く泳いだ。何度か水魔がまた足をつかむのを感じたが、ハリーは思いきりけとばした。角のある頭が足に触れたような気がして振り返ると、気絶した水魔が、白目をむいて流されていくところだった。仲間の水魔はハリーに向かって拳を振り上げながら、再び水草の中にもぐっていった。

ハリーは少しスピードを落とし、杖をローブにすべり込ませ、周りを見回して再び耳を澄ました。水の中で一回転すると、静寂が前にも増して強く鼓膜を押した。今はもう、湖のずいぶん深いところにいるにちがいない。しかし、揺れる水草以外に動くものは何もなかった。

「うまくいってる？」

ハリーは心臓が止まるかと思った。くるりと振り返ると、「嘆きのマートル」だった。ハリーの目の前に、ぼんやりと浮かび、分厚い半透明のめがねのむこうからハリーを見つめている。

「マートル！」

ハリーは叫ぼうとした――しかし、またしても、口から出たのは大きな泡一つだった。嘆きのマートルは声を出してクスクス笑った。

「あっちを探してみなさいよ！」

マートルは指差しながら言った。

「わたしは一緒に行かないわ……あの連中はあんまり好きじゃないんだ。わたしがあんまり近づくと、いっつも追いかけてくるのよね……」

ハリーは感謝の気持ちを表すのに親指を上げるしぐさをして、また泳ぎだした。水草にひそむ水魔にまた捕まったりしないよう、今度は水草より少し高いところを泳ぐように気をつけた。

かれこれ二十分も泳ぎ続けたろうか。ハリーは、黒い泥地が広々と続く場所を通り過ぎていた。水をかくたびに黒い泥が巻き上がり、あたりがにごった。そして、ついに、あの耳について離れない、水中人の歌が聞こえてきた。

探す時間は　一時間
取り返すべし　大切なもの……

ハリーは急いだ。まもなく、前方の泥でにごった水の中に、大きな岩が見えてきた。岩には水中人の絵が描いてあった。槍を手に、巨大イカのようなものを追っている。ハリーは水中人歌を追って、岩を通り過ぎた。

……時間は半分　ぐずぐずするな
求めるものが　くちはてぬよう……

藻に覆われたあらけずりの石の住居の群れが、薄暗がりの中から突然姿を現した。あちこちの暗い窓からのぞいている顔、顔……監督生の浴室にあった人魚の絵とは似ても似つかぬ顔が見えた。

水中人の肌は灰色味を帯び、ぼうぼうとした長い暗緑色の髪をしていた。目は黄色く、あちこち欠けた歯も黄色だった。首には丸石をつなげたロープを巻きつけていた。ハリーが泳いでいくのを、みんな横目で見送った。一人、二人は、力強い尾鰭で水を打ち、槍を手に洞窟から出てきて、ハリーをもっとよく見ようとした。

ハリーは目を凝らしてあたりを見ながら、スピードを上げた。まもなく穴居の数がもっと多くなった。家の周りに水草の庭があるところもあるし、ドアの外に水魔をペットにして杭につないでいるところさえあった。今や水中人が四方八方から近づいてきて、ハリーをしげしげ眺め、水かきのある手やエラを指差しては、口元を手で隠してヒソヒソ話をしていた。ハリーが急いで角を曲がると、不思議な光景が目に入った。

水中人村のお祭り広場のようなところを囲んで家が立ち並び、大勢の水中人がたむろしていた。その真ん中で、水中人コーラス隊が歌い、代表選手を呼び寄せている。その後ろに、あらけずりの石像が立っていた。大岩をけずった巨大な水中人の像だ。その像の尾の部分に、四人の人間がしっかり縛りつけられていた。

ロンはチョウ・チャンとハーマイオニーの間に縛られている。もう一人の女の子はせいぜい八歳ぐらいで、銀色の豊かな髪から、ハリーはフラー・デラクールの妹にちがいないと思った。四人ともぐっすり眠り込んでいるようだった。頭をだらりと肩にもたせかけ、口から細かい泡をプクプク立ち昇らせている。

ハリーは人質のほうへと急いだ。水中人が槍をかまえてハリーを襲うのではないかと半ば覚悟していたが、何もしない。人質を巨像に縛りつけている水草のロープは、太く、ぬるぬるで、強靭だった。一瞬、ハリーは、シリウスがクリスマスにくれたナイフのことを思った――遠く離れたホグワーツ城のトランクに鍵をかけてしまってある。今は何の役にも立たない。

ハリーはあたりを見回した。周りの水中人の多くが槍を抱えている。ハリーは身の丈二メートル豊かの水中人のところに急いで泳いでいった。長い緑のあごひげをたくわえ、サメの歯をつないで首にかけている。ハリーは手まねで槍を貸してくれと頼んだ。水中人は声を上げて笑い、首を横に振った。

「我らは助けはせぬ」

厳しい、しわがれた声だ。

「**お願いだ！**」

ハリーは強い口調で言った（しかし、口から出るのは泡ばかりだった）。槍を引っ張って、水中人の手から奪い取ろうとしたが、水中人はぐいと引いて、首を振りながらまだ笑っていた。

ハリーはぐるぐる回りながら、目を凝らしてあたりを見た。何かとがった物はないか……何かないか……。

湖底には石が散乱していた。ハリーはもぐって一番ギザギザした石を拾い、石像のところへ戻った。ロンを縛りつけているロープに石を打ちつけ、数分間の苦労の末、ロープをたたき切った。ロンは気を失ったまま、湖底から十数センチのところに浮かび、水の流れに乗ってゆらゆら漂っていた。

ハリーはきょろきょろあたりを見回した。ほかの代表選手が来る気配がない。何をもたもたしてるんだ？　どうして早く来ない？　ハリーはハーマイオニーのほうに向きなおり、同じ石で縄目をたたき切りはじめた――。

たちまち屈強な灰色の手が数本、ハリーを押さえた。五、六人の水中人が、緑の髪を振り立て、声を上げて笑いながら、ハリーをハーマイオニーから引き離そうとしていた。

「自分の人質だけを連れていけ」

一人が言った。

「ほかの者は放っておけ……」

「それは、できない！」

ハリーが激しい口調で言った――しかし、大きな泡が二つ出てきただけだった。

「おまえの課題は、自分の友人を取り返すことだ……ほかにかまうな……」

「この子も僕の友達だ！」

ハーマイオニーを指差して、ハリーが叫んだ。巨大な銀色の泡が一つ、音もなくハリーの唇から現れた。

「それに、ほかの子たちも死なせるわけにはいかない！」

チョウは、ハーマイオニーの肩に頭をもたせかけていた。銀色の髪の小さな女の子は、透きとおった真っ青な顔をしている。ハリーは水中人を振り払おうともがいたが、水中人はますます大声で笑いながら、ハリーを押さえつけた。ハリーは必死にあたりを見回した。いったいほかの選手はどうしたんだ？　ロンを湖面まで連れていってから、戻ってハーマイオニーやほかの人質を助ける時間はあるだろうか？　戻ったときにまた人質を見つけることができるだろうか？　ハリーはあとどのくらい時間が残っているか、腕時計を見た――止まっている。

しかし、その時、水中人が興奮してハリーの頭上を指差した。見上げると、セドリックがこちらへ泳いでくる。頭の周りに大きな泡がついている。セドリックの顔は、その中で奇妙に横に広がって見えた。

「道に迷ったんだ」
パニック状態のセドリックの口が、そう言っている。
「フラーもクラムも今来る！」
ハリーはホッとして、セドリックがナイフをポケットから取り出し、チョウの縄を切るのを見ていた。セドリックはチョウを引っ張り上げ、姿を消した。
ハリーはあたりを見回しながら、待っていた。フラーとクラムはどこだろう？　時間は残り少なくなっている。歌によれば、一時間たつと人質は永久に失われてしまう……。
水中人たちが興奮してギャーギャー騒ぎだした。ハリーを押さえていた手がゆるみ、水中人が振り返って背後を見つめた。ハリーも振り返って見ると、水を切り裂くように近づいてくる怪物のようなものが見えた。水泳パンツをはいた胴体にサメの頭……クラムだ。変身したらしい——ただし、やりそこないだ。
サメ男はまっすぐにハーマイオニーのところに来て、縄にかみつき、かみ切りはじめた。残念ながら、クラムの新しい歯は、イルカより小さいものをかみ切るのには、非常に不便な歯並びだった。注意しないと、まちがいなく、ハーマイオニーを真っ二つにかみ切ってしまう。ハリーは飛び出して、クラムの肩を強くたたき、持っていたギザギザの石を差し出した。クラムはそれをつかみ、ハーマイオニーの縄を切りはじめた。数秒で切り終えると、クラムはハーマイオニーの腰のあたりをむんずと抱え、ちらりとも振り向かず、湖面目指して急速浮上していった。

さあどうする？　ハリーは必死だった。フラーが来ると確信できるなら……しかし、そんな気配はまだない。もうどうしようもない……。

ハリーはクラムが捨てていった石を拾い上げた。しかし、今度は水中人が、ロンと少女を取り囲み、ハリーに向かって首を横に振った。

ハリーは杖を取り出した。

「じゃまするな！」

ハリーの口からは泡しか出てこなかったが、ハリーは手応えを感じた。水中人は自分の言っていることがわかったらしい。急に笑うのをやめたからだ。黄色い目がハリーの杖にくぎづけになり、怖がっているように見えた。水中人の数は、たった一人のハリーよりはるかに多い。しかし、水中人の表情から、ハリーは、この人たちが魔法については大イカと同じ程度の知識しかないのだとわかった。

「三つ数えるまで待ってやる！」

ハリーが叫んだ。ハリーの口から、ブクブクと泡が噴き出した。それでも、ハリーは指を三本立て、水中人に言いたいことをまちがいなく伝えようとした。
「ひとーつ……」（ハリーは指を一本折った）――。
「ふたーつ……」（二本折った）――。
水中人が散り散りになった。ハリーはすかさず飛び込んで、少女を石像に縛りつけている縄をたたき切りはじめた。ついに少女は自由になった。ハリーは少女の腰のあたりを抱え、ロンのローブのえり首をつかみ、湖底をけった。
何とものろのろとした作業だった。もう水かきのある手を使って前に進むことはできない。ハリーは鰭足を激しくばたつかせた。しかし、ロンとフラーの妹は、ジャガイモをいっぱいに詰め込んだ袋のように重く、ハリーを引きずり下ろした……。湖面までの水は暗く、まだかなり深いところにいることはわかっていたが、ハリーはしっかりと天を見つめていた。
水中人がハリーと一緒に上がってきた。ハリーが水と悪戦苦闘するのを眺めながら、周りを楽々泳ぎ回っているのが見えた……。時間切れになったら、水中人はハリーを湖深く引き戻すのだろうか？　水中人はヒトを食うんだっけ？　泳ぎつかれて、足がつりそうだった。ロンと少女を引っ張り上げようとしているので、肩も激しく痛んだ……。
息が苦しくなってきた。首の両脇に、再び痛みを感じた……口の中で、水が重たくなったのが、はっきりわかった……闇は確実に薄らいできた……上に陽の光が見えた……。

ハリーは鰭足で強くけった。しかし、足はもう普通の足だった……水が口に、そして肺にどっと流れ込んできた……目がくらむ。でも、光と空気はほんの三メートル上にある……たどり着くんだ……たどり着かなければ……。

ハリーは両足を思いきり強く、速くばたつかせて水をけった。筋肉が抵抗の悲鳴を上げているような感じがした。頭の中が水浸しだ。息ができない。酸素が欲しい。やめることはできない。やめてたまるか——。

その時、頭が水面を突き破るのを感じた。すばらしい、冷たい、澄んだ空気が、ハリーのぬれた顔をチクチクと刺すようだった。ハリーは思いっきり空気を吸い込んだ。これまで一度もちゃんと息を吸ったことがなかったような気がした。そして、あえぎあえぎ、ハリーはロンと少女を引き上げた。ハリーの周りをぐるりと囲んで、ぼうぼうとした緑の髪の頭が、いっせいに水面に現れた。みんなハリーに笑いかけている。

スタンドの観衆が大騒ぎしていた。叫んだり、悲鳴を上げたり、総立ちになっているようだ。みんな、ロンと少女が死んだと思っているのだろうと、ハリーは思った。みんなまちがっている……二人とも目を開けた。少女は混乱して怖がっていたが、ロンはピューッと水を吐き出し、明るい陽射しに目をパチクリさせ、ハリーのほうを見て言った。
「びしょびしょだな、こりゃ」
たったそれだけだ。それからフラーの妹に目をとめ、ロンが言った。
「何のためにこの子を連れてきたんだい？」
「フラーが現れなかったんだ。僕、この子を残しておけなかった」
ハリーがゼイゼイ言った。
「ハリー、ドジだな」ロンが言った。
「あの歌を真に受けたのか？　ダンブルドアが僕たちをおぼれさせるわけないだろ！」
「だけど、歌が――」
「制限時間内に君がまちがいなく戻れるように歌ってただけなんだ！」
ロンが言った。
「英雄気取りで、湖の底で時間をむだにしたんじゃないだろうな」
ハリーは自分のばかさかげんとロンの言い方の両方にいや気がさした。ロンはそれでいいだろう。君はずっと眠っていたんだから。やすやすと人を殺めそうな、槍を持った水中人に取り囲まれて、湖の底でどんなに不気味な思いをしたか、君は知らずにすんだのだから。

「行こう」

ハリーはぽつんと言った。

「この子を連れてゆくのを手伝って。あんまり泳げないようだから」

フラーの妹を引っ張り、二人は岸へと泳いだ。岸辺には審査員が立って眺めている。二十人の水中人が、護衛兵のようにハリーとロンに付き添い、恐ろしい悲鳴のような歌を歌っていた。

マダム・ポンフリーが、せかせかと、ハーマイオニー、クラム、セドリック、チョウの世話をしているのが見えた。みんな厚い毛布にくるまっている。ダンブルドアとルード・バグマンが岸辺に立ち、近づいてくるハリーとロンにニッコリ笑いかけていた。しかし、パーシーは蒼白な顔で、なぜかいつもよりずっと幼く見えた。パーシーが水しぶきを上げて二人にかけ寄った。マダム・マクシームは、湖に戻ろうと半狂乱で必死にもがいているフラー・デラクールを抑えようとしていた。

「ガブリエル！　ガブリエル！　あの子は生きているの？　けがしてないの？」

「大丈夫だよ！」

ハリーはそう伝えようとした。しかし、疲労こんぱいで、ほとんど口をきくこともできない。ましてや大声を出すことはできなかった。

パーシーはロンをつかみ、岸まで引っ張っていこうとした（「放せよ、パーシー。僕、何ともないんだから！」）。ダンブルドアとバグマンがハリーに手を貸して立たせた。フラーはマダム・マクシームの制止を振りきって、妹をしっかり抱きしめた。

「水魔なの……わたし、襲われて……ああ、ガブリエル、もうだめかと……だめかと……」

「こっちへ。ほら」

マダム・ポンフリーの声がした。ハリーを捕まえると、マダム・ポンフリーは、ハーマイオニーやほかの人がいるところにハリーを引っ張ってきて、毛布にくるんだ。あまりにきっちりくるまれて、ハリーは身動きができなかった。熱い煎じ薬を一杯、のどに流し込まれると、ハリーの耳から湯気が噴き出した。

「よくやったわ、ハリー！」

ハーマイオニーが叫んだ。

「できたのね。自分一人でやり方を見つけたのね！」

「えーと――」

ハリーは口ごもった。ドビーのことを話すつもりだった。しかし、その時、カルカロフがハリーを見つめているのに気づいた。カルカロフはただ一人、審査員席を離れていない。ハリー、ロン、フラーの妹が無事戻ったことに、カルカロフだけが、喜びも安堵したそぶりも見せていない。

「うん、そうさ」

ハリーは、カルカロフに聞こえるように、少し声を張り上げた。

「髪にゲンゴロウがついているよ、ハーム－オウン－ニニー」クラムが言った。

クラムはハーマイオニーの関心を取り戻そうとしている、とハリーは感じた。たった今、湖から君を救い出したのは僕だよ、と言いたいのだろう。しかし、ハーマイオニーは、うるさそうにゲンゴロウを髪から払いのけ、こう言った。

「でも、あなた、制限時間をずいぶんオーバーしたのよ、ハリー……私たちを見つけるのに、そんなに長くかかったの？」

「ううん……ちゃんと見つけたけど……」

ばかだったという気持ちがつのった。ダンブルドアが安全対策を講じていて、代表選手が現れなかったからといって、人質を死なせたりするはずがない。水から上がってみると、そんなことは明々白々だと思えた。ロンだけを取り返して戻ってくればよかったのに。自分が一番で戻れたのに……。セドリックやクラムは、ほかの人質のことを心配して時間をむだにしたりしなかった。水中人の歌を真に受けたりしなかった……。

ダンブルドアは水際にかがみ込んで、水中人の長らしい、ひときわ荒々しく、恐ろしい顔つきの女の水中人と話し込んでいた。水中人は水から出ると悲鳴のような声を発するが、ダンブルドアも今、同じような音で話している。ダンブルドアはマーミッシュ語が話せたのだ。やっとダンブルドアが立ち上がり、審査員に向かってこう言った。

「どうやら、点数をつける前に、協議じゃ」

審査員が秘密会議に入った。マダム・ポンフリーが、パーシーにがっちり捕まっているロンを救出に行った。ハリーやほかのみんながいるところにロンを連れてくると、マダム・ポンフリーはロンに毛布をかけ、「元気爆発薬」を飲ませ、それからフラーと妹を迎えにいった。フラーは顔や腕が切り傷だらけで、ローブも破れていたが、まったく気にかけない様子で、マダム・ポンフリーがきれいにしようとしても断った。

「ガブリエルの面倒を見て」

フラーはそう言うと、ハリーのほうを見た。

「あなた、妹を助けました」

フラーは声を詰まらせた。

「あの子があなたのいとじちではなかったのに」
「うん」
ハリーは女の子を三人全部、石像に縛られたまま残してくればよかったと、今、心からそう思っていた。
フラーは身をかがめて、ハリーの両ほおに二回ずつキスした（ハリーは顔が燃えるかと思った。また耳から湯気が出てもおかしくないと思った）。それからフラーはロンに言った。
「それに、あなたもです――エルプしてくれました――」
「うん」
ロンは何か期待しているように見えた。
「ちょっとだけね――」
フラーはロンの上にかがみ込んで、ロンにもキスした。ハーマイオニーはプンプン怒っている顔だ。しかし、その時、ルード・バグマンの魔法で拡大された声がすぐそばでとどろき、みんなが飛び上がった。スタンドの観衆はしんとなった。
「レディーズ・アンド・ジェントルメン。審査結果が出ました。水中人の女長、マーカスが、湖底で何があったかを仔細に話してくれました。そこで、五十点満点で、各代表選手は次のような得点となりました……」

「ミス・デラクール。すばらしい『泡頭呪文』を使いましたが、水魔に襲われ、ゴールにたどり着けず、人質を取り返すことができませんでした。得点は二十五点」

スタンドから拍手が沸いた。

「わたーしは零点のいとです」

見事な髪の頭を横に振りながら、フラーがのどを詰まらせた。

「セドリック・ディゴリー君。やはり『泡頭呪文』を使い、最初に人質を連れて帰ってきました。ただし、制限時間の一時間を一分オーバー」

ハッフルパフから大きな声援が沸いた。チョウがセドリックに熱い視線を送ったのをハリーは見た。

「そこで、四十七点を与えます」

ハリーはがっくりした。セドリックが一分オーバーなら、ハリーは絶対オーバーだ。

「ビクトール・クラム君は変身術が中途半端でしたが、効果的なことには変わりありません。人質を連れ戻したのは二番目でした。得点は四十点」

カルカロフが得意顔で、特に大きく拍手した。

「ハリー・ポッター君の『エラ昆布』は特に効果が大きい」
バグマンの解説は続いた。
「戻ってきたのは最後でしたし、一時間の制限時間を大きくオーバーしていました。しかし、水中人の長の報告によれば、ポッター君は最初に人質に到着したとのことです。遅れたのは、自分の人質だけではなく、全部の人質を安全に戻らせようと決意したせいだとのことです」
ロンとハーマイオニーは半ばあきれ、半ば同情するような目でハリーを見た。
「ほとんどの審査員が」――と、ここでバグマンは、カルカロフをじろりと見た――「これこそ道徳的な力を示すものであり、五十点満点に値するとの意見でした。しかしながら……ポッター君の得点は四十五点です」
ハリーは胃袋が飛び上がった――これで、セドリックと同点一位になった。ロンとハーマイオニーは、きょとんとしてハリーを見つめたが、すぐに笑いだして、観衆と一緒に力いっぱい拍手した。
「やったぜ、ハリー！」
ロンが歓声に負けじと声を張り上げた。
「君は結局まぬけじゃなかったんだ――道徳的な力を見せたんだ！」

フラーも大きな拍手を送っていた。しかし、クラムはまったくうれしそうではなかった。何とかハーマイオニーと話そうとしていたが、ハーマイオニーはハリーに声援を送るのに夢中で、クラムの話など耳に入らなかった。

「第三の課題、最終課題は、六月二十四日の夕暮れ時に行われます」

引き続きバグマンの声がした。

「代表選手は、そのきっかり一か月前に、課題の内容を知らされることになります。諸君、代表選手の応援をありがとう」

終わった。ぼうっとした頭でハリーはそう思った。マダム・ポンフリーは代表選手と人質にぬれた服を着替えさせるために、みんなを引率して城へと歩きだしたところだった。……終わったんだ。通過したんだ……六月二十四日までは、もう何も心配する必要はないんだ……。

城に入る石段を上りながら、ハリーは心に決めた。今度ホグズミードに行ったら、ドビーに、一日一足として、一年分の靴下を買ってきてやろう。

第27章 パッドフット帰る

第二の課題の余波で、一つよかったのは、湖の底で何が起こったのか、誰もがくわしく聞きたがったことだ。つまり、初めてロンが、ハリーと一緒に脚光を浴びることになったのだ。

ロンが話す事件の経緯が毎回微妙にちがうことに、ハリーは気づいた。最初は、真実だと思われる話をしていた。少なくともハーマイオニーの話と一致していた――マクゴナガル先生の部屋で、ダンブルドアが、人質全員が安全であること、水から上がったときに目覚めるのだということを全員に保証し、それからみんなに眠りの魔法をかけた。ところが一週間後には、ロンの話がスリルに満ちた誘拐の話に変わっていた。ロンがたった一人で、五十人もの武装した水中人と戦い、さんざん打ちのめされて服従させられ、縛り上げられたという。

「だけど、僕、そでに杖を隠してたんだ」

ロンがパドマ・パチルに話して聞かせた。パドマは、ロンが注目の的になっているので、前よりずっと関心を持ったらしく、廊下ですれちがうたびにロンに話しかけた。

「やろうと思えばいつでも、バカ水中人なんかやっつけられたんだ」
「どうやるつもりだったの？　いびきでも吹っかけてやるつもりだった？」
ハーマイオニーはピリッと皮肉った。ビクトール・クラムが一番失いたくないものがハーマイオニーだったことを、みんながからかうので、かなり気が立っていたのだ。
ロンは耳元を赤らめ、それからは元の「魔法の眠り」版に話を戻した。
三月に入ると、天気はからっとしてきたが、校庭に出ると風が情け容赦なく手や顔を赤むけにした。ふくろうが吹き飛ばされて進路をそれるので、郵便も遅れた。ホグズミード行きの日にちをシリウスに知らせる手紙をたくしたふくろうは、金曜の朝食のときに戻ってきた。全身の羽根の半分が逆立っていた。ハリーがシリウスの返信をはずすや否や、茶モリフクロウは飛び去った。また配達に出されてはかなわないと思ったにちがいない。
シリウスの手紙は前のと同じくらい短かった。

ホグズミードから出る道に、柵が立っている（ダービシュ・アンド・バングズ店を過ぎたところだ）。土曜日の午後二時に、そこにいること。食べ物を持てるだけ持ってきてくれ。

「まさかホグズミードに帰ってきたんじゃないだろうな？」
ロンが信じられないという顔をした。
「帰ってきたみたいじゃない？」ハーマイオニーが言った。
「そんなばかな」ハリーは緊張した。「捕まったらどうするつもり……」
「これまでは大丈夫だったみたいだ」ロンが言った。
「それに、あそこはもう、吸魂鬼がうじゃうじゃというわけじゃないし」
ハリーは手紙を折りたたみ、あれこれ考えた。正直言って、ハリーはシリウスにまた会いたくてたまらない。だから、午後の最後の授業に出かけるときも――二時限続きの「魔法薬学」の授業だ――地下牢教室への階段を下りながら、いつもよりずっと心がはずんでいた。
マルフォイ、クラッブ、ゴイルが、パンジー・パーキンソン率いるスリザリンの女子学生と一緒に、教室のドアの前に群がっていた。ハリーの所からは見えない何かを見て、みんなで思いっきりクスクス笑いをしている。ハリー、ロン、ハーマイオニーが近づくと、ゴイルのだだっ広い背中の陰から、パンジーのパグ犬そっくりの顔が、興奮してこっちをのぞいた。
「来た、来た！」

パンジーがクスクス笑った。すると固まっていたスリザリン生の群れがパッと割れた。パンジーが手にした雑誌が、ハリーの目に入った――『週刊魔女』だ。表紙の動く写真は巻き毛の魔女で、ニッコリ歯を見せて笑い、杖で大きなスポンジケーキを指している。

「あなたの関心がありそうな記事がのってるわよ、グレンジャー！」

パンジーが大声でそう言いながら、雑誌をハーマイオニーに投げてよこした。ハーマイオニーは驚いたような顔で受け取った。その時、地下牢のドアが開いて、スネイプがみんなに入れと合図した。

ハーマイオニー、ハリー、ロンは、いつものように地下牢教室の一番後ろに向かった。スネイプが、今日の魔法薬の材料を黒板に書くのに後ろを向いたとたん、ハーマイオニーは急いで机の下で雑誌をパラパラめくった。ついに、真ん中のページに、ハーマイオニーは探していた記事を見つけた。ハリーとロンも横からのぞき込んだ。ハリーのカラー写真の下に、短い記事がのり、**「ハリー・ポッターの密やかな胸の痛み」**と題がついている。

ほかの少年とはちがう。そうかもしれない――しかしやはり少年だ。あらゆる青春の痛みを感じている。と、リータ・スキーターは書いている。両親の悲劇的な死以来、愛を奪われた十四歳のハリー・ポッターは、ホグワーツでマグル出身のハーマイオニー・グレンジャーというガールフレンドを得て、安らぎを見出していた。すでに痛みに満ちたその人生で、やがてまた一つの心の痛手を味わうことになろうとは、少年は知る由もなかったのである。

ミス・グレンジャーは、美しいとは言いがたいが、有名な魔法使いがお好みの野心家で、ハリーだけでは満足できないらしい。先ごろ行われたクィディッチ・ワールドカップのヒーローで、ブルガリアのシーカー、ビクトール・クラムがホグワーツにやってきて以来、ミス・グレンジャーは二人の少年の愛情をもてあそんできた。クラムが、このすれっからしのミス・グレンジャーに首ったけなのは公の事実で、夏休みにブルガリアに来てくれとすでに招待している。クラムは、「こんな気持ちをほかの女の子に感じたことはない」とはっきり言った。

しかしながら、この不幸な少年たちの心をつかんだのは、ミス・グレンジャーの自然な魅力（それもたいした魅力ではないが）ではないかもしれない。

「あの子、ブスよ」活発でかわいらしい四年生のパンジー・パーキンソンは、そう言う。

「だけど、『愛の妙薬』を調合することは考えたかもしれない。頭でっかちだから。たぶん、そうしたんだと思うわ」

「愛の妙薬」は、もちろんホグワーツでは禁じられている。アルバス・ダンブルドアは、この件の調査に乗り出すべきであろう。しばらくの間、ハリーの応援団としては、次にはもっとふさわしい相手に心を捧げることを、願うばかりである。

「だから言ったじゃないか！」

記事をじっと見下ろしているハーマイオニーに、ロンが歯ぎしりしながらささやいた。

「リータ・スキーターにかまうなって、そう言ったろう！　あいつ、君のことを、何ていうか――**緋色のおべべ扱いだ！**」

愕然としていたハーマイオニーの表情が崩れ、プッと噴き出した。

「**緋色のおべべ？**」

ハーマイオニーはロンのほうを見て、体を震わせてクスクス笑いをこらえていた。

「ママがそう呼ぶんだ。その手の女の人を」

ロンはまた耳元を真っ赤にしてボソボソつぶやいた。
「せいぜいこの程度なら、リータもおとろえたものね」
ハーマイオニーはまだクスクス笑いながら、隣の空いた椅子に『週刊魔女』を放り出した。
「バカバカしいの一言だわ」
ハーマイオニーはスリザリンのほうを見た。スリザリン生はみな、記事のいやがらせ効果は上がったかと、教室のむこうから、ハーマイオニーとハリーの様子をじっとうかがっていた。ハーマイオニーは皮肉っぽくほほ笑んで、手を振った。そして、ハーマイオニー、ハリー、ロンは「頭冴え薬」に必要な材料を広げはじめた。
「だけど、ちょっと変だわね」
十分後、タマオシコガネの入った乳鉢の上で乳棒を持った手を休め、ハーマイオニーが言った。
「リータ・スキーターはどうして知ってたのかしら……？」
「何を？」ロンが聞き返した。「君、まさか『愛の妙薬』、調合してなかったろうな」
「バカ言わないで」
ハーマイオニーはピシッと言って、またタマオシコガネをトントンつぶしはじめた。
「ちがうわよ。ただ……夏休みに来てくれって、ビクトールが私に言ったこと、どうして知ってるのかしら？」
そう言いながら、ハーマイオニーの顔が緋色になった。そして、意識的にロンの目をさけていた。
「えーっ？」
ロンは乳棒をガチャンと取り落とした。
「湖から引き上げてくれたすぐあとにそう言ったの」
ハーマイオニーが口ごもった。
「サメ頭を取ったあとに。マダム・ポンフリーが私たちに毛布をくれて、それから、ビクトールが、審査員に聞こえないように、私をちょっと脇に引っ張っていって、それで言ったの。夏休みに特に計画がないなら、よかったら来ないかって――」
「それで、何て答えたんだ？」
ロンは乳棒を拾い上げ、乳鉢から十五センチも離れた机をゴリゴリすっていた。ハーマイオニーを見ていたからだ。
「そして、たしかに言ったわよ。こんな気持ちをほかの女に感じたことはないって」
ハーマイオニーは燃えるように赤くなり、ハリーはそこからの熱を感じたくらいだった。

「だけど、リータ・スキーターはどうやってあの人の言うことを聞いたのかしら？　あそこにはいなかったし……それともいたのかしら？　透明マントをほんとうに持っているのかもしれない。第二の課題を見るのに、こっそり校庭に忍び込んだのかもしれない……」

「それで、**何て**答えたんだ？」

ロンがくり返し聞いた。乳棒であまりに強くたたいたので、机がへこんだ。

「それは、私、あなたやハリーが無事かどうか見るほうが忙しくて、とても――」

「君の個人生活のお話は、たしかにめくるめくものではあるが、ミス・グレンジャー」

氷のような声が三人のすぐ後ろから聞こえた。

「我輩の授業では、そういう話はご遠慮願いたいですな。グリフィンドール、十点減点」

三人が話し込んでいる間に、スネイプが音もなく三人の机のところまで来ていたのだ。クラス中が三人を振り返って見ていた。マルフォイは、すかさず、「**汚いぞ、ポッター**」のバッジを点滅させ、地下牢のむこうからハリーに見せつけた。

「ふむ……その上、机の下で雑誌を読んでいたな？」

スネイプは『週刊魔女』をサッと取り上げた。

「グリフィンドール、もう十点減点……ふむ、しかし、なるほど……」

リータ・スキーターの記事に目をとめ、スネイプの暗い目がギラギラ光った。
「ポッターは自分の記事を読むのに忙しいようだな……」
地下牢にスリザリン生の笑いが響いた。スネイプの薄い唇がゆがみ、不快な笑いが浮かんだ。ハリーが怒るのを尻目に、スネイプは声を出して記事を読みはじめた。
「『ハリー・ポッターの密やかな胸の痛み』……おう、おう、ポッター、今度は何の病気かね？『ほかの少年とはちがう』。そうかもしれない……」
ハリーは顔から火が出そうだった。スネイプは一文読むごとに間を取って、スリザリン生がさんざん笑えるようにした。スネイプが読むと、十倍もひどい記事に聞こえた。
「『……ハリーの応援団としては、次にはもっとふさわしい相手に心を捧げることを、願うばかりである』。感動的ではないか」
スリザリン生の大爆笑が続く中、スネイプは雑誌を丸めながら鼻先で笑った。
「さて、三人を別々に座らせたほうがよさそうだ。もつれた恋愛関係より、魔法薬のほうに集中できるようにな。ウィーズリー、ここに残れ。ミス・グレンジャー、こっちへ。ミス・パーキンソンの横に。ポッター――我輩の机の前のテーブルへ。移動だ。さあ」
怒りに震えながら、ハリーは材料とかばんを大鍋に放り込み、空席になっている地下牢教室の一番前のテーブルに鍋を引きずっていった。スネイプがあとからついてきて、自分の机の前に座り、ハリーが鍋の中身を出すのをじっと見ていた。わざとスネイプと目を合わさないようにしながら、ハリーはタマオシコガネつぶしを続けた。タマオシコガネの一つ一つをスネイプの顔だと思いながらつぶした。

「マスコミに注目されて、おまえのデッカチ頭がさらにふくれ上がったようだな。ポッター」

クラスが落ち着きを取り戻すと、スネイプが低い声で言った。

ハリーは答えなかった。スネイプが挑発しようとしているのはわかっていた。これが初めてではない。授業が終わる前に、グリフィンドールからまるまる五十点減点する口実を作りたいにちがいない。

「魔法界全体が君に感服しているという妄想に取り憑かれているのだろう」

スネイプはハリー以外には聞こえないような低い声で話し続けた（タマオシコガネはもう細かい粉になっていたが、ハリーはまだたたきつぶし続けていた）。

「しかし、我輩は、おまえの写真が何度新聞にのろうと、何とも思わん。我輩にとって、ポッター、おまえは単に、規則を見下している性悪の小童だ」

ハリーはタマオシコガネの粉末を大鍋にあけ、根生姜を刻みはじめた。怒りで手が少し震えていたが、目を伏せ、スネイプの言うことが聞こえないふりをしていた。
「そこで、きちんと警告しておくぞ、ポッター」
スネイプはますます声を落とし、一段と危険な声で話し続けた。
「小粒でもピリリの有名人であろうが何だろうが——今度我輩の研究室に忍び込んだところを捕まえたら——」
「僕、先生の研究室に近づいたことなどありません」
聞こえないふりも忘れ、ハリーは怒ったように言った。
「我輩にうそは通じない」
スネイプは歯を食いしばったまま言った。底知れない暗い目が、ハリーの目をえぐるようにのぞき込んだ。
「毒ツルヘビの皮。エラ昆布。どちらも我輩個人の保管庫のものだ。誰が盗んだかはわかっている」
ハリーはじっとスネイプを見つめ返した。瞬きもせず、後ろめたい様子も見せまいとつっぱった。事実、そのどちらも、スネイプから盗んだのはハリーではない。毒ツルヘビの皮は、二年生のときハーマイオニーが盗った——ポリジュース薬を煎じるのに必要だったのだ——あの時、スネイプはハリーを疑ったが、証拠がなかった。エラ昆布を盗んだのは、当然ドビーだ。

「何のことか僕にはわかりません」

ハリーは冷静にうそをついた。

「おまえは、我輩の研究室に侵入者があった夜、ベッドを抜け出していた」

スネイプのヒソヒソ声が続いた。

「わかっているぞ、ポッター！　今度はマッドーアイ・ムーディがおまえのファンクラブに入ったらしいが、我輩はおまえの行動を許さん！　今度我輩の研究室に、夜中に入り込むことがあれば、ポッター、つけを払うはめになるぞ！」

「わかりました」

ハリーは冷静にそう言うと、根生姜刻みに戻った。

「どうしてもそこに行きたいという気持ちになることがあれば、覚えておきます」

スネイプの目が光り、黒いローブに手を突っ込んだ。一瞬ハリーはどきりとした。スネイプが杖を取り出し、ハリーに呪いをかけるのではないかと思ったのだ――しかし、スネイプが取り出したのは、透きとおった液体の入った小さなクリスタルの瓶だった。ハリーはじっと瓶を見つめた。

「何だかわかるか、ポッター」
スネイプの目が再びあやしげに光った。
「いいえ」
今度は真っ正直に答えた。
「ベリタセラム――真実薬だ。強力で、三滴あれば、おまえは心の奥底にある秘密を、このクラス中に聞こえるようにしゃべることになる」
スネイプが毒々しく言った。
「さて、この薬の使用は、魔法省の指針で厳しく制限されている。しかし、おまえが足元に気をつけないと、我輩の手がすべることになるぞ――」
スネイプはクリスタルの瓶をわずかに振った。
「――おまえの夕食のかぼちゃジュースの真上で。そうすれば、ポッター……そうすれば、おまえが我輩の研究室に入ったかどうかわかるだろう」
ハリーはだまっていた。もう一度根生姜の作業に戻り、ナイフを取って薄切りにしはじめた。
「真実薬」なんて、いやなことを聞いた。スネイプなら手がすべって飲ませるくらいのことはやりかねない。そんなことになったら、自分の口から何がもれるか、ハリーは考えるだけで震えが来るのをやっと抑えつけた……。いろんな人をトラブルに巻き込んでしまう――手始めにハーマイオニーとドビーのことだ――そればかりか、ほかにも隠していることはたくさんある……シリウスと連絡を取り合っていること……それに――チョウへの思い――そう考えると内臓がよじれた……。ハリーは根生姜も大鍋に入れた。ムーディを見習うべきかもしれない、とハリーは思った。これからは自分用の携帯瓶からしか飲まないようにするのだ。

地下牢教室の戸をノックする音がした。

「入れ」スネイプがいつもどおりの声で言った。

戸が開くのをクラス全員が振り返って見た。カルカロフ校長だった。スネイプの机に向かって歩いてくるのを、みんなが見つめた。山羊ひげを指でひねりひねり、カルカロフは何やら興奮していた。

「話がある」

カルカロフはスネイプのところまで来ると、出し抜けに言った。自分の言っていることを誰にも聞かれないように、カルカロフはほとんど唇を動かさずにしゃべっていた。下手な腹話術師のようだった。ハリーは根生姜に目を落としたまま、耳をそばだてた。

「授業が終わってから話そう、カルカロフ――」

スネイプがつぶやくように言った。しかし、カルカロフはそれをさえぎった。
「今話したい。セブルス、君が逃げられないときに。君は私をさけ続けている」
「授業のあとだ」
スネイプがピシャリと言った。
アルマジロの胆汁の量が正しかったかどうか見るふりをして、ハリーは計量カップを持ち上げ、二人を横目でちらりと見た。カルカロフは極度に心配そうな顔で、スネイプは怒っているようだった。
カルカロフは二時限続きの授業の間、ずっとスネイプの机の後ろでうろうろしていた。授業が終わったとき、スネイプが逃げるのを、どうあっても阻止するかまえだ。カルカロフがいったい何を言いたいのか聞きたくて、終業ベルが鳴る二分前、ハリーはわざとアルマジロの胆汁の瓶をひっくり返した。これで、大鍋の陰にしゃがみ込む口実ができた。ほかの生徒がガヤガヤとドアに向かっているとき、ハリーは床をふいていた。
「何がそんなに緊急なんだ？」
スネイプがヒソヒソ声でカルカロフに言うのが聞こえた。
「これだ」カルカロフが答えた。

ハリーは大鍋の端からのぞき見た。カルカロフがローブの左そでをまくり上げ、腕の内側にある何かをスネイプに見せているのが見えた。

「どうだ？」

カルカロフは、依然として、懸命に唇を動かさないようにしていた。

「見たか？　こんなにはっきりしたのは初めてだ。あれ以来――」

「しまえ！」スネイプがうなった。暗い目が教室全体をサッと見た。

「君も気づいているはずだ――」カルカロフの声が興奮している。

「あとで話そう、カルカロフ」スネイプが吐き捨てるように言った。

「ポッター！　何をしているんだ？」

「アルマジロの胆汁をふき取っています、先生」

ハリーは何事もなかったかのように、立ち上がって、汚れた雑巾をスネイプに見せた。

カルカロフはきびすを返し、大股で地下牢を出ていった。心配と怒りが入りまじったような表情だった。怒り心頭のスネイプと二人きりになるのは願い下げだ。ハリーは教科書と材料をかばんに投げ入れ、猛スピードでその場を離れた。たった今目撃したことを、ロンとハーマイオニーに話さなければ。

翌日、三人は正午に城を出た。校庭を淡い銀色の太陽が照らしていた。これまでになくおだやかな天気で、ホグズミードに着くころには、三人ともマントを脱いで片方の肩に引っかけていた。シリウスが持ってこいと言った食料は、ハリーのかばんに入っている。鳥の足を十二本、パン一本、かぼちゃジュース一瓶を、昼食のテーブルからくすねておいたのだ。

三人で「グラドラグス・魔法ファッション店」に入り、ドビーへのみやげを買った。思いっきりけばけばしい靴下を選ぶのはおもしろかった。金と銀の星が点滅する柄や、あんまり臭くなると大声で叫ぶ靴下もあった。一時半、三人はハイストリート通りを歩き、ダービシュ・アンド・バングズ店を通り過ぎ、村のはずれに向かっていた。

ハリーはこっちのほうには来たことがなかった。曲がりくねった小道が、ホグズミードを囲む荒涼とした郊外へと続いていた。住宅もこのあたりはまばらで、庭は大きめだった。三人は山のふもとに向かって歩いていた。ホグズミードはその山ふところにあるのだ。そこで角を曲がると、道のはずれに柵があった。柵の一番高いところに二本の前脚をのせ、新聞らしいものを口にくわえて三人を待っている大きな、毛むくじゃらの黒い犬。見覚えのある、なつかしい姿……。

「やあ、シリウスおじさん」

そばまで行って、ハリーが挨拶した。

黒い犬はハリーのかばんを夢中でかぎ、しっぽを一度だけ振り、向きを変えてトコトコ走りだした。あたりは低木がしげり、上り坂で、行く手は岩だらけの山のふもとだ。ハリー、ロン、ハーマイオニーは、柵を乗り越えてあとを追った。

シリウスは三人を山のすぐ下まで導いた。あたり一面岩石で覆われている。四本足なら苦もなく歩けるが、ハリー、ロン、ハーマイオニーはたちまち息切れした。三人は、シリウスについて山を登った。およそ三十分、三人はシリウスの振るしっぽに従い、太陽に照らされて汗をかきながら、曲がりくねった険しい石ころだらけの道を登っていった。ハリーの肩に、かばんのベルトが食い込んだ。

そして、最後に、シリウスがスルリと視界から消えた。三人がその姿の消えた場所まで行くと、狭い岩の裂け目があった。裂け目に体を押し込むようにして入ると、中は薄暗い涼しい洞窟だった。一番奥に、大きな岩にロープを回してつながれているのは、ヒッポグリフのバックビークだ。下半身は灰色の馬、上半身は巨大な鷲のバックビークは、三人の姿を見ると、獰猛なオレンジ色の目をギラギラさせた。三人がていねいにおじぎすると、バックビークは一瞬尊大な目つきで三人を見たが、うろこに覆われた前脚を折って挨拶した。ハーマイオニーはかけ寄って、羽毛の生えた首をなでた。ハリーは、黒い犬が名付け親の姿に戻るのを見ていた。

シリウスはぼろぼろの灰色のローブを着ていた。アズカバンを脱出したときと同じローブだ。黒い髪は、暖炉の火の中に現れたときより伸びて、また昔のようにぼうぼうともつれていた。とてもやせたように見えた。

「チキン！」

くわえていた『日刊予言者新聞』の古新聞を口から離し、洞窟の床に落としたあと、シリウスはかすれた声で言った。

ハリーはかばんをパッと開け、鳥の足を一つかみと、パンを渡した。

「ありがとう」

そう言うなり、シリウスは包みを開け、鳥の足をつかみ、洞窟の床に座り込んで、歯で大きく食いちぎった。

「ほとんどネズミばかり食べて生きていた。ホグズミードからあまりたくさん食べ物を盗むわけにもいかない。注意を引くことになるからね」

シリウスはハリーにニッコリした。ハリーも笑いを返したが、心から笑う気持ちにはなれなかった。

「シリウスおじさん、どうしてこんなところにいるの？」ハリーが言った。
「名付け親としての役目をはたしている」
シリウスは、犬のようなしぐさで鳥の骨をかじった。
「私のことは心配しなくていい。愛すべき野良犬のふりをしているから」
シリウスはまだほほ笑んでいた。しかし、ハリーの心配そうな表情を見て、さらに真剣に言葉を続けた。
「私は現場にいたいのだ。君が最後にくれた手紙……そう、ますますきな臭くなっているとだけ言っておこう。誰かが新聞を捨てるたびに拾っていたのだが、どうやら、心配しているのは私だけではないようだ」
シリウスは洞窟の床にある、黄色く変色した『日刊予言者新聞』をあごで指した。ロンが何枚か拾い上げて広げた。
しかし、ハリーはまだシリウスを見つめ続けていた。
「捕まったらどうするの？　姿を見られたら？」
「私が『動物もどき』だと知っているのは、ここでは君たち三人とダンブルドアだけだ」
シリウスは肩をすくめ、鳥の足を貪り続けた。

ロンがハリーをこづいて、『日刊予言者新聞』を渡した。二枚あった。最初の記事の見出しは、「バーテミウス・クラウチの不可解な病気」とあり、二つ目の記事は「魔法省の魔女、いまだに行方不明――いよいよ魔法大臣自ら乗り出す」とあった。

ハリーはクラウチの記事をざっと読んだ。切れ切れの文章が目に飛び込んできた。

十一月以来、公の場に現れず……家に人影はなく……聖マンゴ魔法疾患傷害病院はコメントを拒否……魔法省は重症のうわさを否定……。

「まるでクラウチが死にかけているみたいだ」

ハリーは考え込んだ。

「だけど、ここまで来られる人がそんなに重い病気のはずないし……」

「僕の兄さんが、クラウチの秘書なんだ」

ロンがシリウスに教えた。

「兄さんは、クラウチが働き過ぎだって言ってる」

「だけど、あの人、僕が最後に近くで見たときは、ほんとに病気みたいだった」

ハリーはまだ新聞を読みながら、ゆっくりと言った。
「僕の名前がゴブレットから出てきたあの晩だけど……」
「ウィンキーをクビにした当然の報いじゃない？」
ハーマイオニーが冷たく言った。ハーマイオニーは、シリウスの食べ残した鳥の骨をバリバリかんでいるバックビークをなでていた。
「クビにしなきゃよかったって、きっと後悔してるのよ――世話してくれるウィンキーがいないと、どんなに困るかわかったんだわ」
「ハーマイオニーは屋敷しもべに取り憑かれてるのさ」
ロンがハーマイオニーに困ったもんだという目を向けながら、シリウスにささやいた。
しかし、シリウスは関心を持ったようだった。
「クラウチが屋敷しもべをクビに？」
「うん、クィディッチ・ワールドカップのとき」
ハリーは「闇の印」が現れたこと、ウィンキーがハリーの杖を握りしめたまま発見されたこと、クラウチ氏が激怒したことを話しはじめた。
話し終えると、シリウスは再び立ち上がり、洞窟を往ったり来たりしはじめた。

「整理してみよう」
しばらくすると、鳥の足をもう一本持って振りながら、シリウスが言った。
「はじめはしもべ妖精が、貴賓席に座っていた。クラウチの席を取っていた。そうだね？」
「そう」
ハリー、ロン、ハーマイオニーが同時に答えた。
「しかし、クラウチは試合には現れなかった？」
「うん」ハリーが言った。「あの人、忙し過ぎて来られなかったって言ったと思う」
シリウスは洞窟中をだまって歩き回った。それから口を開いた。
「ハリー、貴賓席を離れたとき、杖があるかどうかポケットの中を探ってみたか？」
「うーん……」
ハリーは考え込んだ。そしてやっと答えが出た。
「ううん。森に入るまでは使う必要がなかった。そこでポケットに手を入れたら、『万眼鏡』しかなかったんだ」
ハリーはシリウスを見つめた。
「『闇の印』を創り出した誰かが、僕の杖を貴賓席で盗んだってこと？」

「その可能性はある」シリウスが言った。
「ウィンキーは杖を盗んだりしないわ！」ハーマイオニーが鋭い声を出した。
「貴賓席にいたのは妖精だけじゃない」
シリウスは眉根にしわを寄せて、歩き回っていた。
「君の後ろには誰がいたのかね？」
「いっぱい、いた」ハリーが答えた。
「ブルガリアの大臣たちとか……コーネリウス・ファッジとか……マルフォイ一家……」
「マルフォイ一家だ！」
ロンが突然叫んだ。あまりに大きな声を出したので、洞窟中に反響し、バックビークが神経質に首を振り立てた。
「絶対、ルシウス・マルフォイだ！」
「ほかには？」シリウスが聞いた。
「ほかにはいない」ハリーが言った。
「いたわ。いたわよ、ルード・バグマンが」
ハーマイオニーがハリーに教えた。

「ああ、そうだった……」
「バグマンのことはよく知らないな。ウィムボーン・ワスプスのビーターだったこと以外は」
シリウスはまだ歩き続けながら言った。
「どんな人だ？」
「あの人は大丈夫だよ」ハリーが言った。
「三校対抗試合で、いつも僕を助けたいって言うんだ」
「そんなことを言うのか？」
シリウスはますます眉根にしわを寄せた。
「なぜそんなことをするのだろう？」
「僕のことを気に入ったって言うんだ」ハリーが言った。
「ふうむ」シリウスは考え込んだ。
「『闇の印』が現れる直前に、私たち森でバグマンに出会ったわ」
ハーマイオニーがシリウスに教えた。
「覚えてる？」
ハーマイオニーはハリーとロンに言った。

「うん。でも、バグマンは森に残ったわけじゃないだろ？」ロンが言った。
「騒ぎのことを言ったら、バグマンはすぐにキャンプ場に行ったよ」
「どうしてそう言える？」
ハーマイオニーが切り返した。
「『姿くらまし』したのに、どうして行き先がわかるの？」
「やめろよ」
ロンは信じられないという口調だ。
「ルード・バグマンが『闇の印』を創り出したと言いたいのか？」
「ウィンキーよりは可能性があるわ」ハーマイオニーは頑固に言い張った。
「言ったよね？」
ロンが意味ありげにシリウスを見た。
「言ったよね。ハーマイオニーが取り憑かれてるって、屋敷……」
しかし、シリウスは手を上げてロンをだまらせた。
「『闇の印』が現れて、妖精がハリーの杖を持ったまま発見されたとき、クラウチは何をしたかね？」

「しげみの様子を見にいった」ハリーが答えた。「でも、そこには何にもなかった」
「そうだろうとも」
シリウスは、往ったり来たりしながらつぶやいた。
「そうだろうとも。クラウチは自分のしもべ妖精以外の誰かだと決めつけたかっただろうな……それで、しもべ妖精をクビにしたのかね？」
「そうよ」
ハーマイオニーの声が熱くなった。
「クビにしたのよ。テントに残って、踏みつぶされるままになっていなかったのがいけないっていうわけ――」
「ハーマイオニー、頼むよ、妖精のことはちょっとほっといてくれ！」ロンが言った。
しかし、シリウスは頭を振ってこう言った。
「クラウチのことは、ハーマイオニーのほうがよく見ているぞ、ロン。人となりを知るには、その人が、自分と同等の者より目下の者をどう扱うかをよく見ることだ」
シリウスはひげの伸びた顔をなでながら、考えに没頭しているようだった。
「バーティ・クラウチがずっと不在だ……わざわざしもべ妖精にクィディッチ・ワールドカップ

の席を取らせておきながら、観戦しなかった。三校対抗試合の復活にずいぶん尽力したのに、それにも来なくなった……クラウチらしくない。これまでのあいつなら、一日たりとも病気で欠勤したりしない。そんなことがあったら、私はバックビークを食ってみせるよ」

「それじゃ、クラウチを知ってるの？」ハリーが聞いた。

シリウスの顔が曇った。突然、ハリーが最初に会ったときのシリウスの顔のように、ハリーがシリウスを殺人者だと信じていたあの夜のように、恐ろしげな顔になった。

「ああ、クラウチのことはよく知っている」シリウスが静かに言った。

「私をアズカバンに送れと命令を出したやつだ――裁判もせずに」

「えっ？」ロンとハーマイオニーが同時に叫んだ。

「うそでしょう！」ハリーが言った。

「いや、うそではない」

シリウスはまた大きく一口、チキンにかぶりついた。

「クラウチは当時、魔法省の警察である『魔法法執行部』の部長だった。知らなかったのか？」

ハリー、ロン、ハーマイオニーは首を横に振った。

「次の魔法省大臣とうわさされていた」シリウスが言った。

「すばらしい魔法使いだ、バーティ・クラウチは。強力な魔法力――それに、権力欲だ。ああ、ヴォルデモートの支持者だったことはない」

ハリーの顔を読んで、シリウスがつけ加えた。

「それはない。バーティ・クラウチは常に闇の陣営にはっきり対抗していた。しかし、闇の陣営に反対を唱えていた多くの者が……いや、君たちにはわかるまい……あの時は、まだ小さかったから……」

「僕のパパもワールドカップでそう言ったんだ」

ロンが、声にいらいらをにじませて言った。

「僕たちを試してくれないかな？」

シリウスのやせた顔がニコッとほころびた。

「いいだろう。試してみよう……」

シリウスは洞窟の奥まで歩いていき、また戻ってきて話しはじめた。

「ヴォルデモートが、今、強大だと考えてごらん。誰が支持者なのかわからない。誰があやつに仕え、誰がそうではないのか、わからない。あやつには人を操る力がある。誰もが、自分では止めることができずに、恐ろしいことをやってしまう。自分で自分が怖くなる。家族や友達でさえ怖くなる。毎週、毎週、またしても死人や、行方不明や、拷問のニュースが入ってくる……魔法省は大混乱だ。どうしてよいやらわからない。すべてをマグルから隠そうとするが、一方でマグルも死んでゆく。いたるところ恐怖だ……パニック……混乱……そういう状態だった」

「いや、そういうときにこそ、最良の面を発揮する者もいれば、最悪の面が出る者もある。クラウチの主義主張は、最初はよいものだったのだろう――私にはわからないが。あいつは魔法省でたちまち頭角を現し、ヴォルデモートに従う者に極めて厳しい措置を取りはじめた。『闇祓い』たちに新しい権力が与えられた――たとえば、捕まえるのでなく、殺してもいいという権力だ。裁判なしに吸魂鬼の手に渡されたのは、私だけではない。クラウチは、暴力には暴力をもって立ち向かい、疑わしい者に対して、『許されざる呪文』を使用することを許可した。あいつは、多くの闇の陣営の輩と同じように、冷酷無情になってしまったと言える。たしかに、あいつを支持する者もいた――あいつのやり方が正しいと思う者もたくさんいたし、多くの魔法使いたちが、あいつを魔法大臣にせよと叫んでいた。ヴォルデモートがいなくなったとき、クラウチがその最高の職に就くのは時間の問題だと思われた。しかし、その時不幸な事件があった……」

シリウスがニヤリと笑った。

「クラウチの息子が『死喰い人』の一味と一緒に捕まった。この一味は、言葉巧みにアズカバンを逃れた者たちで、ヴォルデモートを探し出して権力の座に復帰させようとしていた」
「クラウチの息子が捕まった？」ハーマイオニーが息をのんだ。
「そう」
シリウスは鳥の骨をバックビークに投げ与え、自分は飛びつくようにパンの横に座り込み、パンを半分に引きちぎった。
「あのパーティにとっては、相当きついショックだっただろうね。もう少し家にいて、家族と一緒に過ごすべきだった。そうだろう？　たまには早く仕事を切り上げて帰るべきだった……自分の息子をよく知るべきだったのだ」
シリウスは大きなパンの塊を、がつがつ食らいはじめた。
「自分の息子がほんとうに死喰い人だったの？」ハリーが聞いた。
「わからない」
シリウスはまだパンを食っていた。
「息子がアズカバンに連れてこられたとき、私自身もアズカバンにいた。今話していることは、大部分アズカバンを出てからわかったことだ。あの時捕まったのは、たしかに死喰い人だった。私の首を賭けてもいい。あの子がその連中と一緒に捕まったのもたしかだ――しかし、屋敷しもべと同じように、単に、運悪くその場に居合わせただけかもしれない」
「クラウチは自分の息子に罰を逃れさせようとしたの？」
ハーマイオニーが小さな声で聞いた。
シリウスは犬のほえ声のような笑い方をした。
「クラウチが自分の息子に罰を逃れさせる？　ハーマイオニー、君にはあいつの本性がわかっていると思ったんだが？　少しでも自分の評判を傷つけるようなことは消してしまうやつだ。魔法大臣になることに一生をかけてきた男だよ。献身的なしもべ妖精をクビにするのを見ただろう。しもべ妖精が、またしても自分と『闇の印』とを結びつけるようなことをしたからだ――それでやつの正体がわかるだろう？　クラウチがせいぜい父親らしい愛情を見せたのは、息子を裁判にかけることだった。それとて、どう考えても、クラウチがどんなにその子を憎んでいるかを公に見せるための口実にすぎなかった……それから息子をまっすぐアズカバン送りにした」
「自分の息子を吸魂鬼に？」ハリーは声を落とした。
「そのとおり」
シリウスはもう笑ってはいなかった。
「吸魂鬼が息子を連れてくるのを見たよ、独房の鉄格子を通して。十九歳になるかならないかだったろう。私の房に近い独房に入れられた。その日が暮れるころには、母親を呼んで泣き叫んだ。二、三日するとおとなしくなったがね……みんなしまいには静かになったものだ……眠っているときに悲鳴を上げる以外は……」

一瞬、シリウスの目に生気がなくなった。まるで目の奥にシャッターが下りたような暗さだ。

「それじゃ、息子はまだアズカバンにいるの？」ハリーが聞いた。

「いや」

シリウスがゆっくり答えた。

「いや。あそこにはもういない。連れてこられてから約一年後に死んだ」

「死んだ？」

「あの子だけじゃない」

シリウスが苦々しげに答えた。

「たいがい精神に異常をきたす。最後には何も食べなくなる者が多い。生きる意志を失うのだ。死が近づくと、まちがいなくそれがわかる。吸魂鬼がそれをかぎつけて興奮するからだ。あの子は収監されたときから病気のようだった。クラウチは魔法省の重要人物だから、奥方と一緒に息子の死に際に面会を許された。それが、私がバーティ・クラウチに会った最後だった。奥方を半分抱きかかえるようにして私の独房の前を通り過ぎていった。奥方はどうやらそれからまもなく死んでしまったらしい。嘆き悲しんで。息子と同じように、憔悴していったらしい。クラウチは息子の遺体を引き取りにこなかった。吸魂鬼が監獄の外に埋葬した。私はそれを目撃している」

シリウスは口元まで持っていったパンを脇に放り出し、かわりにかぼちゃジュースの瓶を取って飲み干した。

「そして、あのクラウチは、すべてをやりとげたと思ったときに、すべてを失った」

シリウスは手のこうで口をぬぐいながら話し続けた。

「一時は、魔法大臣と目されたヒーローだった……次の瞬間、息子は死に、奥方も亡くなり、家名は汚された。そして、私がアズカバンを出てから聞いたのだが、人気も大きく落ち込んだ。あの子が亡くなると、みんながあの子に少し同情しはじめた。れっきとした家柄の、立派な若者が、なぜそこまで大きく道をあやまったのかと、人々は疑問に思いはじめた。結論は、父親が息子をかまってやらなかったからだ、ということになった。そこで、コーネリウス・ファッジが最高の地位に就き、クラウチは『国際魔法協力部』などという傍流に押しやられた」

長い沈黙が流れた。ハリーは、クィディッチ・ワールドカップのとき、森の中で、自分に従わなかった屋敷しもべ妖精を見下ろしたときの、目が飛び出したクラウチの顔を思い浮かべていた。

すると、ウィンキーが「闇の印」の下で発見されたとき、クラウチが過剰な反応を示したのには、こんな事情があったのか。息子の思い出が、昔の醜聞が、そして魔法省での没落がよみがえったのか。

「ムーディは、クラウチが闇の魔法使いを捕まえることに取り憑かれているって言ってた」

ハリーがシリウスに話した。

「ああ、ほとんど病的だと聞いた」シリウスはうなずいた。

「私の推測では、あいつは、もう一人死喰い人を捕まえれば昔の人気を取り戻せると、まだそんなふうに考えているのだ」

「そして、学校に忍び込んで、スネイプの研究室を家捜ししたんだ！」

ロンがハーマイオニーを見ながら、勝ち誇ったように言った。

「そうだ。それがまったく理屈に合わない」シリウスが言った。

「理屈に合うよ！」ロンが興奮して言った。

しかし、シリウスは頭を振った。

「いいかい。クラウチがスネイプを調べたいなら、試合の審査員として来ればいい。しょっちゅうホグワーツに来て、スネイプを見張る格好の口実ができるじゃないか」

「それじゃ、スネイプが何かたくらんでいるって、そう思うの？」
ハリーが聞いた。が、ハーマイオニーが口を挟んだ。
「いいこと？　あなたが何と言おうと、ダンブルドアがスネイプを信用なさっているのだから――」
「まったく、いいかげんにしろよ、ハーマイオニー」
ロンがいらいらした。
「ダンブルドアは、そりゃ、すばらしいよ。だけど、ほんとにずる賢い闇の魔法使いなら、ダンブルドアをだませないわけじゃない――」
「だったら、そもそもどうしてスネイプは、一年生のときハリーの命を救ったりしたの？　どうしてあのままハリーを死なせてしまわなかったの？」
「知るかよ――ダンブルドアに追い出されるかもしれないと思ったんだろ」
「どう思う？　シリウス？」
ハリーが声を張り上げ、ロンとハーマイオニーは、ののしり合うのをやめて、耳を傾けた。
「二人ともそれぞれいい点を突いている」
シリウスがロンとハーマイオニーを見て、考え深げに言った。

「スネイプがここで教えていると知って以来、私は、どうしてダンブルドアがスネイプをやとったのかと不思議に思っていた。スネイプはいつも闇の魔術に魅せられていて、学校ではそれで有名だった。気味の悪い、べっとりと脂っこい髪をした子供だったよ、あいつは」

シリウスがそう言うと、ハリーとロンは顔を見合わせてニヤッとした。

「スネイプは学校に入ったとき、もう七年生の大半の生徒より多くの呪いを知っていた。スリザリン生の中で、後にほとんど全員が死喰い人になったグループがあり、スネイプはその一員だった」

シリウスは手を前に出し、指を折って名前を挙げた。

「ロジエールとウィルクス――両方ともヴォルデモートが失墜する前の年に、闇祓いに殺された。レストレンジたち――夫婦だが――アズカバンにいる。エイブリー――聞いたところでは、『服従の呪文』で動かされていたと言って、からくも難を逃れたそうだ――まだ捕まっていない。だが、私の知るかぎり、スネイプは死喰い人だと非難されたことはない――それだからどうと言うのではないが。死喰い人の多くが一度も捕まっていないのだから。しかも、スネイプは、たしかに難を逃れるだけの狡猾さを備えている」

「スネイプはカルカロフをよく知っているよ。でもそれを隠したがってる」

ロンが言った。

「うん。カルカロフがきのう、『魔法薬』の教室に来たときの、スネイプの顔を見せたかった！」

ハリーが急いで言葉を継いだ。

「カルカロフはスネイプに話があったんだ。スネイプが自分をさけているってカルカロフが言ってた。カルカロフはとっても心配そうだった。スネイプに自分の腕の何かを見せていたけど、何だか、僕には見えなかった」

「スネイプに自分の腕の何かを見せた？」

シリウスはすっかり当惑した表情だった。何かに気を取られたように汚れた髪を指でかきむしり、それからまた肩をすくめた。

「さあ、私には何のことやらさっぱりわからない……しかし、もしカルカロフが真剣に心配していて、スネイプに答えを求めたとすれば……」

シリウスは洞窟の壁を見つめ、それから焦燥感で顔をしかめた。

「それでも、ダンブルドアがスネイプを信用しているというのは事実だ。ほかの者なら信用しないような場合でも、ダンブルドアなら信用するということもわかっている。しかし、もしもスネイプがヴォルデモートのために働いたことがあるなら、ホグワーツで教えるのをダンブルドアが許すとはとても考えられない」

「それなら、ムーディとクラウチは、どうしてそんなにスネイプの研究室に入りたがるんだろう」

ロンがしつこく言った。

「そうだな」

シリウスは考えながら答えた。

「マッドーアイのことだ。ホグワーツに来たとき、教師全員の部屋を捜索するぐらいのことはやりかねない。ムーディは『闇の魔術に対する防衛術』を真剣に受け止めている。ダンブルドアとちがい、ムーディのほうは誰も信用しないのかもしれない。ムーディが見てきたことを考えれば、当然だろう。しかし、これだけはムーディのために言っておこう。あの人は、殺さずにすむときは殺さなかった。できるだけ生け捕りにした。厳しい人だが、死喰い人のレベルまで身を落とすことはなかった。しかし、クラウチは……クラウチはまた別だ……ほんとうに病気か？　病気なら、なぜそんな身を引きずってまでスネイプの研究室に入り込んだ？　病気でないなら……何がねらいだ？　ワールドカップで、貴賓席に来られないほど重要なことをしていたのか？　三校対抗試合の審査をするべきときに、何をやっていたんだ？」

シリウスは、洞窟の壁を見つめたまま、だまり込んだ。バックビークは見逃した骨はないかと、岩の床をあちこちほじくっている。

シリウスがやっと顔を上げ、ロンを見た。

「君の兄さんがクラウチの秘書だと言ったね？　最近クラウチを見かけたかどうか、聞くチャンスはあるか？」

「やってみるけど」

ロンは自信なさそうに言った。

「でも、クラウチが何かあやしげなことをたくらんでいる、なんていうふうに取られる言い方はしないほうがいいな。パーシーはクラウチが大好きだから」

「それに、ついでだから、バーサ・ジョーキンズの手がかりがつかめたかどうか聞き出してみるといい」

シリウスは別な『日刊予言者新聞』を指した。

「バグマンは僕に、まだつかんでないって教えてくれた」ハリーが言った。

「ああ、バグマンの言葉がそこに引用されている」

シリウスは新聞のほうを向いてうなずいた。

「バーサがどんなに忘れっぽいかとわめいている。まあ、私の知っていたころのバーサとは変わっているかもしれないが、私の記憶では、バーサは忘れっぽくはなかった――むしろ逆だ。ちょっとぼんやりしていたが、ゴシップとなると、すばらしい記憶力だった。それで、よく災いに巻き込まれたものだ。いつ口を閉じるべきなのかを知らない女だった。魔法省では少々やっかい者だっただろう……だからバグマンが長い間探そうともしなかったのだろう……」

シリウスは大きなため息をつき、落ちくぼんだ目をこすった。

「何時かな？」

ハリーは腕時計を見たが、湖の中で一時間を過ごしてから、ずっと止まったままだったことを思い出した。

「三時半よ」ハーマイオニーが答えた。

「もう学校に戻ったほうがいい」

シリウスが立ち上がりながら、そう言った。

「いいか。よく聞きなさい……」シリウスは特にハリーをじっと見た――「君たちは、私に会うために学校を抜け出したりしないでくれ。いいね？　ここ宛にメモを送ってくれ。これからも、おかしなことがあったら知りたい。しかし許可なしにホグワーツを出たりしないように。誰かが君たちを襲う格好のチャンスになってしまうから」
「僕を襲おうとした人なんて誰もいない。ドラゴンと水魔が数匹だけだよ」
ハリーが言った。
しかし、シリウスはハリーをにらんだ。
「そんなことじゃない……この試合が終われば、私はまた安心して息ができる。つまり六月まではだめだ。それから、大切なことが一つ。君たちの間で私の話をするときは、『スナッフルズ』と呼びなさい。いいかい？」
シリウスはナプキンと空になったジュースの瓶をハリーに返し、バックビークを「ちょっと出かけてくるよ」となでた。
「村境まで送っていこう」シリウスが言った。「新聞が拾えるかもしれない」
洞窟を出る前に、シリウスは巨大な黒い犬に変身した。三人は犬と一緒に岩だらけの山道を下って、柵のところまで戻った。そこで犬は三人にかわるがわる頭をなでさせ、それから村はずれを走り去っていった。
ハリー、ロン、ハーマイオニーはホグズミードへ、そしてホグワーツへと向かった。
「パーシーのやつ、クラウチのいろんなことを全部知ってるのかなあ？」

城への道を歩きながら、ロンが言った。
「でも、たぶん、気にしないだろうな……クラウチをもっと崇拝するようになるだけかもな。うん、パーシーは規則ってやつが好きだからな。クラウチはたとえ息子のためでも規則を破るのを拒んだのだって、きっとそう言うだろう」
「パーシーは自分の家族を吸魂鬼の手に渡すなんてことしないわ」
ハーマイオニーが厳しい口調で言った。
「わかんねえぞ」ロンが言った。「僕たちがパーシーの出世のじゃまになるとわかったら……あいつ、ほんとに野心家なんだから……」
三人は玄関ホールへの石段を上った。大広間からおいしそうな匂いが漂ってきた。
「かわいそうなスナッフルズ」
ロンが大きく匂いを吸い込んだ。
「あの人って、ほんとうに君のことをかわいがっているんだね、ハリー……ネズミを食って生き延びてまで」

第28章 クラウチ氏の狂気

日曜の朝食のあと、ハリー、ロン、ハーマイオニーはふくろう小屋に行き、パーシーに手紙を送った。シリウスの提案どおり、最近クラウチ氏を見かけたかどうかを尋ねる手紙だ。ヘドウィグにはずいぶん長いこと仕事を頼んでいなかったので、この手紙はヘドウィグにたくすことにした。ふくろう小屋の窓から、ヘドウィグの姿が見えなくなるまで見送ってから、三人は、ドビーに新しい靴下をプレゼントするために厨房まで下りていった。

屋敷しもべ妖精たちは、大はしゃぎで三人を迎え、おじぎしたり、ひざをちょっと折り曲げる宮廷風の挨拶をしたり、お茶を出そうと走り回ったりした。プレゼントを手にしたドビーは、うれしくて恍惚状態だった。

「ハリー・ポッターはドビーにやさし過ぎます！」

ドビーは巨大な目からこぼれる大粒の涙をぬぐいながら、キーキー言った。

「君の『エラ昆布』のおかげで、僕、命拾いした。ドビー、ほんとだよ」ハリーが言った。

「この前のエクレア、もうないかなぁ？」
ニッコリしたり、おじぎしたりしているしもべ妖精を見回しながら、ロンが言った。
「今、朝食を食べたばかりでしょう？」
ハーマイオニーがあきれ顔で言った。しかしその時にはもう、エクレアの入った大きな銀の盆が、四人の妖精に支えられて、飛ぶようにこちらに向かって来るところだった。
「スナッフルズに何か少し送らなくちゃ」ハリーがつぶやいた。
「そうだよ」ロンが言った。
「ピッグにも仕事をさせよう。ねえ、少し食べ物を分けてくれるかなぁ？」
周りを囲んでいる妖精にそう言うと、みんな喜んでおじぎし、急いでまた食べ物を取りにいった。
「ドビー、ウィンキーはどこ？」ハーマイオニーがきょろきょろした。
「ウィンキーは、暖炉のそばです。お嬢さま」
ドビーはそっと答えた。ドビーの耳が少し垂れ下がった。
「まあ……」
ウィンキーを見つけたハーマイオニーが声を上げた。
ハリーも暖炉のほうを見た。ウィンキーは前に見たのと同じ丸椅子に座っていたが、汚れ放題で、後ろの黒くすすけたれんがとすぐには見分けがつかなかった。洋服はぼろぼろで洗濯もしていない。バタービールの瓶を握り、暖炉の火を見つめて、わずかに体を揺らしている。ハリーたちが見ている間に、ウィンキーは大きく「ヒック」としゃくり上げた。

「ウィンキーはこのごろ一日六本も飲みます」ドビーがハリーにささやいた。

「でも、そんなに強くないよ、あれは」ハリーが言った。

しかしドビーは頭を振った。

「屋敷妖精には強過ぎるのでございます」

ウィンキーがまたしゃっくりした。エクレアを運んできた妖精たちが、非難がましい目でウィンキーをにらみ、持ち場に戻った。

「ウィンキーは嘆き暮らしているのでございます。ハリー・ポッター」

ドビーが悲しそうにささやいた。

「ウィンキーは家に帰りたいのです。ウィンキーは今でもクラウチ様をご主人だと思っているのでございます。ダンブルドア校長先生が今のご主人様だと、ドビーがどんなに言っても聞かないのでございます」

「やあ、ウィンキー」

ハリーは突然ある考えがひらめき、ウィンキーに近づいて、腰をかがめて話しかけた。
「クラウチさんがどうしてるか知らないかな？　三校対抗試合の審査をしに来なくなっちゃったんだけど」
ウィンキーの目がチラチラッと光った。大きな瞳が、ぴたりとハリーをとらえた。もう一度ふらりと体を揺らしてから、ウィンキーが言った。
「ご――ご主人さまが――ヒック――来ない――来なくなった？」
「うん」ハリーが言った。
「第一の課題のときからずっと姿を見てない。『日刊予言者新聞』には病気だって書いてあるよ」
ウィンキーがまたふらふらっと体を揺らし、とろんとした目でハリーを見つめた。
「ご主人さま――ヒック――ご病気？」
ウィンキーの下唇がわなわな震えはじめた。
「だけど、ほんとうかどうか、私たちにはわからないのよ」
ハーマイオニーが急いで言った。
「ご主人さまには必要なのです――ヒック――このウィンキーが！」
妖精は涙声で言った。

「ご主人さまは――ヒック――一人では――ヒック――おできになりません……」
「ほかの人は、自分のことは自分でできるのよ、ウィンキー」
ハーマイオニーは厳しく言った。
「ウィンキーは――ヒック――ただ――ヒック――クラウチさまの家事だけをやっているのではありません！」
ウィンキーは怒ったようにキーキー叫び、体がもっと激しく揺れて、しみだらけになってしまったブラウスに、バタービールをぼとぼとこぼした。
「ご主人さまは――ヒック――ウィンキーを信じて、預けています――ヒック――一番大事な――ヒック――一番秘密の――」
「何を？」ハリーが聞いた。
しかしウィンキーは激しく頭を振り、またまたバタービールをこぼした。
「ウィンキーは守ります――ヒック――ご主人さまの秘密を」
反抗的にそう言うと、ウィンキーは、今度は激しく体を揺すり、寄り目でハリーをにらみつけた。
「あなたは――ヒック――おせっかいなのでございます。あなたは」

「ウィンキーはハリー・ポッターにそんな口をきいてはいけないのです！」
ドビーが怒った。
「ハリー・ポッターは勇敢で気高いのです。ハリー・ポッターはおせっかいではないのです！」
「あたしのご主人さまの――ヒック――秘密を――ヒック――のぞこうとしています――ヒック――ウィンキーはよい屋敷しもべです――ヒック――ウィンキーはだまります――ヒック――みんながいろいろ――ヒック――根掘り葉掘り――ヒック――」
ウィンキーのまぶたが垂れ下がり、突然丸椅子からずり落ちて、暖炉の前で大いびきをかきはじめた。空になったバタービールの瓶が、石畳の床を転がった。
五、六人のしもべ妖精が、愛想が尽きたという顔で、急いでかけ寄った。一人が瓶を拾い、ほかの妖精がウィンキーを大きなチェックのテーブルクロスで覆い、端をきれいにたくし込んで、ウィンキーの姿が見えないようにした。
「お見苦しいところをお見せして、あたくしたちは申し訳なく思っていらっしゃいます！」
すぐそばにいた一人の妖精が、頭を振り、恥ずかしそうな顔でキーキー言った。
「お嬢さま、お坊っちゃま方、ウィンキーを見て、あたくしたちみんながそうだと思わないようにお願いなさいます！」

「ウィンキーは不幸なのよ！」
ハーマイオニーが憤然として言った。
「隠したりせずに、どうして元気づけてあげないの？」
「お言葉を返しますが、お嬢さま」
同じしもべ妖精が、また深々とおじぎしながら言った。
「でも屋敷しもべ妖精は、やるべき仕事があり、お仕えするご主人がいるときに、不幸になる権利がありません」
「なんてばかげてるの！」ハーマイオニーが怒った。
「みんな、よく聞いて！　みんなは、魔法使いとまったく同じように、不幸になる権利があるの！　賃金や休暇、ちゃんとした服をもらう権利があるの。何もかも言われたとおりにしている必要はないわ――ドビーをごらんなさい！」
「お嬢さま、どうぞ、ドビーのことは別にしてくださいませ」
ドビーは怖くなったようにもごもご言った。厨房中のしもべ妖精の顔から、楽しそうな笑顔が消えていた。急にみんなが、ハーマイオニーをおかしな危険人物を見るような目で見ていた。
「食べ物を余分に持っていらっしゃいました！」

ハリーのひじのところで、妖精がキーキー言った。そして、大きなハム、ケーキ一ダース、果物少々をハリーの腕に押しつけた。

「さようなら！」

屋敷しもべ妖精たちがハリー、ロン、ハーマイオニーの周りに群がって、三人を厨房から追い出しはじめた。たくさんの小さな手が三人の腰を押した。

「ソックス、ありがとうございました、ハリー・ポッター！」

ウィンキーをくるんで盛り上がっているテーブルクロスの脇に立って、ドビーが情けなさそうな声で言った。

「君って、どうしてだまってられないんだ？　ハーマイオニー？」

厨房の戸が背後でバタンと閉まったとたん、ロンが怒りだした。

「連中は、僕たちにもうここに来てほしくないと思ってるぞ！　ウィンキーからクラウチのことをもっと聞き出せたのに！」

「あら、まるでそれが気になってるみたいな言い方ね！」

ハーマイオニーが混ぜっ返した。

「食べ物に釣られてここに下りてきたいくせに！」

そのあとはとげとげしい一日になった。談話室で、ロンとハーマイオニーが宿題をしながら口論に火花を散らすのを聞くのにつかれ、その晩ハリーは、シリウスへの食べ物を持って、一人でふくろう小屋に向かった。

ピッグウィジョンは小さ過ぎて、一羽では大きなハムをまるまる山まで運びきれないので、ハリーは、メンフクロウ二羽を介助役に頼むことにした。夕暮れの空に、三羽は飛び立った。一緒に大きな包みを運ぶ姿が、何とも奇妙だった。

ハリーは窓枠にもたれて校庭を見ていた。禁じられた森の暗い梢がざわめき、ダームストラングの船の帆がはためいている。一羽のワシミミズクが、ハグリッドの小屋の煙突からくるくると立ち昇る煙をくぐり抜けて飛んできた。そして城のほうに舞い下り、ふくろう小屋の周りを旋回して姿を消した。見下ろすと、ハグリッドが小屋の前で、せっせと土を掘り起こしていた。何をしているのだろう。新しい野菜畑を作っているようにも見える。ハリーが見ていると、マダム・マクシームがボーバトンの馬車から現れ、ハグリッドのほうに歩いていった。ハグリッドと話したがっている様子だ。ハグリッドは鍬に寄りかかって手を休めたが、長く話す気はなかったらしい。ほどなくマダム・マクシームは馬車に戻っていった。

グリフィンドール塔に戻って、ロンとハーマイオニーのいがみ合いを聞く気にはなれず、ハリーは闇がハグリッドの姿を飲み込んでしまうまで、その耕す姿を眺めていた。やがて周りのふくろうが目を覚ましはじめ、ハリーのそばを音もなく飛んで夜空に消え去った。

翌日の朝食までには、ロンとハーマイオニーの険悪なムードも燃え尽きたようだった。ハーマイオニーがしもべ妖精たちを侮辱したから、グリフィンドールの食事はお粗末なものが出る、というロンの暗い予想ははずれたので、ハリーはホッとした。ベーコン、卵、燻製ニシン、どれもいつものようにおいしかった。

伝書ふくろうが郵便を持ってやってくると、ハーマイオニーは熱心に見上げた。何かを待っているようだ。

「パーシーはまだ返事を書く時間がないよ」ロンが言った。

「きのうヘドウィグを送ったばかりだもの」

「そうじゃないの」ハーマイオニーが言った。

「『日刊予言者新聞』を新しく購読予約したの。何もかもスリザリン生から聞かされるのは、もううんざりよ」

「いい考えだ！」

ハリーもふくろうたちを見上げた。
「あれっ、ハーマイオニー、君、ついてるかもしれないよ――」
灰色モリフクロウが、ハーマイオニーのほうにスイーッと舞い降りてきた。
「でも、新聞を持ってないわ」
ハーマイオニーががっかりしたように言った。
「これって――」
しかし、驚くハーマイオニーをよそに、灰色モリフクロウがハーマイオニーの皿の前に降り、そのすぐあとにメンフクロウが四羽、茶モリフクロウが二羽、続いて舞い降りた。
「いったい何部申し込んだの？」
ハリーはふくろうの群れにひっくり返されないよう、ハーマイオニーのゴブレットを押さえた。ふくろうたちは、自分の手紙を一番先に渡そうと、押し合いへし合いハーマイオニーに近づこうとしていた。
「いったい何の騒ぎ――？」
ハーマイオニーは灰色モリフクロウから手紙をはずし、開けて読みはじめた。
「まあ、なんてことを！」

ハーマイオニーは顔を赤くし、急き込んで言った。
「どうした？」ロンが言った。
「これ――まったく、なんてバカな――」
ハーマイオニーは手紙をハリーに押しやった。手書きでなく、『日刊予言者新聞』を切り抜いたような文字が貼りつけてあった。

おまえは　わるい　おんなだ……ハリー・ポッターには　もっと　いい子が　ふさわしい　マグルよ戻れ　もと居た　ところへ

「みんなおんなじようなものだわ！」
次々と手紙を開けながら、ハーマイオニーがやりきれなさそうに言った。
『ハリー・ポッターは、おまえみたいなやつよりもっとましな子を見つける……』『おまえなんか、カエルの卵と一緒にゆでてしまうのがいいんだ……』。アイタッ！」
最後の封筒を開けると、強烈な石油の臭いがする黄緑色の液体が噴き出し、ハーマイオニーの手にかかった。両手に大きな黄色い腫れ物がブツブツふくれ上がった。

『腫れ草』の膿の薄めてないやつだ！」
ロンが恐る恐る封筒を拾い上げて臭いをかぎながら言った。
「あー！」
ナプキンでふき取りながら、ハーマイオニーの目から涙がこぼれだした。指が腫れ物だらけで痛々しく、まるで分厚いボコボコの手袋をはめているようだ。
「医務室に行ったほうがいいよ」
ハーマイオニーの周りのふくろうが飛び立ったとき、ハリーが言った。
「スプラウト先生には、僕たちがそう言っておくから……」
「だから言ったんだ！」
ハーマイオニーが手をかばいながら急いで大広間から出ていくのを見ながら、ロンが言った。
「リータ・スキーターにはかまうなって、忠告したんだ！　これを見ろよ……」
ロンはハーマイオニーが置いていった手紙の一つを読み上げた。
『あんたのことは「週刊魔女」で読みましたよ。ハリーをだましてるって。あの子はもう充分につらい思いをしてきたのに。大きな封筒が見つかり次第、次のふくろう便で呪いを送りますからね』。たいへんだ。ハーマイオニー、気をつけないといけないよ」

ハーマイオニーは「薬草学」の授業に出てこなかった。ハリーとロンが温室を出て「魔法生物飼育学」の授業に向かうとき、マルフォイ、クラッブ、ゴイルが城の石段を下りてくるのが見えた。その後ろで、パンジー・パーキンソンが、スリザリンの女子軍団と一緒にクスクス笑っている。ハリーを見つけると、パンジーが大声で言った。

「ポッター、ガールフレンドと別れちゃったの？　あの子、朝食のとき、どうしてあんなにあわててたの？」

ハリーは無視した。『週刊魔女』の記事がこんなにトラブルを引き起こしたなんて、パンジーに教えて、喜ばせるのはいやだった。

ハグリッドは先週の授業で、もうユニコーンはおしまいだと言っていたが、今日は小屋の外で、新しい、ふたなしの木箱をいくつか足元に置いて待っていた。木箱を見てハリーは気落ちした——まさかまたスクリュートが孵ったのでは？——しかし、中が見えるくらいに近づくと、そこには鼻の長い、ふわふわの黒い生き物が何匹もいるだけだった。前脚がまるで鍬のようにペタンと平たく、みんなに見つめられて、不思議そうに、おとなしく生徒たちを見上げて目をパチクリさせている。

「ニフラーだ」

みんなが集まるとハグリッドが言った。
「だいたい鉱山に棲んどるな。光る物が好きだ……ほれ、見てみろ」
一匹が突然跳び上がって、パンジー・パーキンソンの腕時計をかみ切ろうとした。パンジーが金切り声を上げて飛びのいた。
「宝探しにちょいと役立つぞ」
ハグリッドがうれしそうに言った。
「今日はこいつらで遊ぼうと思ってな。あそこが見えるか？」
ハグリッドは耕されたばかりの広い場所を指差した。ハリーがふくろう小屋から見ていたときにハグリッドが掘っていた所だ。
「金貨を何枚か埋めておいたからな。自分のニフラーに金貨を一番たくさん見つけさせた者にほうびをやろう。自分の貴重品ははずしておけ。そんでもって、自分のニフラーを選んで、放してやる準備をしろ」
ハリーは自分の腕時計をはずしてポケットに入れた。動いていない時計だが、ただ習慣ではめていたのだ。それからニフラーを一匹選んだ。ニフラーはハリーの耳に長い鼻をくっつけ、夢中でクンクンかいだ。抱きしめたいようなかわいさだ。

「ちょっと待て」木箱をのぞき込んでハグリッドが言った。
「一匹余っちょるぞ……誰がいない？　ハーマイオニーはどうした？」
「医務室に行かなきゃならなくて」ロンが言った。
「あとで説明するよ」
パンジー・パーキンソンが聞き耳を立てていたので、ハリーはボソボソと言った。
今までの「魔法生物飼育学」で最高に楽しい授業だった。ニフラーは、まるで水に飛び込むようにやすやすと土の中にもぐり込み、はい出しては、自分を放してくれた生徒のところに大急ぎでかけ戻って、その手に金貨を吐き出した。ロンのニフラーが特に優秀で、ロンのひざはあっという間に金貨で埋まった。
「こいつら、ペットとして買えるのかな、ハグリッド？」
ニフラーが自分のローブに泥をはね返して飛び込むのを見ながら、ロンが興奮して言った。
「おふくろさんは喜ばねえぞ、ロン」
ハグリッドがニヤッと笑った。
「家の中を掘り返すからな、ニフラーってやつは。さーて、そろそろ全部掘り出したな」
ハグリッドはあたりを歩き回りながら言った。その間もニフラーはまだもぐり続けていた。

「金貨は百枚しか埋めとらん。おう、来たか、ハーマイオニー！」
ハーマイオニーが芝生を横切ってこちらに歩いてきた。両手を包帯でぐるぐる巻きにして、みじめな顔をしている。パンジー・パーキンソンが詮索するようにハーマイオニーを見た。
「さーて、どれだけ取れたか調べるか！」
ハグリッドが言った。
「金貨を数えろや！　そんでもって、盗んでもだめだぞ、ゴイル」
ハグリッドはコガネムシのような黒い目を細めた。
「レプラコーンの金貨だ。数時間で消えるわい」
ゴイルはぶすっとしてポケットをひっくり返した。結局、ロンのニフラーが、一番成績がよかった。ハグリッドは賞品として、ロンに「ハニーデュークス菓子店」の大きな板チョコを与えた。校庭のむこうで鐘が鳴り、昼食を知らせた。みんなは城に向かったが、ハリー、ロン、ハーマイオニーは残って、ハグリッドがニフラーを箱に入れるのを手伝った。マダム・マクシームが馬車の窓からこちらを見ているのに、ハリーは気がついた。
「手をどうした？　ハーマイオニー？」
ハグリッドが心配そうに聞いた。

ハーマイオニーは、今朝受け取ったいやがらせの手紙と、「腫れ草」の膿が詰まった封筒の事件を話した。

「あぁぁー、心配するな」

ハグリッドがハーマイオニーを見下ろしてやさしく言った。

「俺も、リータ・スキーターが俺のおふくろのことを書いたあとにな、そんな手紙だの何だの、来たもんだ。『おまえは怪物だ。やられてしまえ』とか、『おまえの母親は罪もない人たちを殺した。恥を知って湖に飛び込め』とか」

「そんな！」

ハーマイオニーはショックを受けた顔をした。

「ほんとだ」

ハグリッドはニフラーの木箱をよいしょと小屋の壁際に運んだ。

「やつらは、頭がおかしいんだ。ハーマイオニー、また来るようだったら、もう開けるな。すぐ暖炉に放り込め」

「せっかくいい授業だったのに、残念だったね」

城に戻る道々、ハリーがハーマイオニーに言った。

「いいよね、ロン？　ニフラーってさ」
しかし、ロンは、顔をしかめてハグリッドがくれたチョコレートを見ていた。すっかり気分を害した様子だ。
「どうしたんだい？」ハリーが聞いた。「味が気に入らないの？」
「ううん」
ロンはぶっきらぼうに言った。
「金貨のこと、どうして話してくれなかったんだ？」
「何の金貨？」ハリーが聞いた。
「クィディッチ・ワールドカップで僕が君にやった金貨さ」
ロンが答えた。
「『万眼鏡』のかわりに君にやった、レプラコーンの金貨。貴賓席で。あれが消えちゃったって、どうして言ってくれなかったんだ？」
ハリーはロンの言っていることが何なのか、しばらく考えないとわからなかった。
「ああ……」
やっと記憶が戻ってきた。

「さあ、どうしてか……なくなったことにちっとも気がつかなかった。杖のことばっかり心配してたから。そうだろ？」

三人は玄関ホールへの階段を上り、昼食をとりに大広間に入った。

「いいなぁ」

席に着き、ローストビーフとヨークシャー・プディングを取り分けながら、ロンが出し抜けに言った。

「ポケットいっぱいのガリオン金貨が消えたことにも気づかないぐらい、お金をたくさん持ってるなんて」

「あの晩は、ほかのことで頭がいっぱいだったんだって、そう言っただろ！」

ハリーはいらいらした。

「僕たち全員、そうだった。そうだろう？」

「レプラコーンの金貨が消えちゃうなんて、知らなかった」

ロンがつぶやいた。

「君に支払い済みだと思ってた。君、クリスマスプレゼントにチャドリー・キャノンズの帽子を僕にくれちゃいけなかったんだ」

「そんなこと、もういいじゃないか」ハリーが言った。
ロンはフォークの先で突き刺したローストポテトをにらみつけた。
「貧乏って、いやだな」
ハリーとハーマイオニーは顔を見合わせた。二人とも、何と言っていいかわからなかった。
「みじめだよ」
ロンはポテトをにらみつけたままだった。
「フレッドやジョージが少しでもお金をかせごうとしてる気持ち、わかるよ。僕もかせげたらいいのに。僕、ニフラーが欲しい」
「じゃあ、次のクリスマスにあなたにプレゼントする物、決まったわね」
ハーマイオニーが明るく言った。ロンがまだ暗い顔をしているので、ハーマイオニーがまた言った。
「さあ、ロン、あなたなんか、まだいいほうよ。だいたい指が膿だらけじゃないだけましじゃない」
ハーマイオニーは指がこわばって腫れ上がり、ナイフとフォークを使うのに苦労していた。
「あのスキーターって女、憎たらしい！」

ハーマイオニーは腹立たしげに言った。
「何がなんでもこの仕返しはさせていただくわ！」

いやがらせメールはそれから一週間、とぎれることなくハーマイオニーに届いた。ハグリッドに言われたとおり、ハーマイオニーはもう開封しなかったが、いやがらせ屋の中には「吠えメール」を送ってくる者もいた。グリフィンドールのテーブルでメールが爆発し、大広間全体に聞こえるような音でハーマイオニーを侮辱した。『週刊魔女』を読まなかった生徒でさえ、今やハリー、クラム、ハーマイオニーのうわさの三角関係のすべてを知ることになった。ハリーは、ハーマイオニーはガールフレンドじゃないと訂正するのにうんざりしてきた。
「そのうち収まるよ」
ハリーがハーマイオニーに言った。
「僕たちが無視してさえいればね……前にあの女が僕のことを書いた記事だって、みんなあきてしまったし――」
「学校に出入り禁止になってるのに、どうして個人的な会話を立ち聞きできるのか、私、それが知りたいわ！」

ハーマイオニーは腹を立てていた。

次の「闇の魔術に対する防衛術」の授業で、ハーマイオニーはムーディ先生に何か質問するために教室に残った。ほかの生徒は早く教室から出たがった。ムーディが「呪いそらし」の厳しいテストをしたので、生徒の多くが軽い傷をさすっていた。ハリーは「耳ヒクヒク」の症状がひどく、両手で耳を押さえつけながら教室を出る始末だった。

ハーマイオニーは五分後に、玄関ホールで、息をはずませながらハリーとロンに追いついた。

「ねえ、リータは絶対、透明マントを使ってないわ！」

ハーマイオニーが、ハリーに聞こえるように、ハリーの片手をヒクヒク耳から引きはがしながら言った。

「ムーディは、第二の課題のとき、審査員席の近くであの女を見てないし、湖の近くでも見なかったって言ったわ」

「ハーマイオニー、そんなことやめろって言ってもむだか？」ロンが言った。

「むだ！」

ハーマイオニーが頑固に言った。

「私がビクトールに話してたのを、あの女がどうやって聞いたのか、知りたいの！　それに、ハグリッドのお母さんのことをどうやって知ったのかもよ！」
「もしかして、君に虫をつけたんじゃないかな」
ハリーが言った。
「虫をつけた？」ロンがポカンとした。
「何だい、それ……ハーマイオニーにノミでもくっつけるのか？」
ハリーは「虫」と呼ばれる盗聴マイクや録音装置について説明しはじめた。
ロンは夢中になって聞いたが、ハーマイオニーは話をさえぎった。
「二人とも、いつになったら『ホグワーツの歴史』を読むの？」
「そんな必要あるか？」ロンが言った。
「君が全部暗記してるもの。僕たちは君に聞けばいいじゃないか」
「マグルが魔法の代用品に使うものは――電気だとかコンピュータ、レーダー、そのほかいろいろだけど――ホグワーツでは全部めちゃめちゃ狂うの。空気中の魔法が強過ぎるから。だから、ちがうわ。リータは盗聴の魔法を使ってるのよ。そうにちがいないわ……それが何なのかつかめたらなぁ……うーん、それが非合法だったら、もうこっちのものだわ……」
「ほかにも心配することがたくさんあるだろ？」

ロンが言った。
「この上リータ・スキーターへの復讐劇までおっぱじめる必要があるのかい？」
「何も手伝ってくれなんて言ってないわ！」
ハーマイオニーがきっぱり言った。
「一人でやります！」
ハーマイオニーは大理石の階段を、振り返りもせずどんどん上っていった。ハリーは、図書館に行くにちがいないと思った。
「賭けようか？　あいつが『**リータ・スキーター大嫌い**』ってバッジの箱を持って戻ってくるかどうか」
ロンが言った。
しかし、ハーマイオニーはリータ・スキーターの復讐にハリーやロンの手を借りようとはしなかった。二人にとってそれはありがたいことだった。何しろイースター休暇をひかえ、勉強の量が増える一方だったからだ。こんなにやることがあるのに、ハーマイオニーはその上どうやって盗聴の魔法を調べることができるのか、ハリーは正直、感心していた。宿題をこなすだけでもハリーは目いっぱいだったが、定期的に山の洞窟にいるシリウスに食べ物を送ることだけはやめなかった。去年の夏以来、ハリーは、いつも空腹だということがどんな状態なのかを忘れてはいなかった。ハリーはシリウスへのメモを同封して、何も異常なことは起きていないことや、パーシーからの返事をまだ待っていることなどを書いておいた。

ヘドウィグはイースター休暇が終わってからやっと戻ってきた。パーシーの返事は、ウィーズリーおばさんお手製のチョコレートでできた「イースター卵」の包みの中に入っていた。ハリーとロンの卵はドラゴンの卵ほど大きく、中には手作りのヌガーがぎっしり入っていた。しかし、ハーマイオニーの卵は鶏の卵より小さい。見たとたん、ハーマイオニーはがっかりした顔になった。

「あなたのお母さん、もしかしたら『週刊魔女』を読んでる？　ロン？」

ハーマイオニーが小さな声で聞いた。

「ああ」

口いっぱいにヌガーをほお張って、ロンが答えた。

「料理のページを見るのにね」

ハーマイオニーは悲しそうに小さなチョコレート卵を見た。

「パーシーが何て書いてきたか、見たくない？」ハリーが急いで言った。

パーシーの手紙は短く、いらいらした調子だった。

『日刊予言者新聞』にもしょっちゅうそう言っているのだが、クラウチ氏は当然取るべき休暇を取っている。クラウチ氏は定期的にふくろう便で仕事の指示を送ってよこす。実際にお姿は見ていないが、私はまちがいなく自分の上司の筆跡を見分けることくらいできる。そもそも私は今、仕事が手いっぱいで、ばかなうわさをもみ消しているひまはないくらいなのだ。よほど大切なこと以外で、私をわずらわせないでくれ。

ハッピー・イースター。

イースターが終わると夏学期が始まる。いつもならハリーは、シーズン最後のクィディッチ試合に備えて猛練習している時期だ。しかし、今年は三校対抗試合の最終課題があり、その準備が必要だ。もっとも、ハリーはどんな課題なのかをまだ知らなかった。五月の最後の週に、やっと、マクゴナガル先生が「変身術」の授業のあとでハリーを呼び止めた。

「ポッター、今夜九時にクィディッチ競技場に行きなさい。そこで、バグマンさんが第三の課題を代表選手に説明します」

そこで、夜の八時半、ハリーはロンやハーマイオニーと別れて、グリフィンドール塔をあとにし、階段を下りていった。玄関ホールを横切る途中、ハッフルパフの談話室から出てきたセドリックに会った。

「今度は何だと思う？」

二人で石段を下りながら、セドリックがハリーに聞いた。外は曇り空だった。

「フラーは地下トンネルのことばかり話すんだ。宝探しをやらされると思ってるんだよ」

「それならいいけど」

ハグリッドからニフラーを借りて、自分のかわりに探させればいいとハリーは思った。

二人は暗い芝生を、クィディッチ競技場へと歩き、スタンドのすきまを通ってピッチに出た。

「いったい何をしたんだ？」

セドリックが憤慨してその場に立ちすくんだ。

平らでなめらかだったクィディッチ・ピッチが様変わりしている。誰かが、そこに、長い低い壁を張りめぐらせたようだ。壁は曲がりくねり、四方八方に入り組んでいる。

「生け垣だ！」

かがんで一番近くの壁を調べたハリーが言った。
「よう、よう」元気な声がした。
ルード・バグマンがピッチの真ん中に立っていた。クラムとフラーもいる。ハリーとセドリックは、生け垣を乗り越え乗り越え、バグマンたちのほうに行った。だんだん近づくと、フラーがハリーに笑いかけた。湖からフラーの妹を助け出して以来、フラーのハリーに対する態度がまったく変わっていた。
「さあ、どう思うね？」
ハリーとセドリックが最後の垣根を乗り越えると、バグマンがうれしそうに言った。
「しっかり育ってるだろう？　あと一か月もすれば、ハグリッドが六メートルほどの高さにしてくれるはずだ。いや、心配ご無用」
ハリーとセドリックが気に入らないという顔をしているのを見て取って、バグマンがニコニコしながら言った。
「課題が終われば、クィディッチ・ピッチは元どおりにして返すよ！　さて、私たちがここに何を作っているのか、想像できるかね？」
一瞬誰も何も言わなかった。そして――。

「迷路」クラムがうなるように言った。
「そのとおり！」
バグマンが言った。
「迷路だ。第三の課題は、極めて明快だ。迷路の中心に三校対抗優勝杯が置かれる。最初にその優勝杯に触れた者が満点だ」
「迷路をあやく抜けるだーけですか？」フラーが聞いた。
「障害物がある」
バグマンはうれしそうに、体をはずませながら言った。
「ハグリッドがいろんな生き物を置く……それに、いろいろ呪いを破らないと進めない……まあ、そんなとこだ。さて、これまでの成績でリードしている選手が先にスタートして迷路に入る」
バグマンがハリーとセドリックに向かってニッコリした。
「次にミスター・クラムが入る……それからミス・デラクールだ。しかし、全員に優勝のチャンスはある。障害物をどうまく切り抜けるか、それ次第だ。おもしろいだろう、え？」
ハグリッドがこういうイベントにどんな生き物を置きそうか、ハリーはよく知っている。とても「おもしろい」とは思えなかったが、ほかの代表選手と同じく、礼儀正しくうなずいた。

「よろしい……質問がなければ、城に戻るとしようか。少し冷えるようだ……」
みんなが育ちかけの迷路を抜けて外に出ようとすると、バグマンが急いでハリーに近づいてきた。バグマンがハリーに、助けてやろうとまた申し出るような感じがした。しかし、ちょうどその時、クラムがハリーの肩をたたいた。
「ちょっと話したいんだけど？」
「ああ、いいよ」ハリーはちょっと驚いた。
「君と一緒に少し歩いてもいいか？」
「オッケー」ハリーはいったい何だろうと思った。
バグマンは少し戸惑った表情だった。
「ハリー、ここで待っていようか？」
「いいえ、バグマンさん、大丈夫です」
ハリーは笑いをこらえて言った。
「ありがとうございます。でも、城には一人で帰れますから」
ハリーとクラムは一緒に競技場を出た。しかしクラムはダームストラングの船に戻る道はとらず、禁じられた森に向かって歩きだした。

「どうしてこっちのほうに行くんだい？」
ハグリッドの小屋や、照明に照らされたボーバトンの馬車を通り過ぎながら、ハリーが聞いた。
「盗み聞きされたくヴぁない」クラムが短く答えた。
ボーバトンの馬のパドックから少し離れた静かな空き地にたどり着くと、ようやくクラムは木陰で足を止め、ハリーのほうに顔を向けた。
「知りたいのだ」クラムがにらんだ。
「君とハーミーオウンニニーの間にヴぁ、何かあるのか」
クラムの秘密めいたやり方からして、何かもっと深刻なことを予想していたハリーは、拍子抜けしてクラムをまじまじと見た。
「何にもないよ」ハリーが答えた。
しかし、クラムはまだにらみつけている。なぜか、ハリーは、クラムがとても背が高いことに改めて気づき、説明をつけ足した。
「僕たち、友達だ。ハーマイオニーは今、僕のガールフレンドじゃないし、これまで一度もそうだったことはない。スキーターって女がでっち上げただけだ」
「ハーミーオウンニニーヴぁ、しょっちゅう君のことをヴぁ題にする」

クラムは疑うような目でハリーを見た。
「ああ。それは、ともだちだからさ」ハリーが言った。
国際的に有名なクィディッチの選手、ビクトール・クラムとこんな話をしていることが、ハリーには何だか信じられなかった。まるで、十八歳のクラムが、僕を同等に扱っているようじゃないか――ほんとうのライバルのように――。
「君たちヴぁ一度も……これまで一度も……」
「一度もない」ハリーはきっぱり答えた。
クラムは少し気が晴れたような顔をした。ハリーをじっと見つめ、それからこう言った。
「君ヴぁ飛ぶのがうまいな。第一の課題のとき、ヴぉく、見ていたよ」
「ありがとう」
ハリーはニッコリした。そして、急に自分も背が高くなったような気がした。
「僕、クィディッチ・ワールドカップで、君のこと見たよ。ウロンスキー・フェイント。君ってほんとうに――」
その時、クラムの背後の木立の中で、何かが動いた。禁じられた森にうごめくものについては、いささか経験のあるハリーは、本能的にクラムの腕をつかみ、くるりと体の向きを変えさせた。

「何だ？」クラムが言った。

ハリーは頭を横に振り、動きの見えた場所をじっと見た。そしてローブに手をすべり込ませ、杖をつかんだ。

大きな樫の木の陰から、突然男が一人、よろよろと現れた。一瞬、ハリーには誰だかわからなかった……そして、気づいた。クラウチ氏だ。

クラウチ氏は何日も旅をしてきたように見えた。ローブのひざが破れ、血がにじんでいる。顔は傷だらけで、無精ひげが伸び、つかれきって灰色だ。きっちりと分けてあった髪も、口ひげも、ぼさぼさに伸び、汚れ放題だ。しかし、その奇妙な格好も、クラウチ氏の行動の奇妙さに比べれば何でもない。ブツブツ言いながら、身振り手振りで、クラウチ氏は自分にしか見えない誰かと話しているようだった。ダーズリーたちと一緒に買い物に行ったときに、一度見たことがある浮浪者を、ハリーはまざまざと思い出した。その浮浪者も、空に向かってわめき散らしていた。ペチュニアおばさんはダドリーの手をつかんで、道の反対側に引っ張っていき、浮浪者をさけようとした。そのあと、バーノンおじさんは、自分なら物乞いや浮浪者みたいなやつらをどう始末するか、家族全員に長々と説教したものだ。

「審査員の一人でヴぁないのか？」

クラムはクラウチ氏をじっと見た。
「あの人ヴぁ、こっちの魔法省の人だろう？」
ハリーはうなずいた。一瞬迷ったが、ハリーはそれから、ゆっくりとクラウチ氏に近づいた。クラウチ氏はハリーには目もくれず、近くの木に話し続けている。
「……それが終わったら、ウェーザビー、ダンブルドアにふくろう便を送って、試合に出席するダームストラングの生徒の数を確認してくれ。カルカロフがたった今、十二人だと言ってきたところだが……」
「クラウチさん？」
ハリーは慎重に声をかけた。
「……それから、マダム・マクシームにもふくろう便を送るのだ。カルカロフが一ダースという切りのいい数にしたと知ったら、マダムのほうも生徒の数を増やしたいと言うかもしれない……そうしてくれ、ウェーザビー、頼んだぞ。頼ん……」
クラウチ氏の目が飛び出ていた。じっと木を見つめて立ったまま、声も出さず口だけもごもご動かして木に話しかけている。それからよろよろと脇にそれ、崩れ落ちるようにひざをついた。
「クラウチさん？」

ハリーが大声で呼んだ。
「大丈夫ですか？」
クラウチ氏の目がぐるぐる回っている。ハリーは振り返ってクラムを見た。クラムもハリーについて木立に入り、驚いてクラウチ氏を見下ろしていた。
「この人ヴぁ、いったいどうしたの？」
「わからない」ハリーがつぶやいた。
「君、誰かを連れてきてくれないか――」
「ダンブルドア！」
クラウチ氏があえいだ。手を伸ばし、ハリーのローブをぐっと握り、引き寄せた。しかし、その目はハリーの頭を通り越して、あらぬほうを見つめている。
「私は……会わなければ……ダンブルドアに……」
「いいですよ」
ハリーが言った。
「立てますか、クラウチさん。一緒に行きます――」
「私は……ばかなことを……してしまった……」

クラウチ氏が低い声で言った。完全に様子がおかしい。目は飛び出し、ぐるぐる回り、よだれが一筋、だらりとあごまで流れている。一言一言、言葉を発することさえ苦しそうだ。

「どうしても……話す……ダンブルドアに……」

「立ってください、クラウチさん」

ハリーは大声ではっきりと言った。

「立つんです。ダンブルドアのところへお連れします！」

クラウチ氏の目がぐるりと回ってハリーを見た。

「誰だ……君は？」ささやくような声だ。

「僕、この学校の生徒です」

ハリーは、助けを求めてクラムを振り返ったが、クラムは後ろに突っ立ったまま、ますます心配そうな顔をしているだけだった。

「君はまさか……彼の」

クラウチ氏は口をだらりと開け、ささやくように言った。

「ちがいます」

ハリーはクラウチ氏が何を言っているのか見当もつかなかったが、そう答えた。

「ダンブルドアの？」
「そうです」ハリーが答えた。
クラウチ氏はハリーをもっと引き寄せた。ハリーはローブを握っているクラウチ氏の手をゆるめようとしたが、できなかった。恐ろしい力だった。
「警告を……ダンブルドアに……」
「離してくれたら、ダンブルドアを連れてきます。クラウチさん、離してください。そしたら連れてきますから……」
「ありがとう、ウェーザビー。それが終わったら、紅茶を一杯もらおうか。妻と息子がまもなくやってくるのでね。今夜はファッジご夫妻とコンサートに行くのだ」
クラウチ氏は再び木に向かって流ちょうに話しはじめた。ハリーがそこにいることなどまったく気づいていないようだ。ハリーはあんまり驚いたので、クラウチ氏が手を離したことにも気づかなかった。
「そうなんだよ。息子は最近『O・W・L試験』で十二科目もパスしてね。満足だよ。いや、ありがとう。いや、まったく鼻が高い。さてと、アンドラの魔法大臣のメモを持ってきてくれるかな。返事を書く時間ぐらいあるだろう……」

「君はこの人と一緒にここにいてくれ！」
ハリーはクラムに言った。
「僕がダンブルドアを連れてくる。僕が行くほうが早い。校長室がどこにあるかを知ってるから――」
「この人、狂ってる」
木をパーシーだと思い込んでいるらしく、べらべら木に話しかけているクラウチ氏を見下ろして、クラムはうさんくさそうに言った。
「一緒にいるだけだから」
ハリーは立ち上がりかけた。するとその動きに刺激されてか、クラウチ氏がまた急変した。ハリーのひざをつかみ、再び地べたに引きずり下ろしたのだ。
「私を……置いて……行かないで！」
ささやくような声だ。また目が飛び出している。
「逃げてきた……警告しないと……言わないと……ダンブルドアに会う……私のせいだ……みんな私のせいだ……バーサ……死んだ……みんな私のせいだ……息子……私のせいだ……ダンブルドアに言う……ハリー・ポッター……闇の帝王……より強くなった……ハリー・ポッター……」

「ダンブルドアを連れてきます。行かせてください。クラウチさん！」
ハリーは夢中でクラムを振り返った。
「手伝って。お願いだ」
クラムは恐る恐る近寄り、クラウチ氏の脇にしゃがんだ。
「ここで見ていてくれればいいから」
ハリーはクラウチ氏を振りほどきながら言った。
「ダンブルドアを連れて戻るよ」
「急いでくれよ」
クラムが呼びかける声を背に、ハリーは禁じられた森を飛び出し、暗い校庭を抜けて全速力で走った。校庭にはもう誰もいない。バグマン、セドリック、フラーの姿もない。ハリーは飛ぶように石段を上がり、樫の木の正面扉を抜け、大理石の階段を上がって、三階へと疾走した。
五分後、ハリーは、三階の誰もいない廊下の中ほどに立つ、怪獣の石像目がけて突進していた。
「レ――レモン・キャンディ！」
ハリーは息せき切って石像に叫んだ。

これがダンブルドアの部屋に通じる隠れた階段への合言葉だった――いや、少なくとも二年前まではそうだった。しかし、どうやら、合言葉は変わったらしい。石の怪獣は命を吹き込まれてピョンと飛びのくはずだったが、じっと動かず、意地の悪い目でハリーをにらむばかりだった。

「動け！」

ハリーは像に向かってどなった。

「頼むよ！」

しかし、ホグワーツでは、どなられたからといって動くものは一つもない。どうせだめだと、ハリーにはわかっていた。ハリーは暗い廊下を端から端まで見た。もしかしたら、ダンブルドアは職員室かな？　ハリーは階段に向かって全速力でかけだした。

「**ポッター！**」

ハリーは急停止してあたりを見回した。

スネイプが石の怪獣の裏の隠れ階段から姿を現したところだった。スネイプがハリーに戻れと合図する間に、背後の壁がするすると閉まった。

「ここで何をしているのだ？　ポッター？」

「ダンブルドア先生にお目にかからないと！」

ハリーは廊下をかけ戻り、スネイプの前で急停止した。
「クラウチさんです……たった今、現れたんです……禁じられた森にいます……クラウチさんの頼みで――」
「寝ぼけたことを！」
スネイプの暗い目がギラギラ光った。
「何の話だ？」
「クラウチさんです！」
ハリーは叫んだ。
「魔法省の！　あの人は病気か何かです――禁じられた森にいます。ダンブルドア先生に会いたがっています！　教えてください。そこの合言葉を――」
「校長は忙しいのだ。ポッター」
スネイプの薄い唇がゆがんで、ふゆかいな笑いが浮かんだ。
「ダンブルドア先生に伝えないといけないんです！」ハリーが大声で叫んだ。
「聞こえなかったのか？　ポッター？」
ハリーが必死になっているときに、ハリーの欲しいものを拒むのは、スネイプにとってこの上ない楽しみなのだと、ハリーにはわかった。
「スネイプ先生」
ハリーは腹が立った。
「クラウチさんは普通じゃありません――あの人は――あの人は正気じゃないんです――警告したいって、そう言ってるんです――」
スネイプの背後の石壁がするすると開いた。長い緑のローブを着て、少し物問いたげな表情で、ダンブルドアが立っていた。
「何か問題があるのかね？」
ダンブルドアがハリーとスネイプを見比べながら聞いた。
「先生！」
スネイプが口を開く前に、ハリーがスネイプの横に進み出た。
「クラウチさんがいるんです……禁じられた森です。ダンブルドア先生に話したがっています！」
ハリーはダンブルドアが何か質問するだろうと身がまえた。しかし、ダンブルドアはいっさい何も聞かなかった。ハリーはホッとした。

「案内するのじゃ」
ダンブルドアはすぐさまそう言うと、ハリーのあとからすべるように廊下を急いだ。あとに残されたスネイプが、怪獣の石像と並んで、怪獣の二倍も醜い顔で立っていた。
「クラウチ氏は何と言ったのかね？　ハリー？」
大理石の階段をすばやく下りながら、ダンブルドアが聞いた。
「先生に警告したいと……ひどいことをやってきたとも言いました……息子さんのことも……それに、バーサ・ジョーキンズのこと……それに……それにヴォルデモートのこと……ヴォルデモートが強力になってきているとか……」
「なるほど」
ダンブルドアは足を速めた。二人は真っ暗闇の中へと急いだ。
「あの人の行動は普通じゃありません」
ハリーはダンブルドアと並んで急ぎながら言った。
「自分がどこにいるのかもわからない様子で、パーシー・ウィーズリーがその場にいるかのように話しかけてみたかと思えば、また急に変わって、ダンブルドア先生に会わなくちゃって言うんです……ビクトール・クラムを一緒に残してきました」

「残した？」
ダンブルドアの声が鋭くなり、いっそう大股に歩きはじめた。ハリーは遅れないよう、小走りになった。
「誰かほかにはクラウチ氏を見たかの？」
「いいえ」
ハリーが答えた。
「僕、クラムと話をしていました。バグマンさんが僕たちに第三の課題について話をしたすぐあとで、僕たちだけが残って、それで、クラウチさんが森から出てきたのを見ました――」
「どこじゃ？」
ボーバトンの馬車が暗闇から浮き出して見えてきたとき、ダンブルドアが聞いた。
「あっちです」
ハリーはダンブルドアの前に立ち、木立の中を案内した。クラウチ氏の声はもう聞こえなかったが、ハリーはどこに行けばいいかわかっていた。ボーバトンの馬車からそう離れてはいなかった……どこかこのあたりだ……。
「ビクトール？」ハリーが大声で呼びかけた。

応えがない。

「ここにいたんです」

ハリーがダンブルドアに言った。

「絶対このあたりにいたんです……」

「ルーモス！　光よ！」

ダンブルドアが杖に灯りをともし、上にかざした。

細い光が地面を照らし、黒い木の幹を一本、また一本と照らし出した。そして、二本の足の上で光が止まった。

ハリーとダンブルドアがかけ寄った。クラムが地面に大の字に倒れている。意識がないらしい。クラウチ氏の影も形もない。ダンブルドアはクラムの上にかがみ込み、片方のまぶたをそっと開けた。

「『失神術』にかかっておる」

ダンブルドアは静かに言った。周りの木々を透かすように見回すダンブルドアの半月めがねが、杖灯りにキラリと光った。

「誰か呼んできましょうか？」ハリーが言った。

「マダム・ポンフリーを？」
「いや」ダンブルドアがすぐに答えた。
「ここにおるのじゃ」
ダンブルドアは杖を宙に上げ、ハグリッドの小屋を指した。杖から何か銀色のものが飛び出し、半透明な鳥のゴーストのように、それは木々の間をすり抜け、飛び去った。それからダンブルドアは再びクラムの上にかがみ込み、杖をクラムに向けて唱えた。
「リナベイト！　蘇生せよ！」
クラムが目を開けた。ぼんやりしている。ダンブルドアを見ると、クラムは起き上がろうとした。しかし、ダンブルドアはクラムの肩を押さえ、横にならせた。
「あいつがヴぉくを襲った！」
クラムが頭を片手で押さえながらつぶやいた。
「あの狂った男がヴぉくを襲った！　ヴぉくが、ポッターはどこへ行ったかと振り返ったら、あいつが、後ろからヴぉくを襲った！」
「しばらくじっと横になっているがよい」ダンブルドアが言った。
雷のような足音が近づいてきた。ハグリッドがファングを従え、息せき切ってやってきた。石弓を背負っている。
「ダ、ダンブルドア先生さま！」
ハグリッドは目を大きく見開いた。
「ハリー――いってえ、これは――？」
「ハグリッド、カルカロフ校長を呼んできてくれんか」
ダンブルドアが言った。
「カルカロフの生徒が襲われたのじゃ。それがすんだら、ご苦労じゃが、ムーディ先生に警告を――」
「それにはおよばん、ダンブルドア」
ゼイゼイというなり声がした。
「ここにおる」
ムーディがステッキにすがり、杖灯りをともし、足を引きずってやってきた。
「この足め」
ムーディが腹立たしげに言った。
「もっと早く来られたものを……何事だ？　スネイプが、クラウチがどうのと言っておったが――」

「クラウチ？」ハグリッドがポカンとした。

「カルカロフを早く、ハグリッド！」ダンブルドアの鋭い声が飛んだ。

「あ、へえ……わかりました、先生さま……」

そう言うなり、くるりと背を向け、ハグリッドは暗い木立の中に消えていった。ファングがかけ足であとに従った。

「バーティ・クラウチがどこに行ったのか、わからんのじゃが」

ダンブルドアがムーディに話しかけた。

「しかし、何としても探し出すことが大事じゃ」

「承知した」

ムーディはうなるようにそう言うと、杖をかまえなおし、足を引きずりながら禁じられた森へと去った。

それからしばらく、ダンブルドアもハリーも無言だった。やがて、紛れもなく、ハグリッドとファングの戻ってくる音がした。カルカロフがそのあとから急いでやってきた。なめらかなシルバーの毛皮をはおり、青ざめて、動揺しているように見えた。

「いったいこれは？」
クラムが地面に横たわり、ダンブルドアとハリーがそばにいるのを見て、カルカロフが叫んだ。
「これは何事だ？」
「ヴぉく、襲われました！」
クラムが今度は身を起こし、頭をさすった。
「クラウチ氏とか何とかいう名前の――」
「クラウチが君を襲った？　クラウチが襲った？　対校試合の審査員が？」
「イゴール」
ダンブルドアが口を開いた。しかしカルカロフは身がまえ、激怒した様子で、毛皮をギュッと体に巻きつけた。
「裏切りだ！」
ダンブルドアを指差し、カルカロフがわめいた。
「罠だ！　君と魔法省とで、私をここにおびきよせるために、にせの口実を仕組んだな、ダンブルドア！　はじめから平等な試合ではないのだ！　最初は、年齢制限以下なのに、ポッターを試合にもぐり込ませた！　今度は魔法省の君の仲間の一人が、私の代表選手を動けなくしようとした！　何もかも裏取引と腐敗の臭いがするぞ、ダンブルドア。魔法使いの国際連携を深めるの、旧交を温めるの、昔の対立を水に流すのと、口先ばかりだ――おまえなんか、こうしてやる！」

カルカロフはダンブルドアの足元にペッとつばを吐いた。そのとたん、ハグリッドがあっという間にカルカロフの毛皮の胸ぐらをつかみ、宙吊りにしてそばの木にたたきつけた。

「謝れ！」

ハグリッドがうなった。ハグリッドの巨大な拳をのど元に突きつけられ、カルカロフは息が詰まり、両足は宙に浮いてぶらぶらしていた。

「ハグリッド、やめるのじゃ！」

ダンブルドアが叫んだ。目がピカリと光った。

ハグリッドはカルカロフを木に押しつけていた手を離した。カルカロフはずるずる木の幹に沿ってずり落ち、ぶざまに丸まって木の根元にドサリと落ちた。小枝や木の葉がバラバラとカルカロフの頭上に降りかかった。

「ご苦労じゃが、ハグリッド、ハリーを城まで送ってやってくれ」

ダンブルドアが鋭い口調で言った。

ハグリッドは息を荒らげ、カルカロフを恐ろしい顔でにらみつけた。

「俺は、ここにいたほうがいいんではねえでしょうか、校長先生さま……」
「ハリーを学校に連れていくのじゃ、ハグリッド」
ダンブルドアが、きっぱりとくり返した。
「まっすぐにグリフィンドール塔へ連れていくのじゃ。そして、ハリー――動くでないぞ。何かしたくとも――ふくろう便を送りたくとも――明日の朝まで待つのじゃ。わかったかな？」
「あの――はい」
ハリーはダンブルドアをじっと見た。たった今、ピッグウィジョンをシリウスのところに送って、何が起こったかを知らせようと思っていたのに、ダンブルドアはどうしてそれがわかったんだろう？
「ファングを残していきますだ、校長先生さま」
ハグリッドがカルカロフを脅すようににらみつけながら言った。カルカロフは毛皮と木の根とにもつれて、まだ木の根元に伸びていた。
「ファング、ステイ。ハリー、行こう」
二人はだまったまま、ボーバトンの馬車を通り過ぎ、城に向かって歩いた。
「あいつ、よくも」

急ぎ足で湖を通り過ぎながら、ハグリッドがうなった。
「ダンブルドアを責めるなんて、よくも。そんなことをダンブルドアがしたみてえに。ダンブルドアがおまえさんを、はじめから試合に出したかったみてえに。心配なさってるんだ！　ここんとこ、ずっとだ。ダンブルドアがこんなに心配なさるのを今までに見たことがねえ。それにおまえもおまえだ！」
ハグリッドが急にハリーに怒りを向けた。ハリーはびっくりしてハグリッドを見た。
「クラムみてえな野郎とほっつき歩いて、何しとったんだ？　やつはダームストラングだぞ、ハリー！　あそこでおまえさんに呪いをかけることもできただろうが。え？　ムーディから何を習っちょった？　ほいほい進んで、やつにおびき出されるたあ――」
「クラムはそんな人じゃない！」
玄関ホールの石段を上りながら、ハリーが言った。
「僕に呪いをかけようとなんかしなかった。ただ、ハーマイオニーのことを話したかっただけなんだ――」
「ハーマイオニーとも少し話をせにゃならんな」
石段をドシンドシン踏みしめながら、ハグリッドが暗い顔をした。

「よそ者とはなるべくかかわらんほうがええ。そのほうが身のためだ。誰も信用できん」
「ハグリッドだって、マダム・マクシームと仲よくやってたじゃない」
ハリーはちょっとかんにさわった。
「あの女の話は、もうせんでくれ」
ハグリッドは一瞬怖い顔をした。
「もう腹は読めとる！　俺に取り入ろうとしとる。第三の課題が何なのか聞き出そうとしとる。へん！　あいつら、誰も信用できん！」
ハグリッドの機嫌が最悪だったので、「太った婦人」の前でおやすみを言ったとき、ハリーはとてもホッとした。
肖像画の穴をはい登って談話室に入ると、ハリーはまっすぐ、ロンとハーマイオニーのいる部屋の隅に急いだ。今夜の出来事を二人に話さなければ。

第29章　夢

「つまり、こういうことになるわね」
ハーマイオニーが額をこすりながら言った。
「クラウチさんがビクトールを襲ったか、それとも、ビクトールがよそ見をしているときに、別の誰かが二人を襲ったかだわ」
「クラウチに決まってる」
ロンがすかさず突っ込んだ。
「だから、ハリーとダンブルドアが現場に行ったときに、クラウチはいなかった。とんずらしたんだ」
「ちがうと思うな」
ハリーが首を振った。
「クラウチはとっても弱っていたみたいだ――『姿くらまし』なんかもできなかったと思う」

「ホグワーツの敷地内では、『姿くらまし』はできないの。何度も言ったでしょ？」
ハーマイオニーが言った。
「よーし……こんな説はどうだ」ロンが興奮しながら言った。
「クラムがクラウチを襲った――いや、ちょっと待って――それから自分自身に『失神術』をかけた！」
「そして、クラウチさんは蒸発した。そういうわけ？」ハーマイオニーが冷たく言い放った。
「ああ、そうか……」
夜明けだった。ハリー、ロン、ハーマイオニーは朝早く、こっそり寮を抜け出し、シリウスに手紙を送るために、急いでふくろう小屋にやってきたところだった。今、三人は朝靄の立ち込める校庭を眺めながら話をしていた。夜遅くまでクラウチ氏の話をしていたので、三人とも顔色が悪く、腫れぼったい目をしていた。
「ハリー、もう一回話してちょうだい」ハーマイオニーが言った。
「クラウチさんは、何をしゃべったの？」
「もう話しただろ。わけのわからないことだったって」ハリーが言った。
「ダンブルドアに何かを警告したいって言ってた。バーサ・ジョーキンズの名前ははっきり言った。もう死んでると思ってるらしいよ。何かが、自分のせいだって、何度もくり返してた……自分の息子のことを言った」

「そりゃ、たしかにあの人のせいだわ」ハーマイオニーはつっけんどんに言った。

「あの人、正気じゃなかった」ハリーが言った。

「話の半分ぐらいは、奥さんと息子がまだ生きているつもりで話してたし、パーシーに仕事のことばかり話しかけて、命令していた」

「それと……『例のあの人』については何て言ったんだっけ？」

ロンが聞きたいような、聞きたくないような言い方をした。

「もう話しただろ」

ハリーはのろのろとくり返した。

「より強くなっているって、そう言ってたんだ」

みんなだまり込んだ。

それから、ロンが空元気を振りしぼって言った。

「だけど、クラウチは正気じゃなかったんだ。そう言ったよね。だから、半分ぐらいはたぶんうわ言さ……」

「ヴォルデモートのことをしゃべろうとしたときは、一番正気だったよ」
ハリーは、ロンがヴォルデモートの名前だけでぎくりとするのを無視した。
「言葉を二つつなぐことさえやっとだったのに、このことになると、自分がどこにいて何をしたいのかがわかってたみたいなんだ。ダンブルドアに会わなきゃって、そればっかり言ってた」
ハリーは窓から目を離し、天井の垂木を見上げた。ふくろうのいない止まり木が多かった。ときどき一羽、また一羽と、夜の狩から戻ったふくろうが、ネズミをくわえてスイーッと窓から入ってきた。
「スネイプにじゃまされなけりゃ」
ハリーは悔しそうに言った。
「間に合ってたかもしれないのに。『校長は忙しいのだ、ポッター……寝ぼけたことを！』だってさ。じゃませずにほっといてくれればよかったんだ」
「もしかしたら、君を現場に行かせたくなかったんだ！」
ロンが急き込んで言った。
「たぶん――待てよ――スネイプが禁じられた森に行くとしたら、どのくらい早く行けたと思う？　君やダンブルドアを追い抜けたと思うか？」

「コウモリか何かに変身しないと無理だ」ハリーが言った。
「それもありだな」ロンがつぶやいた。
「ムーディ先生に会わなきゃ」
ハーマイオニーが言った。
「クラウチさんを見つけたかどうか、たしかめなきゃ」
「ムーディがあの時『忍びの地図』を持っていたら、簡単だったろうけど」
ハリーが言った。
「ただし、クラウチが校庭から外に出てしまっていなければだけどな」
ロンが言った。
「だって、あれは学校の境界線の中しか見せてくれないはずだし――」
「シッ！」
突然ハーマイオニーが制した。
階段を上がって誰かがふくろう小屋に来る。ハリーの耳に、二人で口論する声がだんだん近づいてくるのが聞こえた。
「――脅迫だよ、それは。それじゃ、面倒なことになるかもしれないぜ――」

「――これまでは行儀よくやってきたんだ。もう汚い手に出る時だ。やつとおんなじに。やつは、自分のやったことを、魔法省に知られたくないだろうから――」
「それを書いたら、脅迫状になるって、そう言ってるんだよ！」
「そうさ。だけど、そのおかげでどっさりおいしい見返りがあるなら、おまえだって文句はないだろう？」
ふくろう小屋の戸がバーンと開き、フレッドとジョージが敷居をまたいで入ってきた。そして、ハリー、ロン、ハーマイオニーを見つけ、その場に凍りついた。
「こんなとこで何してるんだ？」ロンとフレッドが同時に叫んだ。
「ふくろう便を出しに」ハリーとジョージが同時に答えた。
「え？　こんな時間に？」ハーマイオニーとフレッドが言った。
フレッドがニヤッとした。
「いいさ――君たちが何も聞かなけりゃ、俺たちも君たちが何しているか聞かないことにしよう」
フレッドは封書を手に持っていた。ハリーがちらりと見ると、フレッドは偶然か、わざとか、手をもぞもぞさせて宛名を隠した。

「さあ、みなさんをお引きとめはいたしませんよ」
フレッドが出口を指差しながら、おどけたようにおじぎした。
ロンは動かなかった。
「誰を脅迫するんだい？」ロンが聞いた。
フレッドの顔からニヤリが消えた。ハリーが見ていると、ジョージがちらっとフレッドを横目で見て、それからロンに笑いかけた。
「バカ言うな。単なる冗談さ」ジョージが何でもなさそうに言った。
「そうは聞こえなかったぞ」ロンが言った。
フレッドとジョージが顔を見合わせた。
それから、ふいにフレッドが言った。
「前にも言ったけどな、ロン、鼻の形を変えたくなかったら、引っ込んでろ。もっとも鼻の形は変えたほうがいいかもしれないけどな——」
「誰かを脅迫しようとしてるなら、僕にだって関係があるんだ」
ロンが言った。
「ジョージの言うとおりだよ。そんなことしたら、すごく面倒なことになるかもしれないぞ」

「冗談だって、言ったじゃないか」ジョージが言った。
ジョージはフレッドの手から手紙をもぎ取り、一番近くにいたメンフクロウの脚にくくりつけはじめた。
「おまえ、少しあのなつかしの兄貴に似てきたぞ、ロン。そのままいけば、おまえも監督生になれる」
「そんなのになるもんか！」ロンが熱くなった。
ジョージはメンフクロウを窓際に連れていって、飛び立たせた。
そして、振り返ってロンにニヤッと笑いかけた。
「そうか、それなら他人に何しろかにしろと、うるさく言うな。じゃあな」
フレッドとジョージはふくろう小屋を出ていった。ハリー、ロン、ハーマイオニーは互いに顔を見合わせた。
「あの二人、何か知ってるのかしら？」ハーマイオニーがささやいた。
「クラウチのこととか、いろいろ」
「いいや」ハリーが言った。
「あれぐらい深刻なことなら、二人とも誰かに話してるはずだ。ダンブルドアに話すだろう」

しかし、ロンは何だか落ち着かない。
「どうしたの？」ハーマイオニーが聞いた。
「あのさ……」
ロンが言いにくそうに言った。
「あの二人が誰かに話すかどうか、僕、わかんない。あの二人……あの二人、最近金もうけに取り憑かれてるんだ。僕、あの連中にくっついて歩いていたときにそのことに気づいたんだ――ほら、あの時だよ――ほら――」
「僕たちが口をきかなかったときだね」
ハリーがロンのかわりに言った。
「わかったよ。だけど、脅迫なんて……」
「あの『いたずら専門店』のことさ」ロンが言った。
「僕、あの二人が、ママを困らせるために店のことを言ってるんだと思ってた。そしたら、真剣なんだよ。二人で店を始めたいんだ。ホグワーツ卒業まであと一年しかないし、将来のことを考える時だって。パパは二人を援助することができないし、だから二人は、店を始めるのに金貨が必要だって、いつもそう言ってるんだ」

今度はハーマイオニーが落ち着かなくなった。
「そう。でも……あの二人は、金貨のために法律に反するようなことしないでしょう？」
「しないかなぁ」
ロンが疑わしそうに言った。
「わかんない……規則破りを気にするような二人じゃないだろ？」
「そうだけど、こんどは法律なのよ」
ハーマイオニーは恐ろしそうに言った。
「ばかげた校則とはちがうわ……脅迫したら、居残り罰じゃすまないわよ！　ロン……パーシーに言ったほうがいいんじゃないかしら……」
「正気か？」ロンが言った。
「パーシーに言う？　あいつ、クラウチとおんなじように、弟を突き出すぜ」
ロンはフレッドとジョージがふくろうを放った窓をじっと見た。
「さあ、行こうか。朝食だ」
「ムーディ先生にお目にかかるのには早過ぎると思う？」
らせん階段を下りながら、ハーマイオニーが言った。

「うん」ハリーが答えた。「こんな夜明けに起こしたら、僕たちドアごと吹っ飛ばされると思うな。ムーディの寝込みを襲ったと思われちゃうよ。休み時間まで待ったほうがいい」

「魔法史」の授業がこんなにのろのろ感じられるのもめずらしかった。ハリーは自分の腕時計をついに捨ててしまったので、ロンの腕時計をのぞき込んでばかりいた。しかしロンの時計の進みがあまりに遅いので、きっとこれも壊れているにちがいないと思った。三人ともつかれはてていたので、机に頭をのせたら、気持ちよく眠り込んでしまっただろう。ハーマイオニーでさえ、いつものようにノートを取る様子もなく、片手で頭を支え、ビンズ先生をとろんとした目で見つめているだけだった。

やっと終業のベルが鳴ると、三人は廊下に飛び出し、「闇の魔術」の教室に急いだ。ムーディは教室から出るところだった。ムーディも、三人と同じようにつかれた様子だった。普通の目のまぶたが垂れ下がり、いつもに増してひん曲がった顔に見えた。

「ムーディ先生？」

生徒たちをかき分けてムーディに近づきながら、ハリーが呼びかけた。

「おお、ポッター」

ムーディがうなった。「魔法の目」が、通り過ぎていく二、三人の一年生を追っていた。一年生はびくびくしながら足を速めて通り過ぎた。「魔法の目」が、背後を見るようにひっくり返り、一年生が角を曲がるのを見届け、それからムーディが口を開いた。

「こっちへ来い」

ムーディは少し後ろに下がって、空になった教室に三人を招じ入れ、そのあとで自分も入ってドアを閉めた。

「見つけたのですか？」

ハリーは前置きなしに聞いた。

「クラウチさんを？」

「いや」

そう言うと、ムーディは自分の机まで行って腰かけ、小さくうめきながら義足を伸ばし、携帯用酒瓶を引っ張り出した。

「あの地図を使いましたか？」ハリーが聞いた。

「もちろんだ」

ムーディは酒瓶を口にしてぐいと飲んだ。

「おまえのまねをしてな、ポッター。『呼び寄せ呪文』でわしの部屋から禁じられた森まで、地図を呼び出した。クラウチは地図のどこにもいなかった」
「それじゃ、やっぱり『姿くらまし』術？」ロンが言った。
「ロン！　学校の敷地内では、『姿くらまし』はできないの！」ハーマイオニーが言った。
「消えるには、何かほかの方法があるんですね？　先生？」
ムーディの「魔法の目」が、ハーマイオニーを見すえて、笑うように震えた。
「おまえもプロの闇祓いになることを考えてもよい一人だな」
ムーディが言った。
「グレンジャー、考えることが筋道立っておる」
ハーマイオニーがうれしそうにほおを赤らめた。
「うーん、クラウチは透明ではなかったし」
ハリーが言った。
「あの地図は透明でも現れます。それじゃ、きっと学校の敷地から出てしまったのでしょう」
「だけど、自分一人の力で？」
ハーマイオニーの声に熱がこもった。

「それとも、誰かがそうさせたのかしら？」
「そうだ。誰かがやったかも――箒に乗せて、一緒に飛んでいった。ちがうかな？」
ロンは急いでそう言うと、期待のこもった目でムーディを見た。自分も闇祓いの素質があると言ってもらいたそうな顔だった。
「さらわれた可能性は皆無ではない」ムーディがうなった。
「じゃ」ロンが続けた。「クラウチはホグズミードのどこかにいると？」
「どこにいてもおかしくはないが」
ムーディが頭を振った。
「確実なのは、ここにはいないということだ」
ムーディは大きなあくびをした。傷痕が引っ張られて伸びた。ひん曲がった口の中で、歯が数本欠けているのが見えた。
「さーて、ダンブルドアが言っておったが、おまえたち三人は探偵ごっこをしておるようだな。クラウチはおまえたちの手には負えん。魔法省が捜索に乗り出すだろう。ダンブルドアが知らせたのでな。ポッター、おまえは第三の課題に集中することだ」
「え？」ハリーはふいを突かれた。「ああ、ええ……」

あの迷路のことは、昨夜クラムと一緒にあの場を離れてから一度も考えなかった。

「お手の物だろう、これは」

ムーディは傷だらけの無精ひげの生えたあごをさすりながら、ハリーを見上げた。

「ダンブルドアの話では、おまえはこの手のものは何度もやってのけたらしいな。一年生のとき、賢者の石を守る障害の数々を破ったとか。そうだろうが？」

「僕たちが手伝ったんだ」ロンが急いで言った。「僕とハーマイオニーが手伝った」

ムーディがニヤリと笑った。

「ふむ。今度のも練習を手伝うがよい。今度はポッターが勝って当然だ。当面は……ポッター、警戒をおこたるな。油断大敵だ」

ムーディは携帯用酒瓶からまたぐいーっと大きく一飲みし、「魔法の目」を窓のほうにくるりと回した。ダームストラング船の一番上の帆が窓から見えていた。

「おまえたち二人は」

ムーディの普通の目がロンとハーマイオニーを見ていた。

「ポッターから離れるでないぞ。いいか？　わしも目を光らせているが、それにしてもだ……警戒の目は多過ぎて困るということはない」

翌朝には、シリウスが同じふくろうで返事をよこした。ハリーのそばにそのふくろうが舞い降りると同時に、モリフクロウが一羽、くちばしに『日刊予言者新聞』をくわえて、ハーマイオニーの前に降りてきた。新聞の最初の二、三面を斜め読みしたハーマイオニーが「フン！　あの女、クラウチのことはまだかぎつけてないわ！」と言った。それから、ロン、ハリーと一緒に、シリウスがおとといの夜の不可思議な事件について、何と言ってきたのかを読んだ。

ハリー――いったい何を考えているんだ？　ビクトール・クラムと一緒に禁じられた森に入るなんて。誰かと夜に出歩くなんて、二度としないと返事のふくろう便で約束してくれ。ホグワーツには、誰か極めて危険な人物がいる。クラウチがダンブルドアに会うのを、そいつが止めようとしたのは明らかだ。そいつは、暗闇の中で、君のすぐ近くにいたはずだ。殺されていたかもしれないのだぞ。

君の名前が「炎のゴブレット」に入っていたのも、偶然ではない。誰かが君を襲おうとしているなら、これからが最後のチャンスだ。ロンやハーマイオニーから離れるな。

夜にグリフィンドール塔から出るな。そして、第三の課題のために準備するのだ。「失神呪文」「武装解除呪文」を練習すること。呪いをいくつか覚えておいても損はない。クラウチに関しては、君の出る幕ではない。おとなしくして、自分のことだけを考えるのだ。もう変な所へ出ていかないと、約束の手紙を送ってくれ。待っている。

シリウスより

「変な所に行くなって、僕に説教する資格がある？」

ハリーは少し腹を立てながらシリウスの手紙を折りたたんでローブにしまった。

「学校時代に自分がやったことを棚に上げて！」

「あなたのことを心配してるんじゃない！」

ハーマイオニーが厳しい声で言った。

「ムーディもハグリッドもそうよ！　ちゃんと言うことを聞きなさい！」

「この一年、誰も僕を襲おうとしてないよ」ハリーが言った。

「誰も、なーんにもしやしない――」

「あなたの名前を『炎のゴブレット』に入れた以外はね」
ハーマイオニーが言った。
「それに、ちゃんと理由があってそうしたにちがいないのよ、ハリー。スナッフルズが正しいわ。きっとやつは時を待ってるんだわ。たぶん、今度の課題であなたに手を下すつもりよ」
「いいかい」
ハリーはいらいらと言った。
「スナッフルズが正しいとするよ。誰かがクラムに『失神呪文』をかけて、クラウチをさらったとするよ。なら、そいつは僕らの近くの木陰にいたはずだ。そうだろう？　だけど僕がいなくなるまで何もしなかった。そうじゃないか？　だったら、僕がねらいってわけじゃないだろう？」
「禁じられた森であなたを殺したら、事故に見せかけることができないじゃない！」
ハーマイオニーが言った。
「だけど、もしあなたが課題の最中に死んだら――」
「クラムのことは平気で襲ったじゃないか」
ハリーが言い返した。
「僕のことも一緒に消しちゃえばよかっただろ？　クラムと僕が決闘かなんかしたように見せか

けることもできたのに」
「ハリー、私にもわからないのよ」
ハーマイオニーが弱りはてたように言った。
「おかしなことがたくさん起こっていることだけはわかってる。それが気に入らないわ……ムーディは正しい――スナッフルズも正しい――あなたはすぐにでも第三の課題のトレーニングを始めるべきだわ。それに、すぐにスナッフルズに返事を書いて、二度と一人で抜け出したりしないと約束しなきゃ」

城の中にこもっていなければならないとなると、ホグワーツの校庭はますます強く誘いかけてくるようだった。二、三日は、ハリーもハーマイオニーやロンと図書館に行って呪いを探したり、からっぽの教室に三人で忍び込んで練習をしたりして自由時間を過ごした。ハリーはこれまで使ったことのない「失神呪文」に集中していた。困ったことには、練習をすると、ロンかハーマイオニーがある程度犠牲になるのだった。
「ミセス・ノリスをさらってこれないか？」
月曜の昼食時に、「呪文学」の教室に大の字になって倒れたまま、ロンが提案した。五回連続で「失神呪文」にかけられ、ハリーに目をさまさせられた直後のことだ。
「ちょっとあいつに『失神術』をかけてやろうよ。じゃなきゃ、ハリー、ドビーを使えばいい。君のためなら何でもすると思うよ。僕、文句を言ってるわけじゃないけどさ」――ロンは尻をさすりながらそろそろと立ち上がった――「だけど、あっちこっち痛くて……」
「だって、あなた、クッションのところに倒れないんだもの！」
ハーマイオニーがもどかしそうに言いながら、クッションの山を並べなおした。「追い払い呪文」の練習に使ったクッションを、フリットウィック先生が戸棚に入れたままにしておいたのだ。
「後ろにばったり倒れなさいよ！」
「『失神』させられたら、ハーマイオニー、ねらい定めて倒れられるかよ！」
ロンが怒った。
「今度は君がやれば？」
「いずれにしても、ハリーはもうコツをつかんだと思うわ」
ハーマイオニーがあわてて言った。
「それに、『武装解除』のほうは心配ないわ。ハリーはずいぶん前からこれを使ってるし……今夜はここにある呪いのどれかに取りかかったほうがいいわね」

ハーマイオニーは、図書館で三人で作ったリストを眺めた。
「この呪いなんかよさそうだわ。『妨害の呪い』。あなたを襲うもののスピードを遅くします。ハリー、この呪いから始めましょう」
ベルが鳴った。三人はフリットウィック先生の戸棚に急いでクッションを押し込み、そっと教室を抜け出した。
「それじゃ、夕食のときにね！」
ハーマイオニーはそう言うと「数占い」の授業に行った。ハリーとロンは北塔の「占い学」の教室に向かった。金色のまぶしい日光が高窓から射し込み、廊下に太いしま模様を描いていた。空はエナメルを塗ったかのように、明るいブルー一色だった。
「トレローニーの部屋は蒸し風呂だぞ。あの暖炉の火を消したことがないからな」
天井の跳ね戸の下に伸びる銀のはしごに向かって、階段を上りながらロンが言った。
そのとおりだった。ぼんやりと灯りのともった部屋はうだるような暑さだった。香料入りの火から立ち昇る香気はいつもより強く、ハリーは頭がくらくらしながら、カーテンを閉めきった窓に向かって歩いていった。トレローニー先生がランプに引っかかったショールをはずすのにむこうを向いたすきに、ハリーはほんのわずか窓を開け、チンツ張りのひじかけ椅子に背をもたせ、そよ風が顔の回りをなでるようにした。とても心地よかった。

「みなさま」

トレローニー先生は、ヘッドレストつきのひじかけ椅子に座り、生徒と向き合い、めがねで奇妙に拡大された目でぐるりとみんなを見回した。

「星座占いはもうほとんど終わりました。ただし、今日は、火星の位置がとても興味深いところにございましてね。その支配力を調べるのにはすばらしい機会ですの。こちらをごらんあそばせ。灯りを落としますわ……」

先生が杖を振ると、ランプが消えた。暖炉の火だけが明るかった。トレローニー先生はかがんで、自分の椅子の下から、ガラスのドームに入った、太陽系のミニチュア模型を取り上げた。それは美しいものだった。九個の惑星の周りにはそれぞれの月が輝き、燃えるような太陽があり、その全部が、ガラスの中にぽっかりと浮いている。トレローニー先生が、火星と海王星がほれぼれするような角度を構成していると説明しはじめたのを、ハリーはぼんやりと眺めていた。むっとするような香気が押し寄せ、窓からのそよ風が顔をなでた。どこかカーテンの陰で、虫がやさしく鳴いているのが聞こえた。ハリーのまぶたが重くなってきた……。

ハリーはワシミミズクの背に乗って、澄みきったブルーの空高く舞い上がり、高い丘の上に立つ蔦のからんだ古い屋敷へと向かっていた。だんだん低く飛ぶと、心地よい風がハリーの顔をなでた。

そしてハリーは、館の上の階の暗い破れた窓にたどり着き、中に入った。今、ハリーとワシミミズクは、一番奥の部屋を目指して、薄暗い廊下を飛んでいる……ドアから暗い部屋に入ると、部屋の窓は板が打ちつけてあった……。

ハリーはワシミミズクから降りた……ワシミミズクが部屋を横切り、ハリーに背を向けた椅子のほうへと飛んでいくのを、ハリーは見ていた……椅子のそばの床に、二つの黒い影が見える……二つの影がうごめいている……。

一つは巨大な蛇……もう一つは男……はげかけた頭、薄い水色の目、とがった鼻の小男だ……男は暖炉マットの上で、ゼイゼイ声を上げ、すすり泣いている……。

「ワームテール、貴様は運のいいやつよ」

冷たい、かん高い声が、ワシミミズクのとまったひじかけ椅子の奥のほうから聞こえた。

「まったく運のいいやつよ。貴様はしくじったが、すべてがだいなしにはならなかった。やつは死んだ」

「ご主人様」床に平伏した男があえいだ。
「ご主人様。わたくしめは……わたくしめは、まことにうれしゅうございます……まことに申し訳なく……」
「ナギニ」冷たい声が言った。
「おまえは運が悪い。結局、ワームテールをおまえの餌食にはしない……しかし、心配するな。よいか……まだ、ハリー・ポッターがおるわ……」
蛇はシューッシューッと音を出した。舌がチロチロするのを、ハリーは見た。
「さて、ワームテールよ」冷たい声が言った。
「おまえの失態はもう二度と許さん。そのわけを、もう一度おまえの体に覚えさせよう」
「ご主人様……どうか……お許しを……」
椅子の奥のほうから杖の先端が出てきた。ワームテールに向けられている。
「クルーシオ！　苦しめ！」冷たい声が言った。
ワームテールは悲鳴を上げた。体中の神経が燃えているような悲鳴だ。悲鳴がハリーの耳をつんざき、額の傷が焼きごてを当てられたように痛んだ。ハリーも叫んでいた……。ヴォルデモートが聞いたら、ハリーがそこにいることに気づかれてしまう……。

「ハリー！　ハリー！」

ハリーは目を開けた。ハリーは、両手で顔を覆い、トレローニー先生の教室の床に倒れていた。傷痕がまだひどく痛み、目がうるんでいる。痛みは夢ではなかった。クラス全員がハリーを囲んで立っていた。ロンはすぐそばにひざをつき、恐怖の色を浮かべていた。

「大丈夫か？」ロンが聞いた。

「大丈夫なはずありませんわ！」

トレローニー先生は興奮しきっていた。大きな目がハリーに近づき、じっとのぞき込んだ。

「ポッター、どうなさったの？　不吉な予兆？　亡霊？　何が見えましたの？」

「何にも」

ハリーはうそをついて、身を起こした。自分が震えているのがわかった。周りを見回し、自分の後ろの暗がりを振り返らずにはいられなかった。ヴォルデモートの声があれほど間近に聞こえていた……。

「あなたは自分の傷をしっかり押さえていました！」

トレローニー先生が言った。

「傷を押さえつけて、床を転げ回ったのですよ！　さあ、ポッター、こういうことには、あたくし、経験がありましてよ！」

ハリーは先生を見上げた。

「医務室に行ったほうがいいと思います」ハリーが言った。

「ひどい頭痛がします」

「まあ。あなたはまちがいなく、あたくしの部屋の、透視霊気の強さに刺激を受けたのですわ！」

トレローニー先生が言った。

「今ここを出ていけば、せっかくの機会を失いますわよ。これまでに見たことのないほどの透視――」

「頭痛の治療薬以外には何も見たくありません」ハリーが言った。

ハリーが立ち上がった。クラス中が、たじたじとあとずさりした。

「じゃ、あとでね」

ロンにそうささやき、ハリーはかばんを取り、トレローニー先生には目もくれず、跳ね戸へと向かった。先生はせっかくのごちそうを食べそこねたような、欲求不満の顔をしていた。

教室から伸びるはしごの一番下まで下りたハリーは、しかし、医務室へは行かなかった。行くつもりははじめからなかった。また傷痕が痛んだらどうすべきか、シリウスが教えてくれていた。ハリーはそれに従うつもりだった。まっすぐにダンブルドアの校長室に行くのだ。夢に見たことを考えながら、ハリーは廊下をただ一心に歩いた……プリベット通りで目が覚めたときの夢と同じように、今度の夢も生々しかった……ハリーは頭の中で夢の細かいところまで思い返し、忘れないようにした……ヴォルデモートがワームテールのしくじりを責めているのを聞いた……しかし、ワシミミズクはいい知らせを持っていったのだ。へまはつくろわれ、誰かが死んだ……それで、ワームテールは蛇の餌食にならずにすんだ……そのかわり、僕が蛇の餌食になる……。

ダンブルドアの部屋への入口を守る怪獣の石像を、ハリーはうっかり通り過ぎてしまった。ハッとして、あたりを見回し、自分が何をしてしまったかに気づいて、ハリーはあと戻りした。石像の前に立つと、ハリーは合言葉を知らなかったことを思い出した。

「レモン・キャンディ？」だめかな、と思いながら言ってみた。

怪獣像はピクリともしない。

「よーし」ハリーは石像をにらんだ。

「梨飴。えーと、杖形甘草飴。フィフィ・フィズビー。どんどんふくらむドルーブルの風船ガム。

バーティ・ボッツの百味ビーンズ……あ、ちがったかな。ダンブルドアはこれ、嫌いだったっけ？……えーい、開いてくれよ。だめ？」

ハリーは怒った。

「どうしてもダンブルドアに会わなきゃならないんだ。緊急なんだ！」

怪獣像は不動の姿勢だ。

ハリーは石像をけとばした。足の親指が死ぬほど痛かっただけだった。

「蛙チョコレート！」

ハリーは片足だけで立って、腹を立てながら叫んだ。

「砂糖羽根ペン！　ゴキブリゴソゴソ豆板！」

怪獣像に命が吹き込まれ、脇に飛びのいた。ハリーは目をパチクリした。

「ゴキブリゴソゴソ豆板？」

ハリーは驚いた。

「冗談のつもりだったのに……」

ハリーは壁のすきまを急いで通り抜け、石のらせん階段に足をかけた。すると階段はゆっくり上に動きはじめ、ハリーの背後で壁が閉まった。動くらせん階段は、ハリーを磨き上げられた樫の扉の前まで連れていった。扉には真鍮のノッカーがついていて、それを扉に打ちつけて客の来訪を知らせるようになっていた。

部屋の中から人声が聞こえた。動くらせん階段から降りたハリーは、ちょっとためらいながら人声を聞いた。

「ダンブルドア、私にはどうもつながりがわかりませんよ。まったくわかりませんな！」

魔法大臣、コーネリウス・ファッジの声だ。

「ルードが言うには、バーサの場合は行方不明になっても、まったくおかしくはない。たしかに、今ごろはもうとっくにバーサを発見しているはずではあったが、それにしても、何らあやしげなことが起きているという証拠はないですぞ、ダンブルドア。まったくない。バーサが消えたことと、バーティ・クラウチの失踪を結びつける証拠となると、なおさらない！」

「それでは、大臣。バーティ・クラウチに何が起こったとお考えかな？」

ムーディのうなり声が聞こえた。

「アラスター、可能性は二つある」

ファッジが言った。

「クラウチはついに正気を失ったか――大いにありうることだ。あなた方にもご同意いただけるとは思うが、クラウチのこれまでの経歴を考えれば――心身喪失で、どこかをさまよっている――」

「もしそれなれば、ずいぶんと短い時間に、遠くまでさまよい出たものじゃ」

ダンブルドアが冷静に言った。

「もしくは――いや……」

ファッジは困惑したような声を出した。

「いや、クラウチが見つかった現場を見るまでは、判断をひかえよう。しかし、ボーバトンの馬車を過ぎたあたりだとおっしゃいましたかな？　ダンブルドア、あの女が何者なのか、ご存じか？」

「非常に有能な校長だと考えておるよ――それにダンスがすばらしくお上手じゃ」

ダンブルドアが静かに言った。

「ダンブルドア、よせ！」ファッジが怒った。

「あなたは、ハグリッドのことがあるので、偏見からあの女に甘いのではないのか？　連中は全部が全部無害ではない――もっとも、あの異常な怪物好きのハグリッドを無害と言うのならの話だが――」

「わしはハグリッドと同じように、マダム・マクシームをも疑っておらんよ」
ダンブルドアは依然として平静だった。
「コーネリウス、偏見があるのは、あなたのほうかもしれんのう」
「議論はもうやめぬか？」ムーディがうなった。
「そうそう。それでは外に行こう」コーネリウスのいらいらした声が聞こえた。
「いや、そうではないのだ」ムーディが言った。
「ポッターが話があるらしいぞ、ダンブルドア。扉の外におる」

第30章 ペンシーブ

扉が開いた。

「よう、ポッター」ムーディが言った。

「さあ、入れ」

ハリーは中に入った。ダンブルドアの部屋には前に一度来たことがある。そこは、とても美しい円形の部屋で、ホグワーツの歴代校長の写真がずらりと飾ってある。どの写真もぐっすり眠り込んで、胸が静かに上下していた。

コーネリウス・ファッジは、いつもの細じまのマントを着て、ライムのような黄緑色の山高帽を手に、ダンブルドアの机の脇に立っていた。

「ハリー！」ファッジは愛想よく呼びかけながら、近づいてきた。

「元気かね？」

「はい」ハリーはうそをついた。

「今、ちょうど、クラウチ氏が学校に現れた夜のことを話していたところだ」ファッジが言った。
「見つけたのは君だったね？」
「はい」
そう答えながら、今みんなが話していたことを聞かなかったふりをしても仕方がないと思い、ハリーは言葉を続けた。
「でも、僕、マダム・マクシームはどこにも見かけませんでした。あの方は隠れるのは難しいのじゃないでしょうか？」
ダンブルドアはファッジの背後で、目をキラキラさせながらほほ笑んだ。
「まあ、そうだが」ファッジはバツの悪そうな顔をした。
「今からちょっと校庭に出てみようと思っていたところなんでね、ハリー、すまんが……。授業に戻ってはどうかね……」
「僕、校長先生にお話ししたいのです」
ダンブルドアを見ながら、ハリーが急いで言った。ダンブルドアがすばやく、探るようにハリーを見た。
「ハリー、ここで待っているがよい」ダンブルドアが言った。

「我々の現場調査は、そう長くはかからんじゃろう」
三人はだまりこくって、ぞろぞろとハリーの横を通り過ぎ、扉を閉めた。しばらくして、ハリーの耳に、下の廊下をコツッコツッと遠ざかっていくムーディの義足の音が聞こえてきた。ハリーはあたりを見回した。
「やあ、フォークス」ハリーが言った。
フォークスはダンブルドアの飼っている不死鳥で、扉の脇の金の止まり木に止まっていた。白鳥ぐらいの大きさの、真紅と金色のすばらしい羽を持った雄の不死鳥で、長い尾をシュッと振り、ハリーを見てやさしく目をパチクリした。
ハリーはダンブルドアの机の前の椅子に座った。しばらくの間、ハリーはただ座って、今もれ聞いたことを考え、傷痕を指でなぞりながら、額の中ですやすや眠る歴代の校長たちを眺めていた。もう痛みは止まっていた。
こうしてダンブルドアの部屋にいて、まもなくダンブルドアに夢の話を聞いてもらえると思うと、ハリーはなぜかずっと落ち着いた気分になった。ハリーは机の後ろの壁を見上げた。継ぎはぎだらけのぼろぼろの「組分け帽子」が、棚に置いてある。その隣のガラスケースには、柄に大きなルビーをはめ込んだ、見事な銀の剣が収められている。二年生のとき、組分け帽子の中からハリー自身が取り出した、あの剣だ。かつてこの剣は、ハリーの寮の創始者、ゴドリック・グリフィンドールの持ち物だった。剣をじっと見つめながら、ハリーは剣が助けにきてくれたときのことを、すべての望みが絶たれたと思ったあの時のことを思い出していた。すると、ガラスケースに、銀色の光が反射し、踊るようにチラチラ揺れているのに気づいた。ハリーは光の射してくるほうを見た。ハリーの背後の黒い戸棚から一筋、まばゆいばかりの銀色の光が射しているのが見えた。戸棚の戸がきっちり閉まっていなかったのだ。ハリーは戸惑いながらフォークスを見た。それから立ち上がって、戸棚の所へ行って戸を開けた。

浅い石の水盆が置かれていた。縁にぐるりと不思議な彫り物がほどこしてある。ルーン文字と、ハリーの知らない記号だ。銀の光は、水盆の中から射している。中にはハリーが見たこともない何かが入っていた。液体なのか、気体なのか、ハリーにはわからなかった。明るい白っぽい銀色の物質で、絶え間なく動いている。水面に風が渡るように、表面にさざなみが立ったかと思うと、雲のようにちぎれ、なめらかに渦巻いた。まるで光が液体になったかのような——風が固体になったかのような——ハリーにはどちらとも判断がつかなかった。

ハリーは触れてみたかった。どんなものか、感じてみたかった。しかし、もう魔法界での経験も四年近くになれば、得体の知れない物質の充満した水盆に手を突っ込んでみるのがどんなに愚かしいことか、ハリーにもわかるようになっていた。そこでハリーは、ローブから杖を取り出し、校長室を恐る恐る見回し、また水盆の中身に目を戻し、つついてみた。水盆の中の、何か銀色のものの表面が、急速に渦巻きはじめた。

ハリーは頭を戸棚に突っ込んで、水盆に顔を近づけた。銀色の物質は透明になっていた。ガラスのようだ。ハリーは、石の底が見えるかと思いながら、中をのぞき込んだ——ところが、不可思議な物質の表面を通して見えたのは、底ではなく、大きな部屋だった。その部屋の天井の丸窓から中を見下ろしているような感じだった。

薄明かりの部屋だ。ハリーは地下室ではないかと思ったくらいだ。窓がない。ホグワーツ城の壁の照明と同じように、腕木に松明がともっているだけだ。ハリーは、ガラス状の物質に、ほとんど鼻がくっつくほど顔を近づけた。部屋の壁にぐるりと、ベンチのようなものが階段状に並び、どの段にも魔法使いや魔女たちがびっしりと座っている。部屋のちょうど中央に椅子が一脚置いてある。その椅子を見ると、なぜかハリーは不吉な胸騒ぎを覚えた。椅子のひじのところに鎖が巻きつけてあり、椅子に座る者をいつも縛りつけておくかのようだった。

ここはどこだろう？　ホグワーツじゃないことはたしかだ。城の中でこんな部屋は見たことがない。それに、水盆の底の不可思議な部屋にいる大勢の魔法使いたちは、大人ばかりだ。ホグワーツにはこんなにたくさんの先生がいないことを、ハリーは知っている。みんな、何かを待っているようだ。かぶっている帽子の先しか見えなかったが、全員が同じ方向を向き、誰一人として話をしている者がいない。

水盆は円形だが、中の部屋は四角で、隅のほうで何が起こっているかは、ハリーにはわからない。ハリーは首をひねるようにして、もっと顔を近づけた。何とか見たい……。

のぞき込んでいる得体の知れない物質に、ハリーの鼻の先が触れた。

ダンブルドアの部屋が、ぐらりと大きく揺れた——ハリーはつんのめり、水盆の中の何かに頭から突っ込んだ——。

しかし、ハリーは石の底に頭を打ちつけはしなかった。何か氷のように冷たい黒いものの中を落ちていった。暗い渦の中に吸い込まれるように——。

そして、突然、ハリーは水盆の中の部屋の隅で、ベンチに座っていた。ほかのベンチより一段と高い場所だ。たった今のぞき込んでいた丸窓が見えるはずだと、ハリーは高い石の天井を見上げた。しかし、そこには暗い硬い石があるだけだった。

息を激しくはずませながら、ハリーは周りを見回した。部屋にいる魔法使いたちは（少なくとも二百人はいる）、誰もハリーを見ていない。十四歳の男の子が、たった今天井からみんなのただ中に落ちてきたことなど、誰一人気づいていないようだ。同じベンチの隣に座っている魔法使いのほうを見たハリーは、驚きのあまり大声を上げ、その叫び声がしんとした部屋に響き渡った。

ハリーはアルバス・ダンブルドアの隣に座っていた。

「校長先生！」

ハリーはのどをしめつけられたような声でささやいた。

「すみません――僕、そんなつもりじゃなかったんです――戸棚の中にあった水盆を見ていただけなんです――僕――ここはどこですか？」

しかし、ダンブルドアは身動きもせず、話もしない。ハリーをまったく無視している。ベンチに座っているほかの魔法使いたちと同じように、ダンブルドアも部屋の一番隅のほうを見つめている。そこにドアがあった。

ハリーは、ぼうぜんとしてダンブルドアを見つめ、だまりこくって何かを待っている、大勢の魔法使いたちを見つめ、またダンブルドアを見つめた。そして、ハッと気づいた……。

前に一度、こんな場面に出くわしたことがあった。誰もハリーを見てもいないし、聞いてもいなかった。あの時は、呪いのかかった日記帳の一ページの中に落ち込んだのだ。誰かの記憶のただ中に……そして、ハリーの考えがそうまちがっていなければ、また同じようなことが起こったのだ……。

ハリーは右手を上げ、ちょっとためらったが、ダンブルドアの目の前で激しく手を振ってみた。ダンブルドアは瞬きもせず、ハリーを振り返りもせず、身動き一つしなかった。これではっきりした、とハリーは思った。ダンブルドアならこんなふうにハリーを無視したりするはずがない。ハリーは「記憶」の中にいるのだ。ここにいるのは現在のダンブルドアではない。しかし、それほど昔のことではないはずだ……隣に座ったダンブルドアは、今と同じように銀色の髪をしている。それにしても、ここはどこなのだろう？　みんな、何を待っているのだろう？

ハリーはもっとしっかりあたりを見回した。上からのぞいていたときに感じたように、この部屋はほとんど地下室にまちがいなかった――部屋というより、むしろ地下牢のようだ。何となく陰気な、不吉な空気が漂っている。壁には絵もなく、何の飾りもない。四方の壁にびっしりと、ベンチが階段状に並んでいるだけだ。部屋のどこからでも、ひじのところに鎖のついた椅子がはっきり見えるようにベンチが並んでいる。

ここがどこなのか、まだ何も結論が出ないうちに、足音が聞こえた。地下牢の隅にあるドアが開いた。そして三人の人影が入ってきた――いや、むしろ男が一人と、二人の吸魂鬼だ。

ハリーは体の芯が冷たくなった。吸魂鬼は、フードで顔を隠した背の高い生き物だ。それぞれが、腐った死人のような手で男の腕をつかみ、部屋の中央にある椅子に向かってするするとゆっくりすべるように動いていた。中に挟まれた男は気を失いかけている。無理もない……記憶の中では、吸魂鬼はハリーに手出しはできないとわかってはいた。しかし、ハリーは吸魂鬼の恐ろしい力をまざまざと覚えている。見つめる魔法使いたちがギクリと身を引く中、吸魂鬼が鎖つきの椅子に男を座らせ、するすると下がって部屋から出ていった。ドアがバタンと閉まった。

ハリーは鎖の椅子に座らされた男を見下ろした。カルカロフだ。

ダンブルドアとちがい、カルカロフはずっと若く見えた。髪も山羊ひげも黒々としている。なめらかな毛皮ではなく、ぼろぼろの薄いローブを着ている。震えている。ハリーが見ているうちに、椅子のひじの鎖が急に金色に輝き、くねくねはい上がってカルカロフの腕に巻きつき、椅子に縛りつけた。

「イゴール・カルカロフ」

ハリーの左手できびきびした声がした。振り向くと、クラウチ氏がハリーの隣のベンチの真ん中で立ち上がっていた。髪は黒く、しわもずっと少なく、健康そうでさえていた。

「おまえは魔法省に証拠を提供するために、アズカバンからここに連れてこられた。おまえが、我々にとって重要な情報を提示すると理解している」

カルカロフは椅子にしっかり縛りつけられながらも、できるかぎり背筋を伸ばした。
「そのとおりです。閣下」
恐怖にかられた声だったが、それでもそのねっとりした言い方には聞き覚えがあった。
「私は魔法省のお役に立ちたいのです。手を貸したいのです――私は魔法省がやろうとしていることを知っております――闇の帝王の残党を一網打尽にしようとしていることを。私にできることでしたら、何でも喜んで……」
ベンチからザワザワと声が上がった。カルカロフに関心を持って品定めをする者もあれば、不信感をあらわにする者もいた。その時、ダンブルドアのむこう隣から、聞き覚えのあるうなり声が、はっきり聞こえた。
「汚いやつ」
ハリーはダンブルドアのむこう側を見ようと、身を乗り出した。マッドーアイ・ムーディがそこに座っていた――ただし、姿形が今とははっきりとちがう。「魔法の目」はなく、両眼とも普通の目だ。激しい嫌悪に目を細め、両眼でカルカロフを見下ろしている。
「クラウチはやつを釈放するつもりだ」
ムーディが低い声でダンブルドアにささやいた。

「やつと取引したのだ。六か月もかかってやつを追い詰めたのに、仲間の名前をたくさん吐けば、クラウチはやつを解き放つつもりだ。いいだろう。情報とやらを聞こうじゃないか。それからまたまっすぐ吸魂鬼のところへぶち込め」

ダンブルドアは高い折れ曲がった鼻から、小さく、賛成しかねるという音を出した。

「ああ、忘れておった……あなたは吸魂鬼がお嫌いでしたな、アルバス」

ムーディはちゃかすように鼻先で笑った。

「さよう」

ダンブルドアが静かに言った。

「たしかに嫌いじゃ。魔法省があのような生き物と結託するのはまちがいじゃと、わしは前々からそう思っておった」

「しかし、このような悪党めには……」ムーディが低い声で言った。

「カルカロフ、仲間の名前を明かすと言うのだな」クラウチが言った。

「聞こう。さあ」

「ご理解いただかなければなりませんが」カルカロフが急いで言った。

「『名前を言ってはいけないあの人』は、いつも極秘に事を運びました……あの人は、むしろ我々が――あの人の支持者がという意味ですが――それに、私は、一度でもその仲間だったことを深く悔いておりますが――」

「さっさと言え」ムーディが嘲った。

「――我々は仲間の名前を全部知ることはありませんでした――全員を把握していたのはあの人だけでした――」

「それは賢い手だ。カルカロフ、おまえのようなやつが、全員を売ることを防いだからな」

ムーディがつぶやいた。

「それでも、何人かの名前を言うことはできるというわけだな？」クラウチが言った。

「そ――そうです」カルカロフがあえぎながら言った。

「しかも、申し添えますが、主だった支持者たちです。あの人の命令を実行しているのを、この目で見ました。この情報を提供いたしますのは、私が全面的にあの人を否定し、たえがたいほどに深く後悔していることの証しとして――」

「名前は？」クラウチが鋭く聞いた。

カルカロフは息を深く吸い込んだ。

「アントニン・ドロホフ。私は――この者がマグルを、そして――そして闇の帝王に従わぬ者を、数えきれぬほど拷問したのを見ました」
「その上、その者を手伝ったのだろうが」ムーディがつぶやいた。
「我々はすでにドロホフを逮捕した」クラウチが言った。
「おまえのすぐあとに捕まっている」
「まことに？」カルカロフは目を丸くした。
「そ――それは喜ばしい！」
言葉どおりには見えなかった。カルカロフにとって、これは大きな痛手だったと、ハリーにはわかった。せっかくの名前が一つむだになったのだ。
「ほかには？」クラウチが冷たく言った。
「も、もちろん……ロジエール」カルカロフがあわてて言った。「エバン・ロジエール」
「ロジエールは死んだ」クラウチが言った。
「彼もおまえの直後に捕まった。おめおめ捕まるより戦うことを選び、抵抗して殺された」
「わしの一部を奪いおったがな」
ムーディがハリーの右隣のダンブルドアにささやいた。ハリーはもう一度振り返ってムーディを見た。ムーディが、大きく欠けた鼻を指し示しているのが見えた。

「それは――それは当然の報いで！」

カルカロフの声が、今度は明らかにあわてふためいていた。自分の情報が魔法省にとって何の役にも立たないのではと心配になりはじめたことが、ハリーにもわかった。カルカロフの目が、サッと部屋の隅のドアに走った。そのむこう側に、まちがいなく吸魂鬼が待ちかまえている。

「ほかには？」クラウチが言った。

「あります！」カルカロフが答えた。

「トラバース――マッキノン一家の殺害に手を貸しました。マルシベール――『服従の呪文』を得意とし、数えきれないほどの者に恐ろしいことをさせました！　ルックウッドはスパイです。魔法省の内部から、『名前を言ってはいけないあの人』に有用な情報を流しました！」

カルカロフは今度こそ金脈を当てた、とハリーは思った。見ている魔法使いたちが、いっせいに何かつぶやいたからだ。

「ルックウッド？」

クラウチは前に座っている魔女にうなずいて合図し、魔女は羊皮紙に何かを走り書きした。

「神秘部のオーガスタス・ルックウッドか？」

「その者です」カルカロフが熱っぽく言った。

「ルックウッドは魔法省の内にも外にも、うまい場所に魔法使いを配し、そのネットワークを使って情報を集めたものと思います――」
「しかし、トラバースやマルシベールはもう我々が握っている」
クラウチが言った。
「よかろう。カルカロフ、これで全部なら、おまえはアズカバンに逆戻りしてもらう。我々が決定を――」
「まだ終わっていません！」カルカロフは必死の面持ちだ。「待ってください。まだあります！」
ハリーの目に、松明の明かりでカルカロフの脂汗が見えた。血の気のない顔が、黒い髪やひげとくっきり対照的だ。
「スネイプ！」カルカロフが叫んだ。「セブルス・スネイプ！」
「この評議会はスネイプを無罪とした」
クラウチがさげすむように言った。
「アルバス・ダンブルドアが保証人になっている」
「ちがう！」
自分を椅子に縛りつけている鎖を引っ張るようにもがきながら、カルカロフは叫んだ。

「誓ってもいい！　セブルス・スネイプは死喰い人だ！」
ダンブルドアが立ち上がった。
「この件に関しては、わしがすでに証明しておる」静かな口調だ。
「セブルス・スネイプはたしかに死喰い人ではあったが、ヴォルデモートの失脚より前に我らの側に戻り、自ら大きな危険をおかして我々の密偵になってくれたのじゃ。わしが死喰い人ではないのと同じように、今やスネイプも死喰い人ではないぞ」
ハリーはマッドーアイ・ムーディを振り返った。ムーディはダンブルドアの背後で、はなはだしく疑わしいという顔をしている。
「よろしい、カルカロフ」クラウチが冷たく言った。「おまえは役に立ってくれた。おまえの件は検討しておこう。その間、アズカバンに戻っておれ……」
クラウチの声がだんだん遠ざかっていった。ハリーは周りを見回した。地下牢が、煙でできているかのように消えかかっていた。すべてがぼんやりしてきて、自分の体しか見えなかった。あたりは渦巻く暗闇……。
そして、地下牢がまた戻ってきた。ハリーは別の席に座っていた。やはり一番上のベンチだが、今度はクラウチ氏の左隣だった。雰囲気ががらりと変わり、リラックスして、楽しげでさえあった。壁に沿ってぐるりと座っている魔法使いたちは、何かスポーツの観戦でもするように、ペチャクチャしゃべっている。ハリーのむかい側のベンチで、ちょうど中間くらいの高さのところにいる魔女が、ハリーの目をとらえた。短い金髪に、赤紫色のローブを着て、黄緑色の羽根ペンの先をなめている。まちがいなく、若いころのリータ・スキーターだ。ハリーは周りを見回した。ダンブルドアが、前とはちがうローブを着て、また隣に座っていた。クラウチ氏は前よりつかれて見え、なぜか前よりやつれ、より厳しい顔つきに見える……。そうか、これはちがう記憶なんだ。ちがう日の……ちがう裁判だ。

部屋の隅のドアが開き、ルード・バグマンが入ってきた。

しかし、このバグマンは、盛りを過ぎた姿ではなかった。クィディッチの選手として最高潮のときにちがいない。まだ鼻は折れていない。背が高く、筋肉質の引きしまった体だ。バグマンはおどおどしながら、鎖のついた椅子に腰かけたが、カルカロフのときのように鎖が巻きついて縛り上げたりはしなかった。それで元気を取り戻したのか、バグマンは傍聴席をざっと眺め、何人かに手を振り、ちょっと笑顔さえ見せた。

「ルード・バグマン。おまえは、『死喰い人』の活動にかかわる罪状で、答弁するため、魔法法律評議会に出頭したのだ」クラウチが言った。

「すでに、おまえに不利な証拠を聴取している。まもなく我々の評決が出る。評決を言い渡す前に、何か自分の証言につけ加えることはないか？」

ハリーは耳を疑った。ルード・バグマンが「死喰い人」？

「ただ」バグマンはバツが悪そうに笑いながら言った。

「あの――私はちょっとバカでした――」

近くの席にいた魔法使いたちが、一人、二人、寛大にほほ笑んだ。クラウチは同調する気にはなれないらしかった。厳格そのもの、嫌悪感むき出しの表情で、ルード・バグマンをぐいと見下ろしている。

「若僧め、ほんとうのことを言いおったわい」

ハリーの背後から、誰かがダンブルドアに辛辣な口調でささやいた。ハリーが振り向くと、またそこにムーディが座っていた。

「あいつがもともととろいやつだということを知らなければ、ブラッジャーを食らって、永久的に脳みそをやられたと言うところだがな……」

「ルドビッチ・バグマン。おまえはヴォルデモート卿の支持者たちに情報を渡したとして逮捕された」クラウチが言った。

「この咎により、アズカバンに収監するのが適当である。期間は最低でも――」
しかし、周りのベンチから怒号が飛んだ。魔法使いや魔女が壁を背に数人立ち上がり、クラウチに対して首を振ったり、拳を振り上げたりしている。
「しかし、申し上げたとおり、私は知らなかったのです！」
傍聴席のざわめきに消されないように声を張り上げ、バグマンが丸いブルーの目をまん丸にして、熱っぽく言った。
「まったく知らなかった！　ルックウッドは私の父親の古い友人で……『例のあの人』の一味とは、考えたこともなかった！　私は味方のために情報を集めてるのだとばっかり思っていた！　それに、ルックウッドは、将来私に魔法省の仕事を世話してやると、いつもそう言っていたのです……クィディッチの選手生命が終わったら、ですがね……そりゃ、死ぬまでブラッジャーにたたかれ続けているわけにはいかないでしょう？」
傍聴席から忍び笑いが上がった。
「評決を取る」クラウチが冷たく言った。
地下牢の右手に向かって、クラウチ氏が呼びかけた。
「陪審は挙手願いたい……禁固刑に賛成の者……」

ハリーは地下牢の右手を見た。誰も手を挙げていない。壁を囲む席で、多くの魔法使いたちが拍手しはじめた。陪審席の魔女が一人立ち上がった。

「何かね？」クラウチが声を張り上げた。

「先週の土曜に行われたクィディッチのイングランド対トルコ戦で、バグマンさんがすばらしい活躍をなさいましたことに、お祝いを申し上げたいと思いますわ」

魔女が一気に言った。

クラウチはカンカンに怒っているようだ。地下牢は、今や拍手喝采だった。バグマンは、立ち上がり、ニッコリ笑っておじぎした。

「情けない」

バグマンが地下牢から出ていくと、クラウチが席に着き、吐きすてるようにダンブルドアに言った。

「ルックウッドが仕事を世話すると？……ルード・バグマンが入省する日は、魔法省にとって悲しむべき日になるだろう……」

地下牢がまたぼやけてきた。三度はっきりしてきたとき、ハリーはあたりを見回した。ハリーとダンブルドアはまたクラウチ氏の隣に座っていたが、あたりの様子は、これほどちがうかと思うほど様変わりしていた。しんと静まりかえり、クラウチ氏の隣の席にいる、弱々しい、はかなげな魔女の、涙も枯れはてたすすり泣きが時折聞こえるだけだ。魔女は両手で口にハンカチを押し当て、その手が細かく震えている。ハリーはクラウチ氏を見上げた。いっそうやつれ、白髪がぐっと増えたように見えた。こめかみがピクピク引きつっている。

「連れてこい」

クラウチ氏の声が地下牢の静寂に響き渡った。

隅のドアが、三度開いた。今度は四人の被告を、六人の吸魂鬼が連行している。傍聴席の目がいっせいにクラウチ氏に注がれるのを、ハリーは見た。ヒソヒソささやき合っている者も何人かいる。

地下牢の床に、今度は鎖つきの椅子が四脚並び、吸魂鬼は四人を別々に座らせた。がっしりした体つきの男は、うつろな目でクラウチを見つめ、それより少しやせて、より神経質そうな感じの男は、傍聴席のあちこちにすばやく目を走らせている。豊かなつやのある黒髪の魔女は、鎖つきの椅子が王座でもあるかのようにふんぞり返り、目を半眼に開いていた。最後は十八、九の少年で、恐怖に凍りついている。ブルブル震え、薄茶色の髪が乱れて顔にかかり、そばかすだらけの肌がろうのように白くなっていた。クラウチの脇のか細い小柄な女性は、ハンカチにおえつをもらし、椅子に座ったまま、体をわななかせて泣きはじめた。
クラウチが立ち上がった。目の前の四人を見下ろすクラウチの顔には、まじりけなしの憎しみが表れていた。
「おまえたちは魔法法律評議会に出頭している」クラウチが明確に言った。
「この評議会は、おまえたちに評決を申し渡す。罪状は極悪非道の――」
「お父さん」薄茶色の髪の少年が呼びかけた。「お父さん……お願い……」
「――この評議会でも類のないほどの犯罪である」
クラウチはいっそう声を張り上げ、息子の声を押しつぶした。
「四人の罪に対する証拠の陳述はすでに終わっている。おまえたちは一人の闇祓い――フランク・ロングボトム――を捕らえ、『磔の呪い』にかけた咎で訴追されている。ロングボトムが、逃亡中のおまえたちの主人である『名前を言ってはいけないあの人』の消息を知っていると思い込み、この者に呪いをかけた咎である――」
「お父さん、僕はやっていません！」
鎖につながれたまま、少年は上に向かって声を振りしぼった。
「お父さん、僕は、誓って、やっていません。吸魂鬼のところへ送り返さないで――」

「さらなる罪状は」クラウチが大声を出した。
「フランク・ロングボトムが情報を吐こうとしなかったとき、その妻に対して『磔の呪い』をかけた咎である。おまえたちは『名前を言ってはいけないあの人』の権力を回復せしめんとし、その者が強力だった時代を、おまえたちの暴力の日々を、復活せしめんとした。ここで陪審の評決を――」
「お母さん！」
上を振り仰ぎ少年が叫んだ。クラウチの脇のか細い小柄な魔女が、体を揺すりながらすすり泣きはじめた。
「お母さん、お父さんを止めてください。お母さん。僕はやっていない。あれは僕じゃなかったんだ！」
「ここで陪審の評決を」クラウチが叫んだ。
「これらの罪は、アズカバンでの終身刑に値すると、私はそう信ずるが、それに賛成の陪審員は挙手願いたい」
地下牢の右手に並んだ魔法使いや魔女たちが、いっせいに手を挙げた。バグマンのときと同じように、壁に沿って並ぶ傍聴席から拍手が沸き起こった。どの顔も、勝ち誇った残忍さに満ちている。少年が泣き叫んだ。

「いやだ！　お母さん、いやだ！　僕、やっていない。やっていない。知らなかったんだ！　あそこに送らないで。お父さんを止めて！」

吸魂鬼がするすると部屋に戻ってきた。少年の三人の仲間は、だまって椅子から立ち上がった。半眼の魔女が、クラウチを見上げて叫んだ。

「クラウチ、闇の帝王は再び立ち上がるぞ！　我々をアズカバンに放り込むがよい。我々は待つのみ！　あの方はよみがえり、我々を迎えにおいでになる。ほかの従者の誰よりも、我々をおほめくださるであろう！　我々のみが忠実であった！　我々だけがあの方をお探し申し上げた」

しかし、少年はもがいていた。ハリーには、吸魂鬼の冷たい、心をなえさせる力が、すでに少年を襲っているのがわかったが、それでも少年は、吸魂鬼を追い払おうとしていた。魔女が堂々と地下牢から出ていき、少年が抵抗し続けるのを、聴衆は嘲り笑い、立ち上がって見物している者もいた。

「僕はあなたの息子だ！」少年がクラウチに向かって叫んだ。

「あなたの息子なのに！」

「おまえは私の息子などではない！」

クラウチがどなった。突然、目が飛び出した。
「私には息子はいない！」
クラウチの隣のはかなげな魔女が、大きく息をのみ、椅子にくずおれた。気絶していた。クラウチは気づくそぶりも見せない。
「連れていけ！」
クラウチが、吸魂鬼に向かって口角泡を飛ばしながら叫んだ。
「連れていくのだ。そいつらはあそこでくさりはてるがいい！」
「お父さん！　お父さん、僕は仲間じゃない！　いや！　いやだ！　お父さん、助けて！」
「ハリー、そろそろわしの部屋に戻る時間じゃろう」
ハリーの耳に静かな声が聞こえた。
ハリーは目を見張った。周りを見回した。それから自分の隣を見た。
ハリーの右手に座ったアルバス・ダンブルドアは、クラウチの息子が吸魂鬼に引きずられていくのをじっと見ている――そして、ハリーの左手には、ハリーをじっと見つめるアルバス・ダンブルドアがいた。
「おいで」

左手のダンブルドアが言った。そして、ハリーのひじを抱え上げた。ハリーは体が空中を昇っていくのを感じた。地下牢が自分の周りでぼやけていく。一瞬、すべてが真っ暗になり、それから、まるでゆっくりと宙返りを打ったような気分がして、突然どこかにぴたりと着地した。どうやら、陽射しのあふれるダンブルドアの部屋のまばゆい光の中だ。目の前の戸棚の中で、石の水盆がチラチラと淡い光を放っている。アルバス・ダンブルドアがハリーのかたわらに立っていた。

「校長先生」ハリーは息をのんだ。

「いけないことをしたのはわかっています――そのつもりはなかったのです――戸棚の戸がちょっと開いていて、それで――」

「わかっておる」

ダンブルドアは水盆を持ち上げ、自分の机まで運び、ピカピカの机の上にのせた。そして、椅子に腰かけ、ハリーにむかい側に座るようにと合図した。

ハリーは言われるままに、石の水盆を見つめながら座った。中身は白っぽい銀色の物質に戻り、目を凝らして見ている間にも、渦巻いたり、波立ったりしている。

「これは何ですか？」ハリーは恐る恐る聞いた。

「これか？　これはの、ペンシーブ、『憂いの篩』じゃ」

ダンブルドアが答えた。
「ときどき感じるのじゃが、この気持ちは君にもわかると思うがの、考えることや思い出があまりにもいろいろあって、頭の中がいっぱいになってしまったような気がするのじゃ」
「あの」ハリーは正直に言って、そんな気持ちになったことがあるとは言えなかった。
「そんなときにはの」
ダンブルドアが石の水盆を指差した。
「この篩を使うのじゃ。あふれた想いを、頭の中からこの中に注ぎ込んで、時間のあるときにゆっくり吟味するのじゃよ。このような形にしておくとな、わかると思うが、物事のパターンや関連性がわかりやすくなるのじゃ」
「それじゃ……この中身は、先生の『憂い』なのですか？」
ハリーは水盆に渦巻く白い物質を改めて見つめた。
「そのとおりじゃ」ダンブルドアが言った。
「見せてあげよう」
ダンブルドアはローブから杖を取り出し、その先端を、こめかみのあたりの銀色の髪に当てた。杖をそこから離すと、髪の毛がくっついているように見えた――しかし、よく見ると、それは、

「憂いの篩」を満たしているのと同じ白っぽい銀色の不思議な物質が、糸状になって光っているのだった。ダンブルドアは、水盆に新しい「憂い」を加えたのだ。驚いたことに、ハリーの顔が水盆の表面に浮かんでいた。

ダンブルドアは、長い両手でペンシーブの両端を持ち、篩った。ちょうど、砂金掘りが砂金を篩い分けるようなしぐさだ……ハリーの顔が、いつの間にかスネイプの顔になり、口を開いて、天井に向かって話しだした。声が少し反響している。

「あれが戻ってきています……カルカロフのもです……これまでよりずっと強く、はっきりと……」

「篩の力を借りずとも、わしが自分で結びつけられたじゃろう」

ダンブルドアがため息をついた。

「しかし、それはそれでよい」

ダンブルドアは半月めがねの上から、ハリーをじっと見た。ハリーは口をあんぐり開けて、水盆の中で回り続けるスネイプの顔を見ていた。

「ファッジ大臣が会合に見えられたとき、ちょうどペンシーブを使っておっての。急いで片づけたのじゃ。どうも戸棚の戸をしっかり閉めなかったようじゃ。当然、君の注意を引いてしまったことじゃろう」
「ごめんなさい」ハリーが口ごもった。
ダンブルドアは首を振った。
「好奇心は罪ではない。しかし好奇心は慎重に扱わんとな……まことに、そうなのじゃよ……」
ダンブルドアは少し眉をひそめ、杖の先で水盆の中の「想い」をつついた。すると、たちまち、十六歳くらいの小太りの女の子が、怒った顔をして現れた。両足を水盆に入れたまま、女の子はゆっくり回転しはじめた。ハリーにもダンブルドアにも無頓着だ。話しはじめると、その声はスネイプの声と同じように反響した。まるで、石の水盆の奥底から聞こえてくるようだ。
「ダンブルドア先生、あいつ、私に呪いをかけたんです。私、ただちょっとあいつをからかっただけなのに。先週の木曜に、温室の陰でフローレンスにキスしてたのを見たわよって言っただけなのに……」
「じゃが、バーサ、君はどうして」
ダンブルドアが女の子を見ながら、悲しそうにひとり言を言った。女の子は、すでにだまり込んで回転し続けている。
「どうして、そもそもあの子の跡をつけたりしたのじゃ？」

「バーサ？」ハリーが女の子を見てつぶやいた。
「この子がバーサ？――昔のバーサ・ジョーキンズ？」
「そうじゃ」
ダンブルドアはそう言うと、再び水盆の「憂い」をつついた。バーサの姿はその中に沈み込み、水盆の「想い」はまた不透明の銀色の物質に戻った。
「わしが覚えておるバーサの学生時代の姿じゃ」
「憂いの篩」から出る銀色の光が、ダンブルドアの顔を照らした。その顔があまりに老け込んで見えるのに、ハリーは突然気づいた。もちろん、頭では、ダンブルドアが相当の年だとはわかっていたが、なぜかこれまでただの一度も、老人だとは思わなかった。
「さて、ハリー」ダンブルドアが静かに言った。
「君がわしの『想い』にとらわれてしまわないうちに、何か言いたいことがあったはずじゃな」
「はい。先生――ついさっき『占い学』の授業にいて――そして――あの――居眠りしました」
ハリーは叱られるのではないかと思い、ちょっと口ごもった。が、ダンブルドアは「ようわかるぞ。続けるがよい」とだけ言った。
「それで、夢を見ました」ハリーが続けた。

「ヴォルデモート卿の夢です。ワームテールを……先生はワームテールが誰か、ご存じですよね……拷問していました――」

「知っておるとも」ダンブルドアはすぐに答えた。「さあ、お続け」

「ヴォルデモートはふくろうから手紙を受け取りました。たしか、ワームテールの失態はつぐなわれた、とか言いました。誰かが死んだと言いました。それから、ワームテールは蛇の餌食にはしないと――ヴォルデモートの椅子のそばに蛇がいました。それから――それから、こう言いました。そのかわりに僕を餌食にするって。そして、ワームテールに『磔の呪い』をかけました――僕の傷痕が痛みました」ハリーは一気に言った。

「それで目が覚めたのです。とても痛くて」

ダンブルドアはただハリーを見ていた。

「あの――それでおしまいです」ハリーが言った。

「なるほど」ダンブルドアが静かに言った。

「なるほど。さて、今年になって、ほかに傷痕が痛んだことがあるかの？　夏休みに、君の目を覚ませたとき以外にじゃが？」

「いいえ、僕――夏休みに、それで目が覚めたことを、どうしてご存じなのですか？」

ハリーは驚愕した。

「シリウスと連絡を取り合っているのは、君だけではない」ダンブルドアが言った。

「わしも、昨年、シリウスがホグワーツを離れて以来、ずっと接触を続けてきたのじゃ。一番安全な隠れ場所として、あの山中の洞穴を勧めたのはわしじゃ」

ダンブルドアは立ち上がり、机のむこうで往ったり来たり歩きはじめた。ときどきこめかみに杖先を当て、キラキラ光る銀色の「想い」を取り出しては、「憂いの篩」に入れた。中の「想い」が急速に渦巻きはじめ、ハリーにはもう何もはっきりしたものが見えなくなった。それはただ、ぼやけた色の渦になっていた。

「校長先生？」数分後、ハリーが静かに問いかけた。

ダンブルドアは歩き回るのをやめ、ハリーを見た。

「すまなかったのう」ダンブルドアは静かにそう言うと、再び机の前に座った。

「あの――あの、どうして僕の傷痕が痛んだのでしょう？」

ダンブルドアは一瞬、じっとハリーを見つめ、それから口を開いた。

「一つの仮説じゃが、仮説にすぎんが……わしの考えでは、君の傷痕が痛むのは、ヴォルデモート卿が君の近くにいるとき、もしくは、極めて強烈な憎しみにかられているときじゃろう」

「でも……どうして？」
「それは、君とヴォルデモートが、かけそこねた呪いを通してつながっているからじゃ」
ダンブルドアが答えた。
「その傷痕は、ただの傷痕ではない」
「では先生は……あの夢が……ほんとうに起こったことだと？」
「その可能性はある」ダンブルドアが言った。
「むしろ――その可能性が高い。ハリー――ヴォルデモートを見たかの？」
「いいえ。椅子の背中だけです。でも――何も見えるものはなかったのではないでしょうか？あの、身体がないのでしょう？　でも……でも、それならどうやって杖を持ったんだろう？」
ハリーは考え込んだ。
「まさに、どうやって！」ダンブルドアがつぶやいた。「まさに、どうやって……」
ダンブルドアもハリーもしばらくだまり込んだ。ダンブルドアは部屋の隅を見つめ、ときどきこめかみに杖先を当て、またしても銀色に輝く「想い」をザワザワと波立つ「憂いの篩」に加えていった。
「先生」しばらくして、ハリーが言った。

「あの人が強くなってきたとお考えですか？」

「ヴォルデモートがかね？」

ダンブルドアが「憂いの篩」のむこうから、ハリーを見つめた。以前にも何度か、ダンブルドアはこういう独特の鋭いまなざしでハリーを見つめたことがある。ハリーはいつも、心の奥底まで見透かされているような気になるのだ。ムーディの「魔法の目」でさえ、これはできないことだと思えた。

「これもまた、ハリー、わしの仮説にすぎんが」

ダンブルドアは大きなため息をついた。その顔は、今までになく年老いて、つかれて見えた。

「ヴォルデモートが権力の座に上り詰めていたあの時代」ダンブルドアが話しはじめた。

「いろいろな者が姿を消した。それが、一つの特徴じゃった。バーサ・ジョーキンズは、ヴォルデモートがたしかに最後にいたと思われる場所で、跡形もなく消えた。クラウチ氏もまた、姿を消した……しかもこの学校の敷地内で。それに、第三の行方不明者がいるのじゃ。残念ながら、これはマグルのことなので、魔法省は重要視しておらぬ。フランク・ブライスという名の男で、ヴォルデモートの父親が育った村に住んでおった。八月以来、この男の姿を見た者がない。わしは、魔法省の友人たちとちがい、のう、マグルの新聞を読むのじゃよ」

ダンブルドアは真剣な目でハリーを見た。
「これらの失踪事件は、わしには関連性があるように思えるのじゃ。魔法省は賛成せんが――君は部屋の外で待っているときに聞いたかもしれぬがの」
ハリーはうなずいた。二人はまただまり込んだ。ダンブルドアは時折「想い」を引き抜いていた。ハリーはもう出ていかなければと思いながら、好奇心で椅子から離れられなかった。
「先生？」ハリーがまた呼びかけた。
「何じゃね、ハリー」ダンブルドアが答えた。
「あの……お聞きしてもよろしいでしょうか……僕が入り込んだ、あの法廷のような……あの『憂いの篩』の中のことで？」
「よかろう」ダンブルドアの声は重かった。
「わしは何度も裁判に出席しておるが、その中でも、ことさら鮮明によみがえってくるのがいくつかある……特に今になってのう……」
「あの――先生が僕を見つけた、あの裁判のことですが。クラウチ氏の息子の。おわかりですよね？　あの……ネビルのご両親のことを話していたのでしょうか？」
ダンブルドアは鋭い視線でハリーを見た。

「ネビルは、なぜおばあさんに育てられたのかを、君に一度も話してないのかね？」
ハリーは首を横に振った。もう知り合って四年にもなるのに、どうしてこのことを、ネビルに聞いてみようとしなかったのかと、ハリーは首を振りながらいぶかしく思った。
「そうじゃ。あそこでは、ネビルの両親のことを話しておったのじゃ」
ダンブルドアが答えた。
「父親のフランクは、ムーディ先生と同じように、闇祓いじゃった。君が聞いたとおり、ヴォルデモートの失脚のあと、その消息を吐けと、母親ともども拷問されたのじゃ」
「それで、二人は死んでしまったのですか？」ハリーは小さな声で聞いた。
「いや」
ダンブルドアの声は苦々しさに満ちていた。ハリーはそんなダンブルドアの声を一度も聞いたことがなかった。
「正気を失ったのじゃ。二人とも、聖マンゴ魔法疾患傷害病院に入っておる。ネビルは休暇になると、おばあさんに連れられて見舞いに行っているはずじゃ。二人には息子だということもわからんのじゃが」
ハリーは恐怖に打ちのめされ、その場にただ座っていた。知らなかった……この四年間、知ろうともしなかった……。

「ロングボトム夫妻は、人望があった」

ダンブルドアの話が続いた。

「ヴォルデモートの失脚後、みんながもう安全だと思ったときに、二人が襲われたのじゃ。この事件に関しては、わしがそれまで知らなかったような、激しい怒りの波が巻き起こった。魔法省には、二人を襲った者たちを是が非でも逮捕しなければならないというプレッシャーがかかっておった。残念ながら、ロングボトム夫妻の証言は――二人がああいう状態じゃったから――ほとんど信憑性がなかった」

「それじゃ、クラウチさんの息子は、関係してなかったかもしれないのですか？」

ハリーは言葉をかみしめながら聞いた。

ダンブルドアが首を振った。

「それについては、わしには何とも言えん」

ハリーは再びだまって「憂いの篩」を見つめたまま座っていた。どうしても聞きたい質問が、あと二つあった……しかし、それは、まだ生きている人たちの罪に関する疑問だった……。

「あの」ハリーが言った。「バグマンさんは……」

「……あれ以来、一度も闇の活動で罪に問われたことはない」
ダンブルドアは落ち着いた声で答えた。
「そうですね」
ハリーは急いでそう言うと、また「憂いの篩」の中身を見つめた。ダンブルドアが「想い」を入れるのをやめたので、今は渦がゆっくりと動いていた。
「それから……あの……」
「憂いの篩」がハリーのかわりに質問しているかのように、スネイプの顔が再び浮かんで揺れた。ダンブルドアはそれを見下ろし、それから目を上げてハリーを見た。
「スネイプ先生も同じことじゃ」ダンブルドアが言った。
ハリーはダンブルドアの明るいブルーの瞳を見つめた。そして、ほんとうに知りたかった疑問が、思わず口を突いて出てしまった。
「校長先生？　先生はどうして、スネイプ先生がほんとうにヴォルデモートに従うのをやめたのだと思われたのですか？」
ダンブルドアは、ハリーの食い入るようなまなざしを、数秒間じっと受け止めていた。そしてこう言った。

「それはの、ハリー、スネイプ先生とわしとの問題じゃ」
ハリーはこれでダンブルドアとの話は終わりだと悟った。ダンブルドアは怒っているようには見えなかったが、そのきっぱりとした口調が、ハリーに、もう帰りなさいと言っていた。ハリーは立ち上がった。ダンブルドアも立ち上がった。
「ハリー」
ハリーが扉のところまで行くと、ダンブルドアが呼びかけた。
「ネビルの両親のことは、誰にも明かすではないぞ。みんなにいつ話すかは、あの子が決めることじゃ。その時が来ればの」
「わかりました、先生」ハリーは立ち去ろうとした。
「それと――」
ハリーは振り返った。
ダンブルドアは「憂いの篩」をのぞき込むように立っていた。銀色の丸い光が下からダンブルドアの顔を照らし、これまでになく老け込んで見えた。ダンブルドアは一瞬ハリーを見つめ、それからおもむろに言った。
「第三の課題じゃが、幸運を祈っておるぞ」

第31章　第三の課題

「ダンブルドアも、『例のあの人』が強大になりつつあるって、そう考えてるのかい？」

ロンがささやくように言った。

「憂いの篩」で見てきたことの全部と、ダンブルドアがそのあとでハリーに話したり、見せたりしてくれたことのほとんどすべてを、ハリーはもう、ロンとハーマイオニーに話し終わっていた――もちろん、シリウスにも教えた。ダンブルドアの部屋を出るとすぐに、ハリーはシリウスにふくろう便を送っていた。ハリー、ロン、ハーマイオニーは、その夜、またしても遅くまで談話室に残り、納得のいくまで同じ話をくり返した。最後にはハリーは頭がぐらぐらしてきた。ダンブルドアが、いろいろな想いで頭がいっぱいになり、あふれた分を取り出すとホッとする、と言った気持ちがハリーにもよくわかった。

ロンは談話室の暖炉の火をじっと見つめていた。それほど寒い夜でもないのに、ロンがブルッと震えるのを、ハリーは見たような気がした。

「それに、スネイプを信用してるのか？」ロンが言った。
「死喰い人だったって知ってても、ほんとにスネイプを信用してるのかい？」
「うん」ハリーが言った。
ハーマイオニーはもう十分間もだまり込んだままだった。額を両手で押さえ、自分のひざを見つめたまま座っている。ハリーは、ハーマイオニーも「憂いの篩」が必要みたいだと思った。
「リータ・スキーター」
やっと、ハーマイオニーがつぶやいた。
「なんで今の今、あんな女のことを心配してられるんだ？」ロンはあきれたという口調だ。
「あの女のことで心配してるんじゃないの」
ハーマイオニーは自分のひざに向かって言った。
「ただ、ちょっと思いついたのよ……『三本の箒』であの女が私に言ったこと、覚えてる？『ルード・バグマンについちゃ、あんたの髪の毛が縮み上がるようなことをつかんでいるんだ』って。今回のことがあの女の言ってた意味じゃないかしら？　スキーターはバグマンの裁判の記事を書いたし、死喰い人にバグマンが情報を流したって、知ってた。それに、ウィンキーもよ。覚えてるでしょ……『バグマンさんは悪い魔法使い』って。クラウチさんはバグマンが刑を逃れたことでカンカンだったでしょうし、そのことを家で話したはずよ」
「うん。だけど、バグマンはわざと情報を流したわけじゃないだろ？」
ハーマイオニーは「わからないわ」とばかりに肩をすくめた。
「それに、ファッジはマダム・マクシームがクラウチを襲ったと考えたのかい？」
ロンがハリーのほうを向いた。
「うん。だけど、それはクラウチがボーバトンの馬車のそばで消えたから、そう言っただけだよ」
「僕たちはマダムのことなんて、考えもしなかったよな？」
ロンが考え込むように言った。
「ただし、マダムは絶対に巨人の血が入ってる。あの人は認めたがらないけど――」
「そりゃそうよ」
ハーマイオニーが目を上げて、きっぱり言った。
「リータがハグリッドのお母さんのことを書いたとき、どうなったか知ってるでしょ。ファッジを見てよ。マダムが半巨人だからって、すぐにそんな結論に飛びつくなんて。偏見もいいとこじゃない？　ほんとうのことを言った結果そんなことになるなら、私だってきっと『骨が太いだけだ』って言うわよ」

ハーマイオニーが腕時計を見た。
「まだ何にも練習してないわ！」
ハーマイオニーは「ショック！」という顔をした。
『『妨害の呪い』を練習するつもりだったのに！　あしたは絶対にやるわよ！　さあ、ハリー、少し寝ておかなきゃ」
ハリーとロンはのろのろと寝室への階段を上がった。パジャマに着替えながら、ハリーはネビルのベッドのほうを見た。ダンブルドアとの約束どおり、ハリーはロンにもハーマイオニーにもネビルの両親のことを話さなかった。めがねをはずし、四本柱のベッドにはい登りながら、ハリーは、両親が生きていても、子供である自分をわかってもらえなかったら、どんな気持ちだろうと思いやった。ハリーは知らない人から、孤児でかわいそうだと同情されることがしばしばあるが、ネビルのほうがもっと同情されてもいいんだ。ネビルのいびきを聞きながら、ハリーはそう思った。ベッドに横になり、暗闇の中で、ハリーはロングボトム夫妻を拷問した連中への怒りと憎しみがどっと押し寄せてくるのを感じた……法廷からクラウチの息子が、仲間と一緒に吸魂鬼に引きずられていくときに、聴衆が罵倒する声を、ハリーは思い出していた……その気持ちがわかった……そして、蒼白になって泣き叫んでいた少年の顔を思い出した。あの少年が、あれから一年後には死んだのだと気づいて、ハリーはどきりとした……。
ヴォルデモートだ。暗闇の中で、ベッドの天蓋を見つめながら、ハリーは思った。すべてヴォルデモートのせいなのだ……家族をバラバラにし、いろいろな人生をめちゃめちゃにしたのは、ヴォルデモートなのだ……。

ロンとハーマイオニーは、期末試験の勉強をしなければならないはずだ。第三の課題が行われる日に試験が終わる予定だ。にもかかわらず、二人はハリーの準備を手伝うほうにほとんどの時間を費やしていた。
「心配しないで」
ハリーがそのことを指摘し、しばらくは自分一人で練習するから、と言うと、ハーマイオニーはそう答えた。
「少なくとも、『闇の魔術に対する防衛術』では、私たち、きっと最高点を取るわよ。授業じゃ、こんなにいろいろな呪文は絶対勉強できなかったわ」
「僕たち全員が闇祓いになるときのための、いい訓練さ」
ロンは教室にブンブン迷い込んだスズメバチに「妨害の呪い」をかけ、空中でぴたりと動きを止めながら、興奮したように言った。

六月に入ると、ホグワーツ城にまたしても興奮と緊張がみなぎった。学期が終わる一週間前に行われる第三の課題を、誰もが心待ちにしていた。ハリーは機会あるごとに「呪い」を練習していた。これまでの課題より、今度の課題には自信があった。もちろん、今度も危険で難しいにはちがいないが、ムーディの言うとおり、ハリーにはこれまでの実績がある。今までもハリーは、怪物や魔法の障害物を何とか乗り越えてきた。今度は前もって知らされている分だけ、準備するチャンスがある。

学校中いたるところで、ハリーたち三人にばったりでくわすのにうんざりしたマクゴナガル先生が、空いている「変身術」の教室を昼休みに使ってよろしいと、ハリーに許可を与えた。ハリーはまもなくいろいろな呪文を習得した。「妨害の呪い」は、攻撃してくる者の動きを鈍らせて妨害する術。「粉々呪文」は、硬いものを吹き飛ばして通り道をあける術。「四方位呪文」はハーマイオニーが見つけてきた便利な術で、杖で北の方角を指させ、迷路の中で正しい方向に進んでいるかどうかをチェックすることができる。しかし、「盾の呪文」はうまくできなかった。一時的に自分の周りに見えない壁を築き、弱い呪いなら跳ね返すことができるはずの呪文だが、ハーマイオニーは、ねらい定めた「くらげ足の呪い」で、見事に見えない壁を粉々にした。ハーマイオニーが反対呪文を探している十分ぐらいの間、ハリーはクニャクニャする足で教室を歩き回るはめになった。

「でも、なかなかいい線行ってるわよ」

ハーマイオニーはリストを見て、習得した呪文を×印で消しながら、励ました。

「このうちのどれかは必ず役に立つはずよ」

「あれ見ろよ」

ロンが窓際に立って呼んだ。校庭を見下ろしている。

「マルフォイのやつ、何やってるんだ？」

ハリーとハーマイオニーが見にいった。マルフォイ、クラッブ、ゴイルが校庭の木陰に立っていた。クラッブとゴイルは見張りに立っているようだ。二人ともニヤニヤしている。マルフォイは口のところに手をかざして、その手に向かって何かしゃべっていた。

「トランシーバーで話してるみたいだな」ハリーが変だなあという顔をした。

「そんなはずないわ」ハーマイオニーが言った。

「言ったでしょ。そんなものはホグワーツの中では通じないのよ。さあ、ハリー」

ハーマイオニーはきびきびとそう言い、窓から離れて教室の中央に戻った。

「もう一度やりましょ。『盾の呪文』」

シリウスは今や毎日のようにふくろう便をよこした。ハーマイオニーと同じように、ハリーはまず最後の課題をパスすることに集中し、それ以外は後回しにするように、という考えらしい。ハリーへの手紙に、ホグワーツの敷地外で起こっていることは、何であれ、ハリーの責任ではないし、ハリーの力ではどうすることもできないのだからと、毎回書いてよこした。

ヴォルデモートがほんとうに再び力をつけてきているにせよ、私にとっては、君の安全を確保するのが第一だ。ダンブルドアの保護の下にあるかぎり、やつはとうてい君に手出しはできない。しかし、いずれにしても危険をおかさないように。迷路を安全に通過することだけに集中すること。ほかのことは、そのあとで気にすればよい。

六月二十四日が近づくにつれ、ハリーは神経がたかぶってきた。しかし、第一と第二の課題のときほどひどくはなかった。一つには、今度はできるかぎりの準備はした、という自信があった。もう一つには、これが最後のハードルだからだ。うまくいこうがいくまいが、ようやく試合は終わる。そうしたらどんなにホッとすることか。

第三の課題が行われる日の朝、グリフィンドールの朝食のテーブルは大にぎわいだった。伝書ふくろうが飛んできて、ハリーにシリウスからの「がんばれ」カードを渡した。羊皮紙一枚を折りたたみ、中に泥んこの犬の足型が押してあるだけだったが、ハリーにとってはとてもうれしいカードだった。コノハズクが、いつものように『日刊予言者新聞』の朝刊を持って、ハーマイオニーのところにやってきた。新聞を広げて一面に目を通したハーマイオニーが、口いっぱいにふくんだかぼちゃジュースを新聞に吐きかけた。

「どうしたの？」

ハリーとロンがハーマイオニーを見つめて、同時に言った。

「何でもないわ」

ハーマイオニーはあわててそう言うと、新聞を隠そうとした。が、ロンが引ったくった。

見出しを見たロンが目を丸くした。

「何てこった。よりによって今日かよ。あのばばぁ」

「何だい？」ハリーが聞いた。「またリータ・スキーター？」

「いいや」ロンもハーマイオニーと同じように、新聞を隠そうとした。
「僕のことなんだね？」ハリーが言った。
「ちがうよ」ロンのうそは見え見えだった。
ハリーが新聞を見せてと言う前に、ドラコ・マルフォイが、大広間のむこうのスリザリンのテーブルから大声で呼びかけた。
「おーい、ポッター！　ポッター！　頭は大丈夫か？　気分は悪くないか？　まさか暴れだして僕たちを襲ったりしないだろうね？」
マルフォイも『日刊予言者新聞』を手にしていた。スリザリンのテーブルは、端から端までクスクス笑いながら、座ったままで身をひねり、ハリーの反応を見ようとしている。
「見せてよ」ハリーがロンに言った。
「貸して」
ロンはしぶしぶ新聞を渡した。ハリーが開いてみると、大見出しの下で、自分の写真がこっちを見つめていた。

ハリー・ポッターの「危険な奇行」

「名前を言ってはいけないあの人」を破ったあの少年が、情緒不安定、もしくは危険な状態にある。と、本紙の特派員、リータ・スキーターが書いている。

ハリー・ポッターの奇行に関する驚くべき証拠が最近明るみに出た。三校対抗試合のような過酷な試合に出ることの是非が問われるばかりか、ホグワーツに在籍すること自体が疑問視されている。

本紙の独占情報によれば、ポッターは学校でひんぱんに失神し、額の傷痕（「例のあの人」がハリー・ポッターを殺そうとした呪いの遺物）の痛みを訴えることもしばしばだという。去る月曜日、「占い学」の授業中、ポッターが、傷痕の痛みがたえがたく授業を続けることができないと言って、教室から飛び出していくのを本紙記者が目撃した。

聖マンゴ魔法疾患傷害病院の最高権威の専門医たちによれば、「例のあの人」に襲われた傷が、ポッターの脳に影響を与えている可能性があるという。また、傷がまだ痛むというポッターの主張は、根深い錯乱状態の表れである可能性があるという。

「痛いふりをしているかもしれませんね」専門医の一人が語った。「気を引きたいという願望の表れであるかもしれません」

日刊予言者新聞は、ホグワーツ校の校長、アルバス・ダンブルドアが魔法社会からひた隠しにしてきた、ハリー・ポッターに関する憂慮すべき事実をつかんだ。

「ポッターは蛇語を話せます」ホグワーツ校四年生の、ドラコ・マルフォイが明かした。「二、三年前、生徒が大勢襲われました。『決闘クラブ』で、ポッターがかんしゃくを起こし、ほかの男子学生に蛇をけしかけてからは、ほとんどみんなが、事件の裏にポッターがいると考えていました。でも、すべてはもみ消されたのです。しかし、ポッターは狼人間や巨人とも友達です。少しでも権力を得るためには、あいつは何でもやると思います」

蛇語とは、蛇と話す能力のことで、これまでずっと、闇の魔術の一つと考えられてきた。現代の最も有名な蛇語使いは、誰あろう、「例のあの人」その人である。匿名希望の「闇の魔術に対する防衛術連盟」の会員は、蛇語を話す者は、誰であれ「尋問する価値がある」と語った。「個人的には、蛇と会話することができるような者は、みんな非常にあやしいと思いますね。何しろ、蛇というのは、闇の魔術の中でも最悪の術に使われることが多いですし、歴史的にも邪悪な者たちとの関連性がありますからね」。また、「狼人間や巨人など、邪悪な生き物との親交を求めるようなやつは、暴力を好む傾向があるように思えますね」とも語った。

アルバス・ダンブルドアはこのような少年に三校対抗試合への出場を許すべきかどうか、当然考慮すべきであろう。試合に是が非でも勝ちたいばかりに、ポッターが闇の魔術を使うのではないかと恐れる者もいる。その試合の第三の課題は今夕行われる。

「僕にちょっと愛想が尽きたみたいだね」

ハリーは新聞をたたみながら、気軽に言った。

むこうのスリザリンのテーブルでは、マルフォイ、クラッブ、ゴイルがハリーに向かって、ゲラゲラ笑い、頭を指でたたいたり、気味の悪いバカ顔をして見せたり、舌を蛇のようにチラチラ震わせたりしていた。

「あの女、『占い学』で傷痕が痛んだこと、どうして知ってたのかなぁ？」ロンが言った。

「どうやったって、あそこにはいたはずないし、絶対あいつに聞こえたはずないよ――」

「窓が開いてた」ハリーが言った。

「息がつけなかったから、開けたんだ」

「あなた、北塔のてっぺんにいたのよ！」ハーマイオニーが言った。
「あなたの声がずーっと下の校庭に届くはずないわ！」
「まあね。魔法で盗聴する方法は、君が見つけるはずだったよ！」ハリーが言った。
「あいつがどうやったか、君が教えてくれよ！」
「ずっと調べてるわ！」ハーマイオニーが言った。
「でも私……でもね……」
ハーマイオニーの顔に、夢見るような不思議な表情が浮かんだ。ゆっくりと片手を上げ、指で髪をくしけずった。
「大丈夫か？」
ロンが顔をしかめてハーマイオニーを見た。
「ええ」
ハーマイオニーがひっそりと言った。もう一度指で髪をすくようになで、それからその手を、見えないトランシーバーに話しているかのように口元に持っていった。ハリーとロンは顔を見合わせた。
「もしかしたら」

ハーマイオニーが宙を見つめて言った。

「たぶんそうだわ……。それだったら誰にも見えないし……ムーディだって見えない……。それに、窓の桟にだって乗れる……。でもあの女は許されてない……絶対に許可されていない……まちがいない。あの女を追い詰めたわよ！　ちょっと図書館に行かせて――たしかめるわ！」

そう言うと、ハーマイオニーはかばんをつかみ、大広間を飛び出していった。

「おい！」後ろからロンが呼びかけた。「あと十分で『魔法史』の試験だぞ！　おったまげー」

ロンがハリーを振り返った。

「試験に遅れるかもしれないのに、それでも行くなんて、よっぽどあのスキーターのやつを嫌ってるんだな。君、ビンズのクラスでどうやって時間をつぶすつもりだ？――また本を読むか？」

対抗試合の代表選手は期末試験を免除されていたので、ハリーはこれまで、試験の時間には教室の一番後ろに座り、第三の課題のために新しい呪文を探していた。

「だろうな」

ハリーが答えた。ちょうどその時、マクゴナガル先生がグリフィンドールのテーブル沿いに、ハリーに近づいてきた。

「ポッター、代表選手は朝食後に大広間の脇の小部屋に集合です」先生が言った。

「でも、競技は今夜です！」
時間をまちがえたのではないかと不安になり、ハリーは炒り卵をうっかりローブにこぼしてしまった。
「それはわかっています、ポッター」マクゴナガル先生が言った。
「いいですか、代表選手の家族が招待されて最終課題の観戦に来ています。みなさんにご挨拶する機会だというだけです」
マクゴナガル先生が立ち去り、ハリーはその後ろであぜんとしていた。
「まさか、マクゴナガル先生、ダーズリーたちが来ると思っているんじゃないだろうな？」
ハリーがロンに向かってぼうぜんと問いかけた。
「さあ」ロンが言った。
「ハリー、僕、急がなくちゃ。ビンズのに遅れちゃう。あとでな」
ほとんど人がいなくなった大広間で、ハリーは朝食をすました。フラー・デラクールがレイブンクローのテーブルから立ち上がり、大広間から脇の小部屋に向かっているセドリックと一緒に部屋に入った。クラムもすぐあとに前かがみになって入っていった。ハリーは動かなかった。やはり小部屋に入りたくなかった。家族なんていない――少なくとも、ハリーが命を危険にさらして戦うのを見にきてくれる家族はいない。しかし、図書館にでも行ってもうちょっと呪文の復習をしようかと、立ち上がりかけたその時、小部屋のドアが開いて、セドリックが顔を突き出した。

「ハリー、来いよ。みんな君を待ってるよ！」

ハリーはまったく当惑しながら立ち上がった。ダーズリーたちが来るなんて、ありうるだろうか？　大広間を横切り、ハリーは小部屋のドアを開けた。

ドアのすぐ内側にセドリックと両親がいた。ビクトール・クラムは、隅のほうで黒い髪の父親、母親とブルガリア語で早口に話している。クラムの鉤鼻は父親ゆずりだ。部屋の反対側で、フラーが母親とフランス語でペチャクチャしゃべっている。フラーの妹のガブリエルが母親と手をつないでいた。ハリーを見て手を振ったので、ハリーも手を振った。それから、暖炉の前でハリーにニッコリ笑いかけているウィーズリーおばさんとビルが目に入った。

「びっくりでしょ！」

ハリーがニコニコしながら近づいていくと、ウィーズリーおばさんが興奮しながら言った。

「あなたを見にきたかったのよ、ハリー！」

おばさんはかがんでハリーのほおにキスした。

「元気かい？」
ビルがハリーに笑いかけながら握手した。
「チャーリーも来たかったんだけど、休みが取れなくてね。ホーンテールとの対戦のときの君はすごかったって言ってたよ」
フラー・デラクールが、相当関心がありそうな目で、母親の肩越しに、ビルをちらちら見ているのにハリーは気がついた。フラーにとっては、長髪も牙のイヤリングもまったく問題ではないのだと、ハリーにもわかった。
「ほんとうにうれしいです」
ハリーは口ごもりながらウィーズリーおばさんに言った。
「僕、一瞬、考えちゃった――ダーズリー一家かと――」
「ンンン」
ウィーズリーおばさんが口をキュッと結んだ。おばさんはいつも、ハリーの前でダーズリー一家を批判するのはひかえていたが、その名前を聞くたびに目がピカッと光るのだった。
「学校はなつかしいよ」
ビルが小部屋の中を見回した（「太った婦人」の友達のバイオレットが、絵の中からビルにウィンクした)。
「もう五年も来てないな。あのいかれた騎士の絵、まだあるかい？　カドガン卿の？」
「ある、ある」ハリーが答えた。ハリーは去年カドガン卿に会っていた。
「『太った婦人』は？」ビルが聞いた。
「あの婦人は母さんの時代からいるわ」おばさんが言った。
「ある晩、朝の四時に寮に戻ったら、こっぴどく叱られたわ――」
「朝の四時まで、母さん、寮の外で何してたの？」ビルが驚いて母親を探るような目で見た。
ウィーズリーおばさんは目をキラキラさせてふくみ笑いをした。
「あなたのお父さんと二人で夜の散歩をしてたのよ」おばさんが答えた。
「そしたら、お父さん、アポリオン・プリングルに捕まってね――あのころの管理人よ――お父さんは今でもおしおきの痕が残ってるわ」
「案内してくれるか、ハリー？」ビルが言った。
「ああ、いいよ」三人は大広間に出るドアのほうに歩いていった。
エイモス・ディゴリーのそばを通り過ぎようとすると、ディゴリーが振り向いた。
「よう、よう、いたな」

ディゴリーはハリーを上から下までじろじろ見た。
「セドリックが同点に追いついたので、そうそういい気にもなっていられないだろう？」
「何のこと？」ハリーが聞いた。
「気にするな」
セドリックが父親の背後で顔をしかめながらハリーにささやいた。
「リータ・スキーターの三大魔法学校対抗試合の記事以来、ずっと腹を立てているんだ――ほら、君がホグワーツでただ一人の代表選手みたいな書き方をしたから」
「訂正しようともしなかっただろうが？」
エイモス・ディゴリーが、ウィーズリーおばさんやビルと一緒にドアから出ながら、ハリーに聞こえるように大声で言った。
「しかし……セド、目に物見せてやれ。一度あの子を負かしたろうが？」
「エイモス！　リータ・スキーターは、ごたごたを引き起こすためには何でもやるのよ」
ウィーズリーおばさんが腹立たしげに言った。
「そのぐらいのこと、あなた、魔法省に勤めてたらおわかりのはずでしょう！」
ディゴリー氏は怒って何か言いたそうな顔をしたが、奥さんがその腕を押さえるように手を置くと、ちょっと肩をすくめただけで顔をそむけた。
陽光がいっぱいの校庭を、ビルやウィーズリーおばさんを案内して回り、ボーバトンの馬車やダームストラングの船を見せたりして、ハリーはとても楽しく午前中を過ごした。おばさんは、卒業後に植えられた「暴れ柳」にとても興味を持ったし、ハグリッドの前の森番、オッグの想い出を長々と話してくれた。
「パーシーは元気？」
温室の周りを散歩しながら、ハリーが聞いた。
「よくないね」ビルが言った。
「とってもうろたえてるの」
おばさんはあたりを見回しながら声を低めて言った。
「魔法省は、クラウチさんが消えたことを伏せておきたいわけ。でも、パーシーは、クラウチさんの送ってきていた指令についての尋問に呼び出されてね。本人が書いたものではない可能性があるって、魔法省はそう思っているらしいの。パーシーはストレス状態だわ。魔法省では、今夜の試合の五番目の審査員として、パーシーにクラウチさんの代理を務めさせてくれないの。コーネリウス・ファッジが審査員になるわ」

三人は昼食をとりに城に戻った。
「ママ――ビル！」
グリフィンドールのテーブルに着いたロンが驚いて言った。
「こんなところで、どうしたの？」
「ハリーの最後の競技を見にきたのよ」
ウィーズリーおばさんが楽しそうに言った。
「お料理をしなくていいってのは、ほんと、たまにはいいものね。試験はどうだったの？」
「あ……大丈夫さ」ロンが言った。
「小鬼の反逆者の名前を全部は思い出せなかったから、いくつかでっち上げたけど、問題ないよ」
ウィーズリーおばさんの厳しい顔をよそに、ロンはミートパイを皿に取った。
「みんなおんなじような名前だから。ボロひげのボドロッドとか、薄汚いウルグだとかさ。難しくなかったよ」
フレッド、ジョージ、ジニーもやってきて、隣に座った。ハリーはまるで「隠れ穴」に戻ったかのような楽しい気分だった。夕方の試合を心配することさえ忘れていたが、昼食も半ばを過ぎたころ、ハーマイオニーが現れて、ハッと思い出した。リータ・スキーターのことで、ハーマイオニーが何かひらめいたことがあったはずだ。

「何かわかった？　例の――」

ハーマイオニーは、ウィーズリーおばさんのほうをちらりと見て、「言っちゃダメよ」というふうに首を振った。

「こんにちは、ハーマイオニー」

ウィーズリーおばさんの言い方がいつもとちがって堅かった。

「こんにちは」

ウィーズリーおばさんの冷たい表情を見て、ハーマイオニーの笑顔がこわばった。

ハリーは二人を見比べた。

「ウィーズリーおばさん、リータ・スキーターが『週刊魔女』に書いたあのバカな記事を本気にしたりしてませんよね？　だって、ハーマイオニーは僕のガールフレンドじゃないもの」

「あら！」おばさんが言った。「ええ――もちろん本気にしてませんよ！」

しかし、そのあとは、おばさんのハーマイオニーに対する態度がずっと温かくなった。

ハリー、ビル、ウィーズリーおばさんの三人は、城の周りをぶらぶら散歩して午後を過ごし、晩餐会に大広間に戻った。今度はルード・バグマンとコーネリウス・ファッジが教職員テーブルに着いていた。バグマンはうきうきしているようだったが、コーネリウス・ファッジは、マダム・マクシームの隣で、厳しい表情でだまりこくっていた。マダム・マクシームは食事に没頭していたが、ハリーはマダムの目が赤いように思った。ハグリッドが同じテーブルの端からしょっちゅうマダムのほうに目を走らせていた。

食事はいつもより品数が多かったが、ハリーは今や本格的に気がたかぶりはじめ、あまり食べられなかった。魔法をかけられた天井が、ブルーから日暮れの紫に変わりはじめたとき、ダンブルドアが教職員テーブルで立ち上がった。大広間がシーンとなった。

「紳士、淑女のみなさん。あと五分たつと、みなさんにクィディッチ競技場に行くように、わしからお願いすることになる。三大魔法学校対抗試合、最後の課題が行われる。代表選手は、バグマン氏に従って、今すぐ競技場に行くのじゃ」

ハリーは立ち上がった。グリフィンドールのテーブルからいっせいに拍手が起こった。ウィーズリー一家とハーマイオニーに激励され、ハリーはセドリック、フラー、クラムと一緒に大広間を出た。

「ハリー、落ち着いてるか？」

校庭に下りる石段のところで、バグマンが話しかけた。
「自信があるかね？」
「大丈夫です」
ハリーが答えた。ある程度ほんとうだった。神経はとがっていたが、こうして歩きながらも頭の中で、これまで練習してきた呪いや呪文を何度もくり返していたし、全部思い出すことができるので、気分が楽になっていた。
全員でクィディッチ競技場へと歩いたが、今はとても競技場には見えなかった。六メートルほどの高さの生け垣が周りをぐるりと囲み、正面にすきまが空いている。巨大な迷路への入口だ。中の通路は、暗く、薄気味悪かった。
五分後に、スタンドに人が入りはじめた。何百人という生徒が次々に着席し、あたりは興奮した声と、ドヤドヤと大勢の足音で満たされた。空は今や澄んだ濃紺に変わり、一番星が瞬きはじめた。ハグリッド、ムーディ先生、マクゴナガル先生、フリットウィック先生が競技場に入場し、バグマンと選手のところへやってきた。全員、大きな赤く光る星を帽子につけていたが、ハグリッドだけは、モールスキンのチョッキの背につけていた。
「私たちが迷路の外側を巡回しています」

マクゴナガル先生が代表選手に言った。
「何か危険に巻き込まれて、助けを求めたいときには、空中に赤い火花を打ち上げなさい。私たちのうち誰かが救出します。おわかりですか？」
代表選手たちがうなずいた。
「では、持ち場についてください！」
バグマンが元気よく四人の巡回者に号令した。
「がんばれよ、ハリー」
ハグリッドがささやいた。そして四人は、迷路のどこかの持ち場につくため、バラバラな方向へと歩きだした。バグマンが杖をのど元に当て、「ソノーラス！　響け！」と唱えると、魔法で拡大された声がスタンドに響き渡った。
「紳士、淑女のみなさん。第三の課題、そして、三大魔法学校対抗試合最後の課題がまもなく始まります！　現在の得点状況をもう一度お知らせしましょう。同点一位、得点八十五点――セドリック・ディゴリー君とハリー・ポッター君。両名ともホグワーツ校！」
大歓声と拍手に驚き、禁じられた森の鳥たちが、暮れかかった空にバタバタと飛び上がった。
「三位、八十点――ビクトール・クラム君。ダームストラング専門学校！」

また拍手が沸いた。

「そして、四位――フラー・デラクール嬢、ボーバトン・アカデミー！」

ウィーズリーおばさんとビル、ロン、ハーマイオニーが、観客席の中ほどの段でフラーに礼儀正しく拍手を送っているのが、かろうじて見えた。ハリーが手を振ると、四人がニッコリと手を振り返した。

「では……ホイッスルが鳴ったら、ハリーとセドリック！」バグマンが言った。

「三――二――一――」

バグマンがピッと笛を鳴らした。ハリーとセドリックが急いで迷路に入った。

そびえるような生け垣が、通路に黒い影を落としていた。高く分厚い生け垣のせいか、魔法がかけられているからなのか、いったん迷路に入ると、周りの観衆の音はまったく聞こえなくなった。ハリーはまた水の中にいるような気がしたほどだ。杖を取り出し、「ルーモス！　光よ！」とつぶやくと、セドリックもハリーの後ろで同じことをつぶやいているのが聞こえてきた。

五十メートルも進むと、分かれ道に出た。二人は顔を見合わせた。

「じゃあね」

ハリーはそう言うと左の道に入った。セドリックは右をとった。

ハリーは、バグマンが二度目のホイッスルを鳴らす音を聞いた。クラムが迷路に入ったのだ。ハリーは速度を上げた。ハリーの選んだ道は、まったく何もいないようだった。右に曲がり、急ぎ足で、杖を頭上に高くかかげ、なるべく先のほうが見えるようにして歩いた。しかし、見えるものは何もない。

遠くで、バグマンのホイッスルが鳴った。これで代表選手全員が迷路に入ったことになる。

ハリーはしょっちゅう後ろを振り返った。またしても誰かに見られているような、あの感覚に襲われていた。空がだんだん群青色になり、迷路は刻一刻と暗くなってきた。ハリーは二つ目の分かれ道に出た。

「方角示せ！」

ハリーは杖を手の平に平らにのせてつぶやいた。

杖はくるりと一回転し、右を示した。そこは生け垣が密生している。そっちが北だ。迷路の中心に行くには、北西の方角に進む必要があるということはわかっている。一番よいのは、ここで左の道を行き、なるべく早く右に折れることだ。

左の道もがらんとしていた。ハリーは右折する道を見つけて曲がった。ここでも何も障害物がない。しかし、何も障害がないことが、なぜか、かえって不安な気持ちにさせた。これまでに絶対何かに出会っているはずではないのか？　迷路が、まやかしの安心感でハリーを誘い込んでいるかのようだ。その時、ハリーはすぐ後ろで何かが動く気配を感じ、杖を突き出し、攻撃の体勢を取った。しかし、杖灯りの先にいたのは、セドリックだった。右側の道から急いで現れたところだった。ひどくショックを受けている様子で、ローブのそでがくすぶっている。

「ハグリッドの『尻尾爆発スクリュート』だ！」

セドリックが歯を食いしばって言った。

「ものすごい大きさだ――やっと振り切った！」

セドリックは頭を振り、たちまち別の道へと飛び込み、姿を消した。スクリュートとの距離を充分に取らなければと、ハリーは再び急いだ。そして、角を曲がったとたん、目に入ったのは――。

吸魂鬼がするすると近づいてくる。身の丈四メートル、顔はフードで隠れ、くさったかさぶただらけの両手を伸ばし、見えない目で、ハリーのほうを探るような手つきで近づいてくる。ゴロゴロと末期の息のような息づかいが聞こえる。じとっと冷や汗が流れる気持ちの悪さがハリーを襲った。しかし、どうすればよいか、ハリーにはわかっていた……。

ハリーはできるだけ幸福な瞬間を思い浮かべた。迷路から抜け出し、ロンやハーマイオニーと喜び合っている自分の姿に全神経を集中した。そして杖を上げ、叫んだ。

「エクスペクト　パトローナム！　守護霊よ来たれ！」
銀色の牡鹿がハリーの杖先から噴き出し、吸魂鬼めがけてかけていった。吸魂鬼はあとずさりし、ローブのすそを踏んづけてよろめいた……ハリーは吸魂鬼が転びかける姿を初めて見た。
「待て！」
銀の守護霊のあとから前進しながら、ハリーが叫んだ。
「おまえはまね妖怪だ！　リディクラス！　ばかばかしい！」
ポンと大きな音がして、形態模写をする妖怪は爆発し、あとには霞が残った。銀色の牡鹿も霞んで見えなくなった。一緒にいてほしかった……道連れができたのに……。しかし、ハリーは進んだ。できるだけ早く、静かに、耳を澄まし、再び杖を高く掲げて進んだ。
左……右……また左……袋小路に二度突き当たった。また「四方位呪文」を使い、東に寄り過ぎていることがわかった。引き返してまた右に曲がると、前方に奇妙な金色の霧が漂っているのが見えた。
ハリーは杖灯りをそれに当てながら、慎重に近づいた。魔性の誘いのように見える。霧を吹き飛ばして道をあけることができるものかどうか、ハリーは迷った。
「レダクト！　粉々！」ハリーが唱えた。

呪文は霧の真ん中を突き抜けて、何の変化もなかった。それもそのはずだ、とハリーは気づいた。「粉々呪文」は固体に効くものだ。霧の中を歩いて抜けたらどうなるだろう？　試してみる価値があるだろうか？　それとも引き返そうか？

迷っていると、静けさを破って悲鳴が聞こえた。

「フラー？」ハリーが叫んだ。

深閑としている。ハリーは周りをぐるりと見回した。フラーの身に何が起こったのだろう？悲鳴は前方のどこからか聞こえてきたようだ。ハリーは息を深く吸い込み、魔の霧の中に走り込んだ。

天地が逆さまになった。ハリーは地面からぶら下がり、髪は垂れ、めがねは鼻からずり落ち、底なしの空に落ちていきそうだった。めがねを鼻先に押しつけ、逆さまにぶら下がったまま、ハリーは恐怖におちいっていた。芝生が今や天井になり、両足が芝生に貼りつけられているかのようだった。頭の下には星の散りばめられた暗い空がはてしなく広がっていた。片足を動かそうとすれば、完全に地上から落ちてしまうような感じがした。

「**考えろ**」

体中の血が頭に逆流してくる中で、ハリーは自分に言い聞かせた。

「考えるんだ……」

しかし、練習した呪文の中には、天と地が急に逆転する現象と戦うためのものは一つもなかった。思いきって足を動かしてみようか？　耳の中で、血液がドクンドクンと脈打つ音が聞こえた。道は二つに一つ――試しに動いてみること。さもなければ赤い火花を打ち上げて救出してもらい、失格すること。

ハリーは目を閉じて、下に広がる無限の虚空が見えないようにした。そして、力いっぱい芝生の天井から右足を引き抜いた。

とたんに、世界は元に戻った。ハリーは前かがみにのめり、すばらしく硬い地面の上に両ひざをついていた。ショックで、ハリーは一時的に足がなえたように感じた。気を落ち着かせるため、ハリーは深く息を吸い込み、再び立ち上がり、前方へと急いだ。かけだしながら肩越しに振り返ると、金色の霧は何事もなかったかのように、月明かりを受けてキラキラとハリーに向かってきらめいていた。

二本の道が交差する場所で、ハリーは立ち止まり、どこかにフラーがいないかと見回した。叫んだのはフラーにちがいなかった。フラーは何に出会ったのだろう？　大丈夫だろうか？　赤い火花が上がった気配はない――フラーが自分で切り抜けたということだろうか？　それとも、杖を取ることができないほどたいへんな目にあっているのだろうか？　だんだん不安をつのらせながら、ハリーは二股の道を右にとった……しかし、同時にハリーは、ある思いを振り切ることができなかった。**代表選手が一人落伍した……。**

優勝杯はどこか近くにある。フラーはもう落伍してしまったようだ。僕はここまで来たんだ。ほんとうに優勝したら？　ほんの一瞬――期せずして代表選手になってしまってから初めてだったが――全校の前で三校対抗試合の優勝杯を差し上げている自分の姿が再び目に浮かんだ……。

それから十分間、ハリーは、袋小路以外は何の障害にもあわなかった。同じ場所で、二度同じように曲がり方をまちがえたが、やっと新しいルートを見つけ、その道をかけ足で進んだ。杖灯りが波打ち、生け垣に映った自分の影が、チラチラ揺れ、ゆがんだ。一つ角を曲がったところで、ハリーはとうとう「尻尾爆発スクリュート」にでくわしてしまった。

セドリックの言うとおりだった――**ものすごく大きい。**長さ三メートルはある。何よりも巨大なサソリにそっくりだった。長いとげを背中のほうに丸め込んでいる。ハリーが杖灯りを向けると、その光で分厚い甲殻がギラリと光った。

「ステューピファイ！　まひせよ！」

呪文はスクリュートの殻に当たって跳ね返った。ハリーは間一髪でそれをかわしたが、髪が焦げる臭いがした。呪文が頭のてっぺんの毛を焦がしたのだ。スクリュートがしっぽから火を噴き、ハリーめがけて飛びかかってきた。

「インペディメンタ！　妨害せよ！」ハリーが叫んだ。

呪文はまたスクリュートの殻に当たって、跳ね返った。ハリーは数歩よろけて倒れた。

「インペディメンタ！」

スクリュートはハリーからほんの数センチのところで動かなくなった――かろうじて殻のない下腹部の肉の部分に呪文を当てたのだ。ハリーはハァハァと息を切らしてスクリュートから離れ、必死で逆方向へと走った――妨害呪文は一時的なもので、スクリュートはすぐにも肢が動くようになるはずだ。

ハリーは左の道をとった。行き止まりだった。右の道もまたそうだった。心臓をドキドキさせながら、ハリーは自分自身を押しとどめ、もう一度「四方位呪文」を使った。そして元来た道を戻り、北西に向かう道を選んだ。

新しい道を急ぎ足で数分歩いたとき、その道と平行に走る道で何かが聞こえ、ハリーはぴたりと足を止めた。

「何をする気だ？」セドリックが叫んでいる。「いったい何をする気なんだ？」
それからクラムの声が聞こえた。
「クルーシオ！　苦しめ！」
突然、セドリックの悲鳴があたりに響き渡った。ハリーはぞっとした。何とかセドリックのほうに行く道を見つけようと、前方に向かって走った。しかし、見つからない。ハリーはもう一度「粉々呪文」を使った。あまり効き目はなかったが、それでも生け垣に小さな焼け焦げ穴が開いた。ハリーはそこに足を突っ込み、うっそうとからみ合った茨や小枝をけって、その穴を大きくした。ローブが破れたが、無理やりその穴を通り抜け、右側を見ると、セドリックが地面でのたうち回っていた。クラムが覆いかぶさるように立っている。
ハリーは体勢を立てなおし、クラムに杖を向けた。その時クラムが目を上げ、背を向けて走り出した。
「ステューピファイ！　まひせよ！」ハリーが叫んだ。
呪文はクラムの背中に当たった。クラムはその場でぴたりと止まり、芝生の上にうつ伏せに倒れ、ピクリとも動かなくなった。ハリーはセドリックのところへかけつけた。もうけいれんは止まっていたが、両手で顔を覆い、ハァハァ息をはずませながら横たわっていた。

「大丈夫か？」
ハリーはセドリックの腕をつかみ、大声で聞いた。
「ああ」
セドリックがあえぎながら言った。
「ああ……信じられないよ……クラムが後ろから忍び寄って……音に気づいて振り返ったんだ。そしたら、クラムが僕に杖を向けて……」
セドリックが立ち上がった。まだ震えている。セドリックとハリーはクラムを見下ろした。
「信じられない……クラムは大丈夫だと思ったのに」
クラムを見つめながら、ハリーが言った。
「僕もだ」セドリックが言った。
「さっき、フラーの悲鳴が聞こえた？」ハリーが聞いた。
「ああ」セドリックが言った。
「クラムがフラーもやったと思うかい？」
「わからない」ハリーは考え込んだ。
「このままここに残して行こうか？」セドリックがつぶやいた。

「だめだ」ハリーが言った。
「赤い火花を上げるべきだと思う。誰かが来てクラムを拾ってくれる……じゃないと、たぶんスクリュートに食われちゃう」
「当然の報いだ」
セドリックがつぶやいた。しかし、それでも自分の杖を上げ、空中に赤い火花を打ち上げた。火花は空高く漂い、クラムの倒れている場所を知らせた。
ハリーとセドリックは暗い中であたりを見回しながら、しばらくたたずんでいた。それからセドリックが口を開いた。
「さあ……そろそろ行こうか……」
「えっ？　ああ……うん……そうだね……」
奇妙な瞬間だった。ハリーとセドリックは、ほんのしばらくだったが、クラムに対抗することで手を組んでいた――今、互いに競争相手だという事実がよみがえってきた。二人とも無言で暗い道を歩いた。そしてハリーは左へ、セドリックは右へと分かれた。セドリックの足音はまもなく消えていった。
ハリーは「四方位呪文」を使って、正しい方向をたしかめながら進んだ。勝負はハリーかセドリックにしばられた。優勝杯に先にたどり着きたいという思いが、今までになく強く燃え上がった。しかし、ハリーはたった今目撃した、クラムの行動が信じられなかった。「許されざる呪文」を同類であるヒトに使うことは、アズカバンでの終身刑に値すると、ムーディに教わった。クラムはそこまでして三校対抗優勝杯が欲しいと思うはずがない……ハリーは足を速めた。

ときどき袋小路にぶつかったが、だんだん闇が濃くなることから、ハリーは迷路の中心に近づいているとはっきり感じた。長いまっすぐな道を、ハリーは勢いよくずんずん歩いた。すると、また何かうごめくものが見えた。杖灯りに照らし出されたのは、とてつもない生き物だった。『怪物的な怪物の本』で、絵だけでしか見たことのない生き物だ。

スフィンクスだ。巨大なライオンの胴体、見事な爪を持つ四肢、長い黄色味を帯びた尾の先は茶色の房になっている。しかし、その頭部は女性だった。ハリーが近づくと、スフィンクスは切れ長のアーモンド形の目を向けた。ハリーは戸惑いながら杖を上げた。スフィンクスは伏せて飛びかかろうという姿勢ではなく、左右に往ったり来たりしてハリーの行く手をふさいでいた。

スフィンクスが、深いしわがれた声で話しかけた。

「おまえはゴールのすぐ近くにいる。一番の近道はわたしを通り越していく道だ」

「それじゃ……それじゃ、どうか、道をあけてくれませんか？」

答えはわかっていたが、それでもハリーは言ってみた。

「だめだ」

スフィンクスは往ったり来たりをやめない。

「通りたければ、わたしのなぞなぞに答えるのだ。一度で正しく答えれば――通してあげよう。答えをまちがえば――おまえを襲う。黙して答えなければ――わたしのところから返してあげよう。無傷で」

ハリーは胃袋がガクガクと数段落ち込むような気がした。こういうのが得意なのはハーマイオニーだ。僕じゃない。ハリーは勝算を計った。謎が難しければだまっていよう。無傷で帰れる。そして、中心部への別なルートを探そう。

「了解」ハリーが言った。「なぞなぞを出してくれますか？」

スフィンクスは道の真ん中で、後脚を折って座り、謎をかけた。

最初のヒント。変装して生きるひと誰だ
秘密の取引、うそばかりつくひと誰だ

二つ目のヒント。誰でもはじめに持っていて
途中にまだまだ持っていて、何だのさいごは何だ？
最後のヒントはただの音。言葉探しに苦労して
よく出す音は何の音

つないでごらん。答えてごらん。
キスしたくない生き物は何だ？

ハリーは、口をあんぐり開けてスフィンクスを見た。
「もう一度言ってくれる？……もっとゆっくり」ハリーはおずおずと頼んだ。
スフィンクスはハリーを見て瞬きし、ほほ笑んで、なぞなぞをくり返した。
「全部のヒントを集めると、キスしたくない生き物の名前になるんだね？」ハリーが聞いた。
スフィンクスはただ謎めいたほほ笑みを見せただけだった。ハリーはそれを「イエス」だと取った。ハリーは知恵をしぼった。キスしたくない動物ならたくさんいる。すぐに「尻尾爆発ス

クリュート」を思いついたが、これが答えではないと、何となくわかった。ヒントを解かなければならないはずだ……。

「変装した人」

ハリーはスフィンクスを見つめながらつぶやいた。

「うそをつく人……アー……それは――ペテン師。ちがうよ、まだこれが答えじゃないよ！アー――スパイ？　あとでもう一回考えよう……二つ目のヒントをもう一回言ってもらえますか？」

スフィンクスはなぞなぞの二つ目のヒントをくり返した。

「誰でもはじめに持っていて」ハリーはくり返した。

「アー……わかんない……途中にまだまだ持っていて……最後のヒントをもう一度？」

スフィンクスが最後の四行をくり返した。

「ただの音。言葉探しに苦労して」ハリーはくり返した。

「アー……それは……アー……待てよ――『アー』！『アー』っていう音だ！」

スフィンクスはハリーにほほ笑んだ。

「スパイ……アー……スパイ……アー……」

ハリーも左右に往ったり来たりしていた。
「キスしたくない生き物……スパイダァー！　クモだ！」
スフィンクスは前よりもっとニッコリして、立ち上がり、前脚をぐんと伸ばし、脇によけてハリーに道をあけた。
「ありがとう！」
ハリーは自分の頭がさえているのに感心しながら全速力で先に進んだ。
もうすぐそこにちがいない。そうにちがいない……杖の方位が、この道はぴったり合っていることを示している。何か恐ろしいものにさえ出合わなければ、勝つチャンスはある……。
分かれ道に出た。道を選ばなければならない。
「方角示せ！」
ハリーがまた杖にささやくと、杖はくるりと回って右手の道を示した。ハリーがその道を大急ぎで進むと、前方に明かりが見えた。
三校対抗試合優勝杯が百メートルほど先の台座で輝いている。ハリーがかけ出したその時、黒い影がハリーの行く手に飛び出した。セドリックが、優勝杯目指して全速力で走っていた。セドリックが先にあそこに着くだろう。ハリーは絶対に追いつけるはずがない。セドリックのほうがずっと背が高いし、足も長い――。

その時ハリーは、何か巨大なものが、左手の生け垣の上にいるのを見つけた。ハリーの行く手と交差する道に沿って、急速に動いている。あまりにも速い。このままではセドリックが衝突する。セドリックは優勝杯だけを見ているので、それに気づいていない――。

「セドリック！」ハリーが叫んだ。「左を見て！」

セドリックが左のほうを見て、間一髪で身をひるがえし、衝突をさけた。しかし、あわてて足がもつれ、転んだ。ハリーはセドリックの杖が手を離れて飛ぶのを見た。同時に、巨大な蜘蛛が行く手の道に現れ、セドリックにのしかかろうとした。

「ステューピファイ！　まひせよ！」

ハリーが叫んだ。呪文は毛むくじゃらの黒い巨体を直撃したが、せいぜい小石を投げつけたくらいの効果しかなかった。蜘蛛はぐいと身を引き、ガサガサと向きを変えて、今度はハリーに向かってきた。

「まひせよ！　妨害せよ！　まひせよ！」

何の効き目もない――蜘蛛が大き過ぎるせいか、魔力が強いせいか、呪文をかけても蜘蛛を怒らせるばかりだ――。ギラギラした恐ろしい八つの黒い目と、かみそりのようなはさみがちらりと見えた次の瞬間、蜘蛛はハリーに覆いかぶさっていた。
ハリーは蜘蛛の前肢に挟まれ、宙吊りになってもがいていた。蜘蛛をけとばそうとして片足がはさみに触れた瞬間、ハリーは激痛に襲われた――セドリックが「まひせよ！」と叫んでいるのが聞こえたが、ハリーの呪文と同じく、効き目はなかった――蜘蛛がはさみをもう一度開いたとき、ハリーは杖を上げて叫んだ。
「エクスペリアームス！　武器よ去れ！」
効いた――「武装解除呪文」で蜘蛛はハリーを取り落とした。そのかわり、ハリーは四メートルの高みから、足から先に落下した。体の下で、すでに傷ついていた脚が、ぐにゃりとつぶれた。考える間もなく、ハリーは、スクリュートのときと同じように、蜘蛛の下腹部めがけて杖を高く構え、叫んだ。
「ステューピファイ！　まひせよ！」同時にセドリックも同じ呪文を叫んだ。
一つの呪文ではできなかったことが、二つ呪文が重なることで効果を上げた――蜘蛛はごろんと横倒しになり、そばの生け垣を押しつぶし、もつれた毛むくじゃらの肢を道に投げ出していた。
「ハリー！」
セドリックの叫ぶ声が聞こえた。

「大丈夫か？　蜘蛛の下敷きか？」
「いいや」
ハリーがあえぎながら答えた。脚を見ると、おびただしい出血だ。破れたローブに、蜘蛛のはさみのべっとりとした糊のような分泌物がこびりついているのが見えた。立とうとしたが、片足がぐらぐらして、体の重みを支えきれなかった。ハリーは生け垣に寄りかかって、あえぎながら周りを見た。
セドリックが三校対抗優勝杯のすぐそばに立っていた。優勝杯はその背後で輝いている。
「さあ、それを取れよ」
ハリーが息を切らしながらセドリックに言った。
「さあ、取れよ。君が先に着いたんだから」
しかし、セドリックは動かなかった。ただそこに立ってハリーを見ている。それから振り返って優勝杯を見た。金色の光に浮かんだセドリックの顔が、どんなに欲しいかを語っている。セドリックはもう一度こちらを振り向き、生け垣で体を支えているハリーを見た。
セドリックは深く息を吸った。
「君が取れよ。君が優勝するべきだ。迷路の中で、君は僕を二度も救ってくれた」

「そういうルールじゃない」
ハリーはそう言いながら腹が立った。脚がひどく痛む。蜘蛛を振り払おうと戦って、体中がずきずきする。こんなに努力したのに、セドリックが僕より一足早かった。チョウをダンスパーティに誘ったときにハリーを出し抜いたのと同じだ。
「優勝杯に先に到着した者が得点するんだ。君だ。僕、こんな足じゃ、どんなに走ったって勝てっこない」
セドリックは首を振りながら、優勝杯から離れ、「失神」させられている大蜘蛛のほうに二、三歩近づいた。
「できない」
「かっこつけるな」ハリーはじれったそうに言った。
「取れよ。そして二人ともここから出るんだ」
セドリックは生け垣にしがみついてやっと体を支えているハリーをじっと見た。
「君はドラゴンのことを教えてくれた」セドリックが言った。
「あの時前もって知らなかったら、僕は第一の課題でもう落伍していたろう」
「あれは、僕も人に助けてもらったんだ」

ハリーは血だらけの脚をローブでぬぐおうとしながら、そっけなく言った。
「君も卵のことで助けてくれた――あいこだよ」
「卵のことは、僕もはじめから人に助けてもらったんだ」
「それでもあいこだ」
ハリーはそっと足を試しながら言った。体重をその足にかけると、ぐらぐらした。蜘蛛がハリーを取り落としたとき、くじいてしまったのだ。
「第二の課題のとき、君はもっと高い得点を取るべきだった」セドリックは頑固だった。
「君は人質全員が助かるようにあとに残った。僕もそうするべきだった」
「僕だけがバカだから、あの歌を本気にしたんだ！」ハリーは苦々しげに言った。
「いいから優勝杯を取れよ！」
「できない」セドリックが言った。
セドリックはもつれた蜘蛛の肢をまたいでハリーのところにやってきた。ハリーはまじまじとセドリックを見つめた。セドリックは本気なんだ。ハッフルパフがこの何百年間も手にしたことのないような栄光から身を引こうとしている。
「さあ、行くんだ」

セドリックが言った。ありったけの意志を最後の一滴まで振りしぼって言った言葉のようだった。しかし、断固とした表情で腕組みし、セドリックの決心は揺るがないようだ。

ハリーはセドリックを見て、優勝杯を見た。一瞬、まばゆいばかりの一瞬、ハリーは優勝杯を持って迷路から出ていく自分の姿を思い浮かべた。高々と優勝杯を掲げ、観衆の歓声が聞こえ、チョウの顔が称讃で輝く。光景がこれまでよりはっきりと目に浮かんだ……そして、すぐにその光景は消え去り、ハリーは影の中に浮かぶセドリックのかたくなな顔を見つめていた。

「二人ともだ」ハリーが言った。

「えっ？」

「二人一緒に取ろう。ホグワーツの優勝に変わりはない。二人引き分けだ」

セドリックはハリーをじっと見た。組んでいた腕を解いた。

「君――君、それでいいのか？」

「ああ」ハリーが答えた。

「ああ……僕たち助け合ったよね？　二人ともここにたどり着いた。一緒に取ろう」

一瞬、セドリックは耳を疑うような顔をした。それからニッコリ笑った。

「話は決まった」セドリックが言った。

「さあここへ」
セドリックはハリーの肩を抱くように抱え、優勝杯ののった台まで足を引きずって歩くのを支えた。たどり着くと、優勝杯の輝く取っ手にそれぞれ片手を伸ばした。
「三つ数えて、いいね？」ハリーが言った。
「一――二――三――」
ハリーとセドリックが同時に取っ手をつかんだ。
とたんに、ハリーはへその裏側のあたりがぐいと引っ張られるように感じた。両足が地面を離れた。優勝杯の取っ手から手がはずれない。風のうなり、色の渦の中を、優勝杯はハリーを引っ張っていく。セドリックも一緒に。

第32章 骨肉そして血

ハリーは足が地面を打つのを感じた。けがした片足がくずおれ、前のめりに倒れた。優勝杯からやっと手が離れた。ハリーは顔を上げた。

「ここはどこだろう？」ハリーが言った。

セドリックは首を横に振り、立ち上がってハリーを助け起こした。二人はあたりを見回した。

ホグワーツからは完全に離れていた。何キロも――いや、もしかしたら何百キロも――遠くまで来てしまったのはたしかだ。城を取り囲む山々さえ見えなかった。二人は、暗い、草ぼうぼうの墓場に立っていた。右手にイチイの大木があり、そのむこうに小さな教会の黒いりんかくが見えた。左手には丘がそびえ、その斜面に堂々とした古い館が立っている。ハリーには、かろうじて館のりんかくだけが見えた。

セドリックは三校対抗優勝杯を見下ろし、それからハリーを見た。

「優勝杯が『移動キー』になっているって、君は誰かから聞いていたか？」

「全然」ハリーが墓場を見回しながら言った。深閑と静まり返り、薄気味が悪い。
「これも課題の続きなのかな？」
「わからない」セドリックは少し不安げな声で言った。
「杖を出しておいたほうがいいだろうな？」
「ああ」ハリーが言った。
セドリックのほうが先に杖のことを言ったのが、ハリーにはうれしかった。
二人は杖を取り出した。ハリーはずっとあたりを見回し続けていた。またしても、誰かに見られているという、奇妙な感じがしていた。
「誰か来る」ハリーが突然言った。
暗がりでじっと目を凝らすと、墓石の間を、まちがいなくこちらに近づいてくる人影がある。顔までは見分けられなかったが、歩き方や腕の組み方から、何かを抱えていることだけはわかった。誰かはわからないが、小柄で、フードつきのマントをすっぽりかぶって顔を隠している。そして――その姿がさらに数歩近づき、二人との距離が一段と狭まってきたとき――ハリーはその影が抱えているものが、赤ん坊のように見えた……それとも単にローブを丸めただけのものだろうか？

ハリーは杖を少し下ろし、横目でセドリックをちらりと見た。セドリックもハリーにいぶかしげな視線を返した。そして二人とも近づく影に目を戻した。

その影は、二人からわずか二メートルほど先の、丈高の大理石の墓石のそばで止まった。一瞬、ハリー、セドリック、そしてその小柄な姿が互いに見つめ合った。

その時、何の前触れもなしに、ハリーの傷痕に激痛が走った。これまで一度も感じたことがないような苦痛だった。両手で顔を覆ったハリーの指の間から、杖がすべり落ち、ハリーはがっくりひざを折った。地面に座り込み、痛みでまったく何も見えず、今にも頭が割れそうだった。

ハリーの頭の上で、どこか遠くのほうから聞こえるようなかん高い冷たい声がした。

「よけいなやつは殺せ！」

シュッという音とともに、もう一つ別のかん高い声が夜の闇をつんざいた。

「アバダ　ケダブラ！」

緑の閃光がハリーの閉じたまぶたの裏で光った。何か重いものがハリーの脇の地面に倒れる音がした。あまりの傷痕の痛さに吐き気がした。その時、ふと痛みが薄らいだ。何が見えるかと思うと、目を開けることさえ恐ろしかったが、ハリーはじんじん痛む目を開けた。

セドリックがハリーの足元に大の字に倒れていた。死んでいる。

一瞬が永遠に感じられた。ハリーはセドリックの顔を見つめた。うつろに見開かれた、廃屋の窓ガラスのように無表情なセドリックの灰色の目を。少し驚いたように半開きになったセドリックの口元を。信じられなかった。受け入れられなかった。信じられないという思いのほかは、感覚がまひしていた。誰かが自分を引きずっていく。

フードをかぶった小柄な男が、手にした包みを下に置き、杖灯りをつけ、ハリーを大理石の墓石のほうに引きずっていった。

杖灯りにちらりと照らし出された墓碑銘を目にした。そのとたん、ハリーは無理やり後ろ向きにされ、背中をその墓石に押しつけられた。

トム・リドル

フードの男は、今度は杖から頑丈な縄を出し、ハリーを首から足首まで墓石にぐるぐる巻きに縛りつけはじめた。ハッハッと、浅く荒い息づかいがフードの奥から聞こえた。抵抗するハリーを、男がなぐった――男の手は指が一本欠けている。ハリーはフードの下の男が誰なのかがわかった。ワームテールだ。

「おまえだったのか！」ハリーは絶句した。

しかし、ワームテールは答えなかった。縄を巻きつけ終わると、縄目の固さをたしかめるのに余念がなかった。結び目をあちこち不器用にさわりながら、ワームテールの指が、止めようもなく小刻みに震えていた。ハリーが墓石にしっかり縛りつけられ、びくともできない状態だとたしかめると、ワームテールはマントから黒い布を一握り取り出し、乱暴にハリーの口に押し込んだ。それから、一言も言わず、ハリーに背を向け、急いで立ち去った。ハリーは声も出せず、ワームテールがどこへ行ったのかを見ることもできなかった。墓石の裏を見ようとしても、首が回せない。ハリーは真正面しか見ることができなかった。

セドリックのなきがらが五、六メートルほど先に横たわっている。そこから少し離れたところに、優勝杯が星明かりを受けて冷たく光りながら転がっていた。ハリーの杖はセドリックの足元に落ちている。ハリーが赤ん坊だと思ったローブの包みは、墓のすぐ前にあった。包みはじれったそうに動いているようだ。包みを見つめると、ハリーの傷痕が再び焼けるように痛んだ……その時、ハリーはハッと気づいた。ローブの包みの中身は見たくない……包みは開けないでくれ。

足元で音がした。見下ろすと、ハリーが縛りつけられている墓石を包囲するように、巨大な蛇が草むらをはいずり回っている。ワームテールのゼイゼイという荒い息づかいがまた一段と大きくなってきた。何か重いものを押し動かしているようだ。やがてワームテールがハリーの視野の中に入ってきた。石の大鍋を押して、墓の前まで運んでいた。何か水のようなものでなみなみと満たされている――ピシャピシャとはねる音が聞こえた――ハリーがこれまで使ったどの鍋よりも大きい。巨大な石鍋の胴は大人一人が充分、中に座れるほどの大きさだ。

地上に置かれた包みは、何かが中から出たがっているように、ますます絶え間なくもぞもぞと動いていた。ワームテールは、今度は鍋の底のところで杖を使い、忙しく動いていた。突然パチパチと鍋底に火が燃え上がった。大蛇はずるずると暗闇に消えていった。

鍋の中の液体はすぐに熱くなった。表面がボコボコ沸騰しはじめたばかりでなく、それ自身が燃えているかのように火の粉が散りはじめた。湯気が濃くなり、火かげんを見るワームテールのりんかくがぼやけた。包みの中の動きがますます激しくなった。ハリーの耳に、再びあのかん高い冷たい声が聞こえた。

「急げ！」

今や液面全体が火花でまばゆいばかりだった。ダイヤモンドを散りばめてあるかのようだ。

「準備ができました。ご主人様」

「さあ……」冷たい声が言った。

ワームテールが地上に置かれた包みを開き、中にあるものがあらわになった。ハリーは絶叫したが、口の詰め物が声を押し殺した。

まるでワームテールが地面の石をひっくり返し、その下から、醜い、べっとりした、目の見えない何かをむき出しにしたようだった――いや、その百倍も悪い。ワームテールが抱えていたものは、縮こまった人間の子供のようだった。ただし、こんなに子供らしくないものは見たことがない。髪の毛はなく、うろこに覆われたような、赤むけのどす黒いものだ。手足は細く弱々しく、その顔は――この世にこんな顔をした子供がいるはずがない――のっぺりと蛇のような顔で、赤い目がギラギラしている。

そのものは、ほとんど無力に見えた。細い両手を上げ、ワームテールの首に巻きつけると、ワームテールがそれを持ち上げた。その時フードが頭からずれ落ち、ワームテールの弱々しい青白い顔が火に照らされた。その生き物を大鍋の縁まで運ぶとき、ワームテールの顔に激しい嫌悪感が浮かんだのをハリーは見た。一瞬、液体の表面に踊る火花が、生き物の邪悪なのっぺりした顔を照らし出すのを見た。それから、ワームテールはその生き物を大鍋に入れた。ジュッという音とともに、その姿は液面から見えなくなった。弱々しい体がコツンと小さな音を立てて、鍋底に落ちたのをハリーは聞いた。

おぼれてしまいますように――ハリーは願った。傷痕の焼けるような痛みはほとんど限界を超えていた。おぼれてしまえ……お願いだ……。

ワームテールが何か言葉を発している。声は震え、恐怖で分別もつかないかのように見えた。杖を上げ、両目を閉じ、ワームテールは夜の闇に向かって唱えた。

「**父親の骨、知らぬ間に与えられん。父親は息子をよみがえらせん！**」

ハリーの足元の墓の表面がパックリ割れた。ワームテールの命ずるままに、細かい塵、芥が宙を飛び、静かに鍋の中に降り注ぐのを、ハリーは恐怖にかられながら見ていた。ダイヤモンドのような液面が割れ、シュウシュウと音がした。四方八方に火花を散らし、液体は鮮やかな毒々しい青に変わった。

ワームテールは、今度はヒイヒイ泣きながら、マントから細長い銀色に光る短剣を取り出した。ワームテールの声が恐怖に凍りついたようなすすり泣きに変わった。

「**下僕の――肉、よ、喜んで差し出されん。――下僕は――ご主人様を――よみがえらせん**」

ワームテールは右手を前に出した――指が欠けた手だ。左手にしっかり短剣を握り――振り上げた。

ハリーはワームテールが何をしようとしているかを、事の直前に悟った――ハリーは両目をできるだけ固く閉じた。が、夜をつんざく悲鳴に耳をふさぐことができなかった。まるでハリー自身が短剣に刺されたかのように、ワームテールの絶叫がハリーを貫いた。何かが地面に倒れる音、ワームテールの苦しみあえぐ声、何かが大鍋に落ちるバシャッといういやな音が聞こえた。ハリーは目を開ける気になれなかった……しかし液体はその間に燃えるような赤になり、その明かりが、ハリーの閉じたまぶたを通して入ってきた。

ワームテールは苦痛にあえぎ、うめき続けていた。その苦しそうな息がハリーの顔にかかって、初めてハリーは、ワームテールがすぐ目の前にいることに気づいた。

「敵の血、……力ずくで奪われん。……汝は……敵をよみがえらせん」

ハリーにはどうすることもできない。あまりにもきつく縛りつけられていた……。目を細め、縄目がどうにもならないと知りながらも、もがき、ハリーは銀色に光る短剣が、ワームテールの残った一本の手の中で震えているのを見た。そして、その切っ先が、右腕のひじの内側を貫くのを感じた。鮮血が切れたローブのそでににじみ、滴り落ちた。ワームテールは痛みにあえぎ続けながら、ポケットからガラスの薬瓶を取り出し、ハリーの傷口に押し当て、滴る血を受けた。

ハリーの血を持ち、ワームテールはよろめきながら大鍋に戻り、その中に血を注いだ。鍋の液体はたちまち目もくらむような白に変わった。任務を終えたワームテールは、がっくりと鍋のそばにひざをつき、くずおれるように横ざまに倒れた。手首を切り落とされて血を流している腕を抱えて地面に転がり、ワームテールはあえぎ、すすり泣いていた。

大鍋はぐつぐつと煮え立ち、四方八方にダイヤモンドのような閃光を放っている。その目もくらむような明るさに、周りのものすべてが真っ黒なビロードで覆われてしまったように見えた。何事も起こらない……。

おぼれてしまえ。ハリーはそう願った。失敗しますように……。

突然、大鍋から出ていた火花が消えた。そのかわり、濛々たる白い蒸気がうねりながら立ち昇ってきた。濃い蒸気がハリーの目の前のすべてのものを隠した。立ち込める蒸気で、ワームテールも、セドリックも、何も見えない……失敗だ。ハリーは思った……おぼれたんだ……どうか……どうかあれを死なせて……。

しかし、その時、目の前の靄の中にハリーが見たものは、氷のような恐怖をかき立てた。大鍋の中から、ゆっくりと立ち上がったのは、がいこつのようにやせ細った、背の高い男の黒い影だった。

「ローブを着せろ」

蒸気のむこうから、かん高い冷たい声がした。ワームテールは、すすり泣き、うめき、手首のなくなった腕をかばいながらも、あわてて地面に置いてあった黒いローブを拾い、立ち上がって片手でローブを持ち上げ、ご主人様の頭からかぶせた。

やせた男は、ハリーをじっと見ながら大鍋をまたいだ……ハリーも見つめ返した。その顔は、この三年間ハリーを悪夢で悩ませ続けた顔だった。がいこつよりも白い顔、細長い、真っ赤な不気味な目、蛇のように平らな鼻、切れ込みを入れたような鼻の穴……。

ヴォルデモート卿は復活した。

第33章 死喰い人（デス・イーター）

ヴォルデモートはハリーから目をそらし、自分の身体を調べはじめた。手はまるで大きな蒼ざめた蜘蛛のようだ。ヴォルデモートは蒼白い長い指で自分の胸を、腕を、顔をいとおしむようになでた。赤い目の瞳孔は、猫の目のように縦に細く切れ、暗闇でさらに明るくギラギラしていた。両手を挙げて指を折り曲げるヴォルデモートの顔は、うっとりと勝ち誇っていた。地面に横たわり、ピクピクけいれんしながら血を流しているワームテールのことも、いつの間にか戻ってきて、シャーッ、シャーッと音を立てながらハリーの周りをはい回っている大蛇のことも、まるで気にとめていない。ヴォルデモートは、不自然に長い指のついた手をポケットの奥に突っ込み、杖を取り出した。いつくしむようにやさしく杖をなで、それから杖を上げてワームテールに向けた。ワームテールは地上から浮き上がり、ハリーが縛りつけられている墓石にたたきつけられ、その足元にくしゃくしゃになって泣きわめきながら転がった。ヴォルデモートは冷たい、無慈悲な高笑いを上げ、真っ赤な目をハリーに向けた。

ワームテールのローブは今や血糊でテカテカ光っていた。手を切り落とした腕をローブで覆っている。

「ご主人様……」ワームテールは声を詰まらせた。

「ご主人様……あなた様はお約束なさった……たしかにお約束なさいました……」

「腕を伸ばせ」ヴォルデモートが物憂げに言った。

「おお、ご主人様……ありがとうございます、ご主人様……」

ワームテールは血の滴る腕を突き出した。しかし、ヴォルデモートはまたしても笑った。

「ワームテールよ。別なほうの腕だ」

「ご主人様、どうか……それだけは……」

ヴォルデモートはかがみ込んでワームテールの左手を引っ張り、ワームテールのローブのそでを、ぐいとひじの上までめくり上げた。その肌に、生々しい赤い入れ墨のようなものをハリーは見た――どくろだ。口から蛇が飛び出している――クィディッチ・ワールドカップで空に現れたあの形と同じだ。闇の印。ヴォルデモートはワームテールが止めどなく泣き続けるのを無視して、その印をていねいに調べた。

「戻っているな」ヴォルデモートが低く言った。

「全員が、これに気づいたはずだ……そして、今こそ、わかるのだ……今こそ、はっきりするのだ……」

ヴォルデモートは長い蒼白い人差し指を、ワームテールの腕の印に押し当てた。

ハリーの額の傷痕がまたしても焼けるように鋭く痛んだ。ワームテールがまた新たに叫び声を上げた。ヴォルデモートがワームテールの腕の印から指を離すと、その印が真っ黒に変わっているのをハリーは見た。

ヴォルデモートは残忍な満足の表情を浮かべて立ち上がり、頭をぐいとのけぞらせると、暗い墓場をひとわたり眺め回した。

「それを感じたとき、戻る勇気のある者が何人いるか」

ヴォルデモートは赤い目をギラつかせて星を見すえながらつぶやいた。

「そして、離れようとする愚か者が何人いるか」

ヴォルデモートはハリーとワームテールの前を、往ったり来たりしはじめた。その目はずっと墓場を見渡し続けている。一、二分たったころ、ヴォルデモートは再びハリーを見下ろした。蛇のような顔が残忍な笑いにゆがんだ。

「ハリー・ポッター、おまえは、俺様の父の遺がいの上におるのだ」

ヴォルデモートが歯を食いしばったまま、低い声で言った。

「マグルの愚か者よ……ちょうどおまえの母親のように。しかし、どちらも使い道はあったわけだな？　おまえの母親は子供を護って死んだ……俺様は父親を殺した。死んだ父親がどんなに役立ったか、見てのとおりだ……」

ヴォルデモートがまた笑った。往ったり来たりしながら、ヴォルデモートはあたりを見回し、蛇は相変わらず草地に円を描いてはいずっていた。

「丘の上の館が見えるか、ポッター？　俺様の父親はあそこに住んでいた。母親はこの村に住む魔女で、父親と恋に落ちた。しかし、正体を打ち明けたとき、父は母を捨てた……父は、俺様の父親は、魔法を嫌っていた……」

「やつは母を捨て、マグルの両親の元に戻った。俺様が生まれる前のことだ、ポッター。そして母は、俺様を産むと死んだ。残された俺様は、マグルの孤児院で育った……しかし、俺様はやつを見つけると誓った……復讐してやった。俺様に自分の名前をつけた、あの愚か者に……トム・リドル……」

ヴォルデモートは、墓から墓へとすばやく目を走らせながら、歩き回り続けていた。

「俺様が自分の家族の歴史を物語るとは……」ヴォルデモートが低い声で言った。

「なんと、俺様も感傷的になったものよ……しかし、見ろ、ハリー！　俺様の真の家族が戻ってきた……」

マントをひるがえす音があたりにみなぎった。墓と墓の間から、イチイの木の陰から、暗がりという暗がりから、魔法使いが「姿あらわし」していた。全員がフードをかぶり、仮面をつけている。そして、一人また一人と、全員が近づいてきた……ゆっくりと、慎重に、まるでわが目を疑うというふうに……。ヴォルデモートはだまってそこに立ち、全員を待った。その時、「死喰い人」の一人が、ひざまずき、ヴォルデモートにはい寄ってその黒いローブのすそにキスした。

「ご主人様……ご主人様……」その死喰い人がつぶやいた。

その後ろにいた死喰い人たちが、同じようにひざまずいてヴォルデモートの前にはい寄り、ローブにキスした。それから後ろに退き、無言のまま全員が輪になって立った。その輪は、トム・リドルの墓を囲み、ハリー、ヴォルデモート、そしてすすり泣き、ピクピクけいれんしている塊――ワームテールを取り囲んだ。しかし、輪には切れ目があった。まるであとから来る者を待つかのようだった。ヴォルデモートはしかし、これ以上来るとは思っていないようだ。ヴォルデモートがフードをかぶった顔をぐるりと見渡した。すると、風もないのに、輪がガサガサと震えた。

「よう来た。死喰い人たちよ」
ヴォルデモートが静かに言った。
「十三年……最後に我々が会ってから十三年だ。しかしおまえたちは、それがきのうのことであったかのように、俺様の呼びかけに応えた……さすれば、我々はいまだに『闇の印』の下に結ばれている！　それにちがいないか？」
ヴォルデモートは恐ろしい顔をのけぞらせ、切れ込みを入れたような鼻腔をふくらませた。
「罪のにおいがする」ヴォルデモートが言った。
「あたりに罪のにおいが流れているぞ」
輪の中に、二度目の震えが走った。誰もがヴォルデモートからあとずさりしたくてたまらないのに、どうしてもそれができない、という震えだった。
「おまえたち全員が、無傷で健やかだ。魔力も失われていない――こんなにすばやく現れるとは！――そこで俺様は自問する……この魔法使いの一団は、ご主人様に永遠の忠誠を誓ったのに、なぜ、そのご主人様を助けに来なかったのか？」
誰も口をきかなかった。地上に転がり、腕から血を流しながら、まだすすり泣いているワームテール以外は、動く者もない。

「そして、自答するのだ」

ヴォルデモートがささやくように言った。

「やつらは俺様が敗れたと信じたのにちがいない。いなくなったと思ったのだろう。やつらは俺様の敵の間にスルリと立ち戻り、無罪を、無知を、そして呪縛されていたことを申し立てたのだ……」

「それなれば、と俺様は自問する。なぜやつらは、俺様が再び立つとは思わなかったのか？　俺様がとっくの昔に、死から身を護る手段を講じていたと知っているおまえたちが、なぜ？　生ける魔法使いの誰よりも、俺様の力が強かったとき、その絶大なる力の証しを見てきたおまえたちが、なぜ？」

「そして俺様は自ら答える。たぶんやつらは、より偉大な力が――ヴォルデモート卿をさえ打ち負かす力が存在するのではないかと、信じたのであろう……たぶんやつらは、今や、ほかの者に忠誠を尽くしているのだろう……たぶんあの凡人の、穢れた血の、そしてマグルの味方、アルバス・ダンブルドアにか？」

ダンブルドアの名が出ると、輪になった死喰い人たちが動揺し、あるものは頭を振り、ブツブツつぶやいた。

ヴォルデモートは無視した。
「俺様は失望した……失望させられたと告白する……」
一人の死喰い人が突然、輪を崩して前に飛び出した。頭からつま先まで震えながら、その死喰い人はヴォルデモートの足元にひれ伏した。
「ご主人様！」死喰い人が悲鳴のような声を上げた。
「ご主人様、お許しを！　我々全員をお許しください！」
ヴォルデモートが笑いだした。そして杖を上げた。
「クルーシオ！　苦しめ！」
その死喰い人は地面をのたうって悲鳴を上げた。ハリーはその声が周囲の家まで聞こえるにちがいないと思った……警察が来るといい。ハリーは必死に願った……誰でもいい……何でもいいから……。
ヴォルデモートは杖を下げた。拷問された死喰い人は、息も絶え絶えに地面に横たわっていた。
「起きろ、エイブリー」
ヴォルデモートが低い声で言った。
「立て。許しを請うだと？　俺様は許さぬ。俺様は忘れぬ。十三年もの長い間だ……おまえを許す前に十三年分のつけを払ってもらうぞ。ワームテールはすでに借りの一部を返した。ワームテール、そうだな？」

ヴォルデモートは泣き続けているワームテールを見下ろした。

「貴様が俺様の下に戻ったのは、忠誠心からではなく、かつての仲間たちを恐れたからだ。ワームテールよ、この苦痛は当然の報いだ。わかっているな？」

「はい、ご主人様」ワームテールがうめいた。

「どうか、ご主人様……お願いです……」

「しかし、貴様は俺様が身体を取り戻すのを助けた」

ヴォルデモートは地べたですすり泣くワームテールを眺めながら、冷たく言った。

「虫けらのような裏切り者だが、貴様は俺様を助けた……ヴォルデモート卿は助ける者にはほうびを与える……」

ヴォルデモートは再び杖を上げ、空中でくるくる回した。回した跡に、溶けた銀のようなものが一筋、輝きながら宙に浮いていた。一瞬、何の形もなくよじれるように動いていたが、やがてそれは、人の手の形になり、月光のように明るく輝きながら舞い下りて、血を流しているワームテールの手首にはまった。

ワームテールは急に泣きやんだ。息づかいは荒く、とぎれがちだったが、ワームテールは顔を上げ、信じられないという面持ちで、銀の手を見つめた。まるで輝く銀の手袋をはめたように、その手は継ぎ目なく腕についていた。ワームテールは輝く指を曲げ伸ばしした。それから、震えながら地面の小枝をつまみ上げ、もみ砕いて粉々にした。

「わが君」ワームテールがささやいた。

「ご主人様……すばらしい……ありがとうございます……ありがとうございます……」

ワームテールはひざまずいたまま、急いでヴォルデモートのそばににじり寄り、ローブのすそにキスした。

「ワームテールよ、貴様の忠誠心が二度と揺るがぬよう」

「わが君、けっして……けっしてそんなことは……」

ワームテールは立ち上がり、顔に涙の跡を光らせ、新しい力強い手を見つめながら輪の中に入った。ヴォルデモートは、今度はワームテールの右側の男に近づいた。

「ルシウス、抜け目のない友よ」

男の前で立ち止まったヴォルデモートがささやいた。

「世間的には立派な体面を保ちながら、おまえは昔のやり方を捨ててはいないと聞きおよぶ。今でも先頭に立って、マグルいじめを楽しんでいるようだが？　しかし、ルシウス、おまえは一度たりとも俺様を探そうとはしなかった……クィディッチ・ワールドカップでのおまえのたくらみは、さぞかしおもしろかっただろうな……しかし、そのエネルギーを、おまえのご主人様を探し、助けるほうに向けたほうがよかったのではないのか？」

「わが君、私は常に準備しておりました」

フードの下から、ルシウス・マルフォイの声が、すばやく答えた。

「あなた様の何らかの印があれば、あなた様のご消息がちらとでも耳に入れば、私はすぐにおそばに馳せ参じるつもりでございました。何物も、私を止めることはできなかったでしょう――」

「それなのに、おまえは、この夏、忠実なる死喰い人が空に打ち上げた俺様の印を見て、逃げたというのか？」

ヴォルデモートは気だるそうに言った。マルフォイ氏は突然口をつぐんだ。

「そうだ。ルシウスよ、俺様はすべてを知っているぞ……おまえには失望した……これからはもっと忠実に仕えてもらうぞ」

「もちろんでございます、わが君、もちろんですとも……お慈悲を感謝いたします……」

ヴォルデモートは先へと進み、マルフォイの隣に空いている空間を――ゆうに二人分の大きな空間を――立ち止まってじっと見つめた。
「レストレンジたちがここに立つはずだった」ヴォルデモートが静かに言った。
「しかし、あの二人はアズカバンに葬られている。忠実な者たちだった。俺様を見捨てるよりはアズカバン行きを選んだ……アズカバンが開放されたときには、レストレンジたちは最高の栄誉を受けるであろう。吸魂鬼も我々に味方するであろう……あの者たちは、生来我らが仲間なのだ……消え去った巨人たちも呼び戻そう……忠実なる下僕たちのすべてを、そして、誰もが震撼する生き物たちを、俺様の下に帰らせようぞ……」
ヴォルデモートはさらに歩を進めた。何人かの死喰い人の前をだまって通り過ぎ、何人かの前では立ち止まって話しかけた。
「マクネア……今では魔法省で危険生物の処分をしておるとワームテールが話していたが？　マクネアよ、ヴォルデモート卿が、まもなくもっといい犠牲者を与えてつかわす……」
「ご主人様、ありがたき幸せ……ありがたき幸せ」マクネアがつぶやくように言った。
「そしておまえたち」
ヴォルデモートはフードをかぶった一番大きい二人の前に移動した。
「クラッブだな……今度はましなことをしてくれるのだろうな？　クラッブ？　そして、おまえ、ゴイル？」
二人はぎこちなく頭を下げ、のろのろとつぶやいた。
「はい、ご主人様……」
「そういたします。ご主人様……」
「おまえもそうだ、ノットよ」
ゴイル氏の影の中で前かがみになっている姿の前を通り過ぎながら、ヴォルデモートが言った。
「わが君、私はあなた様の前にひれ伏します。私めは最も忠実なる――」
「もうよい」ヴォルデモートが言った。
ヴォルデモートは輪の一番大きく空いているところに立ち、まるでそこに立つ死喰い人が見えるかのように、うつろな赤い目でその空間を見回した。
「そしてここには、六人の死喰い人が欠けている……三人は俺様の任務で死んだ。一人は臆病風に吹かれて戻らぬ……思い知ることになるだろう。一人は永遠に俺様の下を去った……もちろん、死あるのみ……そして、もう一人、最も忠実なる下僕であり続けた者は、すでに任務に就いている」
死喰い人たちがざわめいた。仮面の下から、横目づかいで互いにすばやく目を見交わしているのを、ハリーは見た。
「その忠実なる下僕はホグワーツにあり、その者の尽力により今夜は我らが若き友人をお迎えした……」
「そうれ」ヴォルデモートの唇のない口がニヤリと笑い、死喰い人の目がハリーのほうにサッと飛んだ。
「ハリー・ポッターが、俺様のよみがえりのパーティにわざわざご参加くださった。俺様の賓客と言いきってもよかろう」
沈黙が流れた。そしてワームテールの右側の死喰い人が前に進み出た。ルシウス・マルフォイの声が、仮面の下から聞こえた。
「ご主人様、我々は知りたくてなりません……どうぞお教えください……どのようにして成しとげられたのでございましょう……この奇跡を……どのようにして、あなた様は我々のもとにお戻りになられたのでございましょう……」
「ああ、それは、ルシウス、長い話だ」ヴォルデモートが言った。
「その始まりは――そしてその終わりは――ここにおられる若き友人なのだ」
ヴォルデモートは悠々とハリーの隣に来て立ち、輪の全員の目が自分とハリーの二人に注がれるようにした。大蛇は相変わらずぐるぐると円を描いていた。

「おまえたちも知ってのとおり、世間はこの小僧が俺様の凋落の原因だと言ったな？」

ヴォルデモートが赤い目をハリーに向け、低い声で言った。ハリーの傷痕が焼けるように痛みはじめ、あまりの激痛にハリーは悲鳴を上げそうになった。

「おまえたち全員が知ってのとおり、俺様が力と身体を失ったあの夜、俺様はこの小僧を殺そうとした。母親が、この小僧を救おうとして死んだ――そして、母親は、自分でも知らずに、こやつを、この俺様にも予想だにつかなかったやり方で護った……俺様はこやつに触れることができなかった」

ヴォルデモートは、蒼白い長い指の一本を、ハリーのほおに近づけた。

「この小僧の母親は、自らの犠牲の印をこやつに残した……昔からある魔法だ。俺様はそれに気づくべきだった。見逃したのは不覚だった……しかし、それはもういい。今はこの小僧に触れることができるのだ」

ハリーは冷やりとした蒼白い長い指の先が触れるのを感じ、傷痕の痛みで頭が割れるかと思うほどだった。

ヴォルデモートはハリーの耳元で低く笑い、指を離した。そして死喰い人に向かって話し続けた。

「我が朋輩よ、俺様の誤算だった。認めよう。俺様の呪いは、あの女の愚かな犠牲のおかげで跳ね返り、我が身を襲った。あぁぁー……痛みを超えた痛み、朋輩よ、これほどの苦しみとは思わなかった。俺様は肉体から引き裂かれ、霊魂にも満たない、ゴーストの端くれにも劣るものになった……しかし、俺様はまだ生きていた。それを何と呼ぶか、俺様にもわからぬ……誰よりも深く不死の道へと入り込んでいたこの俺様が、そういう状態になったのだ。おまえたちは、俺様の目指すものを知っておろう――死の克服だ。そして今、俺様は証明した。俺様の実験のどれかが効を奏したらしい……あの呪いは俺様を殺していたはずなのだが、俺様は死ななかったのだ。しかしながら、俺様は最も弱い生き物よりも力なく、自らを救う術もなかった……肉体を持たない身だからだ。自らを救うに役立つかもしれぬ呪文のすべては、杖を使う必要があったのだ……」

「あのころ、俺様は、眠ることもなく、一秒一秒を、はてしなく、ただ存在し続けることに力を尽くした……遠く離れた地で、森の中に住みつき、俺様は待った……誰か忠実な死喰い人が、俺様を見つけようとするにちがいない……誰かがやってきて、俺様自身ではできない魔法を使い、俺様の身体を復活させるにちがいない……しかし、待つだけむだだった……」

聞き入る死喰い人の中に、またしても震えが走った。ヴォルデモートは、その恐怖の沈黙がうねり高まるのを待って話を続けた。

「俺様に残されたただ一つの力があった。誰かの肉体に取り憑くことだ。しかし、ヒトどもがうじゃうじゃしているところには、怖くて行けなかった。『闇祓い』どもがまだあちこちで俺様を探していることを知っていたからな。時には動物に取り憑いた――もちろん、蛇が俺様の好みだが――しかし、動物の体内にいても、霊魂だけで過ごすのとあまり変わりはなかった。あいつらの体は、魔法を行うのには向いていない……それに、俺様が取り憑くと、あいつらの命を縮めた。どれも長続きしなかった……」

「そして……四年前のことだ……俺様のよみがえりが確実になったかに見えた。ある魔法使いが――若造で、愚かな、だまされやすいやつだったが――我が住処としていた森に迷い込んできて、俺様に出会った。ああ、あの男こそ、夢にまで見た千載一遇の機会に見えた……何しろ、その魔法使いはダンブルドアの学校の教師だった……その男は、やすやすと俺様の思いのままになった……その男が俺様をこの国に連れ戻り、やがて俺様はその男の肉体に取り憑いた。そして、我が命令をその男が実行するのを、身近で監視した。しかし我が計画はついえた。賢者の石を奪うことができなかったのだ。永遠の命を確保することができなかった。じゃまが入った……またしてもくじかれた。ハリー・ポッターに……」

再び沈黙が訪れた。動くものは何一つない。イチイの木の葉さえ動かない。死喰い人たちは、仮面の中からギラギラした視線をヴォルデモートとハリーに注ぎ、じっと動かなかった。

「下僕は、俺様がその体を離れたときに死んだ。そして俺様は、またしても元のように弱くなった」

ヴォルデモートは語り続けた。

「俺様は、元の隠れ家に戻った。二度と力を取り戻せないのではないかと恐れたことを隠しはすまい……そうだ。あれは俺様の最悪のときであったかもしれぬ……もはや取り憑くべき魔法使いが都合よく現れるとは思えなかった……わが死喰い人たちの誰かが、俺様の消息を気にかけるであろうという望みを、その時、俺様はもう捨てていた……」

輪の中の仮面の魔法使いが、一人二人、バツが悪そうにもぞもぞしたが、ヴォルデモートは気にも止めない。

「そして、ほとんど望みを失いかけたとき、ついに事は起こった。その時からまだ一年とたっていないのだが……一人の下僕が戻ってきた。ここにいるワームテールだ。この男は、法の裁きを逃れるため、自らの死を偽装したが、かつては友として親しんだ者たちから隠れ家を追われ、ご主人様の下に帰ろうと決心したのだ。俺様が隠れていると長年うわさされていた国で、ワームテールは俺様を探した……もちろん途中で出会ったネズミに助けられたのだ。ワームテールよ、貴様はネズミと妙に親密なのだな？　こやつの薄汚い友人たちが、アルバニアの森の奥深くに、ネズミもさける場所があると、こやつに教えたのだ。やつらのような小動物が暗い影に取り憑かれて死んでゆく場所があるとな……」

「しかし、こやつが俺様の下に戻る旅は、たやすいものではなかった。そうだな？　ワームテールよ。ある晩、俺様を見つけられるかと期待していた森のはずれで、腹を空かせ、こやつは愚かにも、食べ物欲しさにある旅籠に立ち寄った……そこで出会ったのは、こともあろうに、魔法省の魔女、バーサ・ジョーキンズだ。そうだったな？」

「さて、運命が、ヴォルデモート卿にどのように幸いしたかだ。ワームテールにとっては、ここで見つかったのは運の尽き、そして俺様にとっては、よみがえりの最後の望みを断たれるところだった。しかし、ワームテールは、こやつにそんな才覚があったかと思わせるような機転を働かせた――こやつはバーサ・ジョーキンズを丸め込んで、夜の散歩に誘い出した。こやつはバーサをねじ伏せた……その女を俺様のもとへ連れてきたのだ。そして、すべてを破滅させるかもしれなかったバーサ・ジョーキンズが、逆に俺様にとって、思いもかけない贈り物となってくれた……というのは――ほんのわずか説得しただけで――この女はまさに情報の宝庫になってくれた」

「この女は、三校対抗試合が今年ホグワーツで行われると話してくれた。俺様が連絡を取りさえすれば、喜んで俺様を助けるであろう忠実な死喰い人を知っているとも言った。いろいろ教えてくれたものだ……しかし、この女にかけられていた『忘却術』を破るのに俺様が使った方法は強力だった。そこで、有益な情報を引き出してしまったあとは、この女の心も体も、修復不能なまでに破壊されてしまっていた。この女はもう用済みだった。俺様が取り憑くこともできなかった。俺様はこの女を処分した」

ヴォルデモートはゾクッとするような笑みを浮かべた。その赤い目はうつろで残虐だった。

「ワームテールの体は、言うまでもなく、取り憑くのには適していなかった。こやつは死んだことになっているので、顔を見られたら、あまりに注意を引き過ぎる。しかし、こやつは肉体を使う能力があった。俺様の召使いにはそれが必要だったのだ。魔法使いとしてはお粗末なやつだが、ワームテールは俺様の指示に従う能力はあった。俺様は、未発達で虚弱な者であれ、まがりなりにも自分自身の身体を得るための指示をこやつに与えた。真の再生に不可欠な材料がそろうまで仮の住処にする身体だ……俺様が発明した呪いを一つ、二つ……それと、かわいいナギニの助けを少し借り」——ヴォルデモートの赤い目があたりをぐるぐる回り続けている蛇をとらえた——

「一角獣の血と、ナギニから絞った蛇の毒から作り上げた魔法薬……俺様はまもなくほとんど人の形にまで戻り、旅ができるまで力を取り戻した」

「もはや賢者の石を奪うことはかなわぬ。ダンブルドアが石を破壊するように取り計らったことを俺様は知っていたからだ。しかし俺様は不死を求める前に、滅する命をもう一度受け入れるつもりだった。目標を低くしたのだ……昔の身体と昔の力で妥協してもよいと」

「それを達成するには――古い闇の魔術だが、今宵俺様をよみがえらせた魔法薬には――強力な材料が三つ必要だということはわかっていた。さて、その一つはすでに手の内にあった。ワームテール、そうだな？　下僕の与える肉だ……」

「我が父の骨。当然それは、ここに来ることを意味した。父親の骨が埋まっているところだ。しかし、敵の血は……ワームテールは適当な魔法使いを使わせようとした。そうだな？　ワームテールよ。俺様を憎んでいた魔法使いなら誰でもいい……憎んでいる者はまだ大勢いるからな。しかし、失脚のときより強力になってよみがえるには、俺様が使わなければならないのはただ一人だと、俺様は知っていた。ハリー・ポッターの血が欲しかったのだ。十三年前、我が力を奪い去った者の血が欲しかった。さすれば、母親がかつてこの小僧に与えた護りの力の名残が、俺様の血管にも流れることになるだろう……」

「しかし、どうやってハリー・ポッターを手に入れるか？　ハリー・ポッター自身でさえ気づかないほど、この小僧はしっかり護られている。その昔、ダンブルドアが、この小僧の将来に備える措置を任されたときに、ダンブルドア自身が工夫したある方法で護られている。ダンブルドアは古い魔法を使った。親せきの庇護の下にあるかぎり、この小僧は確実に保護される。こやつがあそこにいれば、この俺様でさえ手出しができない……しかし、クィディッチ・ワールドカップがあるではないか……そこでは親せきからも、ダンブルドアからも離れ、保護は弱まると、俺様は考えた。しかし、魔法省の魔法使いたちが集結しているただ中で誘拐を試みるほど、俺様の力はまだ回復していなかった。そのあとになると、この小僧はホグワーツに帰ってしまう。そこでは、朝から晩まで、あの鼻曲がりの、マグルびいきのばか者の庇護の下だ。それではどうやってハリー・ポッターを手に入れるか？」

「そうだ……もちろん、バーサ・ジョーキンズの情報を使う。ホグワーツに送り込んだ、我が忠実な死喰い人を使うのだ。この小僧の名前が『炎のゴブレット』に入るように取り計らうのだ。我が死喰い人を使い、ハリーが試合に必ず勝つようにする――ハリー・ポッターが最初に優勝杯に触れるようにする――優勝杯は我が死喰い人が『移動キー』に変えておき、それがこやつをここまで連れてくる。ダンブルドアの助けも保護も届かないところへ、そして待ち受ける俺様の両腕の中に連れてくるのだ。このとおり、小僧はここにいる……俺様の凋落の元になったと信じられている、その小僧が……」

ヴォルデモートはゆっくり進み出て、ハリーのほうに向きなおった。杖を上げた。

「クルーシオ！　苦しめ！」

これまで経験したどんな痛みをも超える痛みだった。自分の骨が燃えている。額の傷痕に沿って頭が割れているにちがいない。両目が頭の中でぐるぐる狂ったように回っている。終わってほしい……気を失ってしまいたい……死んだほうがましだ……。

するとそれは過ぎ去った。ハリーはヴォルデモートの父親の墓石に縛りつけられたまま、ぐったりと縄目にもたれ、霧のかかったような視界の中で、ギラギラ輝く赤い目を見上げていた。死喰い人の笑い声が夜の闇を満たして響いている。

「見たか。この小僧がただの一度でも俺様より強かったなどと考えるのは、なんと愚かしいことだったか」ヴォルデモートが言った。

「しかし、誰の心にも絶対にまちがいがないようにしておきたい。ハリー・ポッターが我が手を逃れたのは、単なる幸運だったのだ。今、ここで、おまえたち全員の前でこやつを殺すことで、俺様の力を示そう。ダンブルドアの助けもなく、この小僧のために死んでゆく母親もない。だが、俺様はこやつにチャンスをやろう。戦うことを許そう。そうすれば、どちらが強いのか、おまえたちの心に一点の疑いも残るまい。もう少し待て、ナギニ」

ヴォルデモートがささやくと、蛇はするすると、死喰い人が立ち並んで見つめている草むらのあたりに消えた。

「さあ、縄目を解け、ワームテール。そして、こやつの杖を返してやれ」

第34章 直前呪文

ワームテールがハリーに近づいた。縄目が解かれる前に何とか自分の体を支えようと、ハリーは足を踏ん張った。ワームテールはできたばかりの銀の手を上げ、ハリーの口をふさいでいた布を引っ張り出し、ハリーを墓石に縛りつけていた縄目を、手の一振りで切り離した。

ほんの一瞬のすきがあった。そのすきにハリーは逃げることを考えられたかもしれない。しかし、草ぼうぼうの墓場に立ち上がったとき、ハリーの傷ついた足がぐらついた。死喰い人の輪が、ハリーとヴォルデモートを囲んで小さくなり、現れなかった死喰い人の空間も埋まってしまった。

ワームテールが輪の外に出て、セドリックのなきがらが横たわっているところまで行き、ハリーの杖を持って戻ってきた。ワームテールは、ハリーの目をさけるようにして、杖をハリーの手に乱暴に押しつけ、それから見物している死喰い人の輪に戻った。

「ハリー・ポッター、決闘のやり方は学んでいるな？」

闇の中で赤い目をギラギラさせながら、ヴォルデモートが低い声で言った。

その言葉で、ハリーは、二年前にほんの少し参加したホグワーツの決闘クラブのことを、まるで前世の出来事のように思い出した。……ハリーがそこで学んだのは、「エクスペリアームス、武器よ去れ」という武装解除の呪文だけだった。……それが何になるというのか？　たとえヴォルデモートから杖を奪ったとしても、死喰い人に取り囲まれて、少なく見ても三十対一の多勢に無勢だ。こんな場面に対処できるようなものは、いっさい何も習っていない。

これこそムーディが常に警告していた場面なのだと、ハリーにはわかった……防ぎようのない「アバダ　ケダブラ」の呪文だ――それに、ヴォルデモートの言うとおりだ――今度は、僕のために死んでくれる母さんはいない……僕は無防備だ……。

「ハリー、互いにおじぎをするのだ」

ヴォルデモートは軽く腰を折ったが、蛇のような顔をまっすぐハリーに向けたままだった。

「さあ、儀式の詳細には従わねばならぬ……ダンブルドアはおまえに礼儀を守ってほしかろう……死におじぎをするのだ、ハリー」

死喰い人たちはまた笑っていた。ヴォルデモートの唇のない口がほくそ笑んでいた。ハリーはおじぎをしなかった。殺される前にヴォルデモートにもてあそばれてなるものか……そんな楽しみを与えてやるものか……。

「おじぎをしろと言ったはずだ」
ヴォルデモートが杖を上げた――すると、巨大な見えない手がハリーを容赦なく前に曲げているかのように、背骨が丸まるのを感じた。死喰い人がいっそう大笑いした。
「よろしい」
ヴォルデモートがまた杖を上げながら、低い声で言った。ハリーの背を押していた力もなくなった。
「さあ、今度は、男らしく俺様のほうを向け……背筋を伸ばし、誇り高く、おまえの父親が死んだときのように……」
「さあ――決闘だ」
ヴォルデモートが杖を上げると、ハリーが何ら身を護る手段を取る間もなく、身動きすらできないうちに、またしても「磔の呪い」がハリーを襲った。あまりに激しい、全身を消耗させる痛みに、ハリーはもはや自分がどこにいるのかもわからなかった……白熱したナイフが全身の皮膚を一寸刻みにした。頭が激痛で爆発しそうだ。ハリーはこれまでの生涯でこんな大声で叫んだことがないというほど、大きな悲鳴を上げていた――。
そして、痛みが止まった。ハリーは地面を転がり、よろよろと立ち上がった。自分の手を切り落としたあの時のワームテールと同じように、ハリーはどうしようもなく体が震えていた。見物している死喰い人の輪に、ハリーはふらふらと横ざまに倒れ込んだが、死喰い人はハリーをヴォルデモートのほうへ押し戻した。

「一休みだ」

ヴォルデモートの切れ込みのような鼻の穴が、興奮でふくらんでいた。

「ほんの一休みだ……ハリー、痛かったろう？　もう二度としてほしくないだろう？」

ハリーは答えなかった。僕はセドリックと同じように死ぬのだ。情け容赦のない赤い目がそう語っていた……僕は死ぬんだ。しかも、何もできずに……しかし、もてあそばせはしない。ヴォルデモートの言いなりになどなるものか……命乞いなどしない……。

「もう一度やってほしいかどうか聞いているのだが？」

ヴォルデモートが静かに言った。

「答えるのだ！　インペリオ！　服従せよ！」

そしてハリーは、生涯で三度目のあの状態を感じた。すべての思考が停止し、頭がからっぽになるあの感覚だ……ああ、考えないのは、何という至福。ふわふわと浮かび、夢を見ているようだ……。

「いやだ」と答えればいいのだ……「いやだ」と言え……「いやだ」と言いさえすればいいのだ……。

「僕は言わないぞ」

ハリーの頭の片隅で、強い声がした。

「答えるものか……」

「いやだ」と言えばいいのだ……。

答えない。答えないぞ……。

「いやだ」と言えばいいのだ……。

「僕は言わないぞ！」

言葉がハリーの口から飛び出し、墓場中に響き渡った。そして冷水を浴びせられたかのように、突然夢見心地が消え去った――同時に、体中に残っていた「磔の呪い」の痛みがどっと戻ってきた――そして、自分がどこにいるのか、何が自分を待ち構えているのかも……。

「言わないだと？」

ヴォルデモートが静かに言った。死喰い人はもう笑ってはいなかった。

『いやだ』と言わないのか？　ハリー、従順さは徳だと、死ぬ前に教える必要があるな……もう一度痛い薬をやったらどうかな？」

ヴォルデモートが杖を上げた。しかし、今度はハリーも用意ができていた。クィディッチできたえた反射神経で、ハリーは横っ飛びに地上に伏せた。ヴォルデモートの父親の大理石の墓石の裏側に転がり込むと、ハリーを捕らえそこねた呪文が墓石をバリッと割る音が聞こえた。

「隠れんぼじゃないぞ、ハリー」

ヴォルデモートの冷たい猫なで声がだんだん近づいてきた。死喰い人が笑っている。

「俺様から隠れられるものか。もう決闘はあきたのか？　ハリー、今すぐ息の根を止めてほしいのか？　出てこい、ハリー……出てきて遊ぼうじゃないか……あっという間だ……痛みもないかもしれぬ……俺様にはわかるはずもないが……死んだことがないからな……」

ハリーは墓石の陰でうずくまり、最期が来たことを悟った。望みはない……助けは来ない。ヴォルデモートがさらに近づく気配を感じながら、ハリーはただ一つのことを思いつめていた。恐れをも、理性をも超えた一つのことを――子供の隠れんぼのようにここにうずくまったまま死ぬものか。ヴォルデモートの足元にひざまずいて死ぬものか……父さんのように、堂々と立ち上がって死ぬのだ。たとえ防衛が不可能でも、僕は身を護るために戦って死ぬのだ……。

ヴォルデモートの、蛇のような顔が墓石のむこうからのぞき込む前に、ハリーは立ち上がった……杖をしっかり握りしめ、体の前にすっとかまえ、ハリーは墓石をくるりと回り込んで、ヴォルデモートと向き合った。

ヴォルデモートも用意ができていた。ハリーが「エクスペリアームス！」と叫ぶと同時に、ヴォルデモートが「アバダ　ケダブラ！」と叫んだ。

ヴォルデモートの杖から緑の閃光が走ったのと、ハリーの杖から赤い閃光が飛び出したのと、同時だった――二つの閃光が空中でぶつかった――そして、突然、ハリーの杖が、電流が貫いたかのように振動しはじめた。ハリーの手は杖を握ったまま動かなかった。いや、手を離したくても離せなかった――そして、細い一筋の光が、もはや赤でもなく、緑でもなく、まばゆい濃い金色の糸のように、二つの杖を結んだ――驚いてその光を目で追ったハリーは、その先にヴォルデモートの蒼白い長い指を見た。同じように震え、振動している杖を握りしめたままだ。

そして――ハリーの予想もしていなかったことが起きた――足が地上を離れるのを感じたのだ。杖同士が金色に輝く糸に結ばれたまま、ハリーとヴォルデモートの二人は、空中に浮き上がっていった。二人はヴォルデモートの父親の墓石から離れて、すべるように飛び、墓石も何もない場所に着地した……。死喰い人は口々に叫び、ヴォルデモートに指示を仰いでいた。死喰い人がまた近づいてきて、ハリーとヴォルデモートの周りに輪を作りなおした。そのすぐあとを蛇がするするとはってきた。何人かの死喰い人が杖を取り出した――。

ハリーとヴォルデモートをつないでいた金色の糸が裂けた。杖同士をつないだまま、光が一千本あまりに分かれ、ハリーとヴォルデモートの上に高々と弧を描き、二人の周りを縦横に交差し、やがて二人は、金色のドーム形の網、光のかごですっぽり覆われた。その外側を死喰い人がジャッカルのように取り巻いていたが、その叫び声は、今は不思議に遠くに聞こえた……。

「手を出すな！」

ヴォルデモートが死喰い人に向かって叫んだ。その赤い目が、今まさに起こっていることに驚愕してカッと見開かれ、二人の杖をいまだにつないだままの光の糸を断ち切ろうともがいている。ハリーはますます強く、両手で杖にしがみついた。そして、金色の糸は切れることなくつながっていた。

「命令するまで何もするな！」

ヴォルデモートが死喰い人に向かって叫んだ。

その時、この世のものとも思えない美しい調べがあたりを満たした……その調べは、ハリーとヴォルデモートを包んで振動している、光が織りなす網の、一本一本の糸から聞こえてくる。ハリーはそれが何の調べかわかっていた。これまで生涯で一度しか聞いたことはなかったが……不死鳥の歌だ……。

ハリーにとって、それは希望の調べだった……これまでの生涯に聞いた中で、最も美しく、最もうれしい響きだった……その歌が、ハリーの周囲にだけではなく、体の中に響くように感じられた……ハリーにダンブルドアを思い出させる調べだった。そして、その音は、まるで友人がハリーの耳元に話しかけているようだった……。

糸を切るでないぞ。

わかっています。ハリーはその調べに語りかけた。切ってはいけないことは……。しかし、そう思ったとたん、切らないということが難しくなった。ハリーの杖がこれまでよりずっと激しく振動しはじめた……。そして、ハリーとヴォルデモートをつなぐ光の糸も、今や変化していた……。それは、まるで、いくつもの大きな光の玉が、二本の杖の間をすべって、往ったり来たりしているようだった——光の玉がゆっくり、着実にハリーの杖のほうにすべってくると、ハリーの手の中で杖が身震いするのが感じられた。光線は今、ヴォルデモートからハリーに向かって動いている。そして、杖が怒りに震えている。ハリーはそんな気がした……。

一番近くの光の玉がハリーの杖先にさらに近づくと、指の下で、杖の柄が熱くなり、そのあまりの熱さに、火を噴いて燃えるのではないかと思った。その玉が近づけば近づくほど、ハリーの杖は激しく震えた。その玉に触れたら、杖はそれ以上たえられないにちがいないとハリーは思った。ハリーの手の中で、杖は今にも砕けそうだった――。

ハリーはその玉をヴォルデモートのほうに押し返そうと、気力を最後の一滴まで振りしぼった。耳には不死鳥の歌をいっぱいに響かせ、目は激しく、しっかり玉を凝視して……すると、ゆっくりと、非常にゆっくりと、光の玉の列が震えて止まった。そして、また同じようにゆっくりと、反対の方向へ動きだした……今度はヴォルデモートの杖が異常に激しく震える番だった……ヴォルデモートは驚き、そして恐怖の色さえ見せた……。

光の玉の一つがヴォルデモートの杖先からほんの数センチのところでヒクヒク震えていた。ハリーは自分でもなぜそんなことをするのかわからず、それがどんな結果をもたらすのかも知らなかった……しかし、ハリーは今、これまでに一度もやったことがないくらい神経を集中し、その光の玉を、ヴォルデモートの杖に押し込もうとしていた……そして、ゆっくりと……非常にゆっくりと……その玉は金の糸に沿って動いた……一瞬、玉が震えた……そして、その玉が杖先に触れた……。

たちまち、ヴォルデモートの杖が、あたりに響き渡る苦痛の叫びを上げはじめた……そして――ヴォルデモートはぎょっとして、赤い目をカッと見開いた――濃い煙のような手が杖先から飛び出し、消えた……ヴォルデモートがワームテールに与えた手のゴースト……さらに苦痛の悲鳴……そして、ずっと大きい何かがヴォルデモートの杖先から、花が開くように出てきた。何か灰色がかった大きなもの、濃い煙の塊のようなものだ……それは頭部だった……次は胴体、腕……セドリックの上半身だ。

ハリーがショックで杖を取り落とすとしたら、きっとこの時だったろう。しかし、ハリーは、金色の光の糸がつながり続けるよう、本能的にしっかり杖を握りしめていた。ヴォルデモートの杖先から、セドリック・ディゴリーの濃い灰色のゴーストが（ほんとうにゴーストだったろうか？　あまりにしっかりした体だ）、まるで狭いトンネルを無理やり抜け出してきたように、その全身を現したときも、ハリーは杖を離さなかった……セドリックの影はその場に立ち、金色の光の糸を端から端まで眺め、口を開いた。

「ハリー、がんばれ」

その声は遠くから聞こえ、反響していた。ハリーはヴォルデモートを見た……大きく見開いた赤い目はまだ驚愕していた……ハリーと同じように、ヴォルデモートにもこれは予想外だったのだ……そして、ハリーは、金色のドームの外側をうろうろしている死喰い人たちの恐れおののく叫びをかすかに聞いた……。

杖がまたしても苦痛の叫びを上げた……すると杖先から、また何かが現れた……またしても濃い影のような頭部だった。そのすぐあとに腕と胴体が続いた……ハリーが夢で見たあの年老いた男が、セドリックと同じように、杖先から自分をしぼり出すようにして出てきた……そのゴーストは、いやその影は、いやその何だかわからないものは、セドリックの隣に落ち、ステッキに寄りかかって、ちょっと驚いたように、ハリーとヴォルデモートを、金色の網を、そして二本の結ばれた杖をじろじろ眺めた。

「そんじゃ、あいつはほんとの魔法使いだったのか？」

老人はヴォルデモートを見ながらそう言った。

「俺を殺しやがった。あいつが……。やっつけろ、坊や……」

その時すでに、もう一つの頭が現れていた……灰色の煙の像のような頭部は、今度は女性のものだ……杖が動かないようにしっかり押さえて、両腕をぶるぶる震わせながら、ハリーはその女性が地上に落ちるのを見ていた。女性はほかの影たちと同じように立ち上がり、目を見張った……。

バーサ・ジョーキンズの影は、目の前の戦いを、目を丸くして眺めた。

「離すんじゃないよ。絶対！」

その声も、セドリックのと同じように、遠くから聞こえてくるように反響した。
「あいつにやられるんじゃないよ、ハリー――杖を離すんじゃないよ！」
バーサも、ほかの二つの影のような姿も、金色の網の内側に沿って歩きはじめた。死喰い人が外側を右往左往している……ヴォルデモートに殺された犠牲者たちは、二人の決闘者の周りを回りながら、ささやいた。ハリーには激励の言葉をささやき、ハリーのところまでは届かない低い声で、ヴォルデモートをののしっていた。
そしてまた、別の頭がヴォルデモートの杖先から現れた……一目見て、ハリーにはそれが誰なのかがわかった……セドリックが杖から現れた瞬間からずっとそれを待っていたかのように、ハリーにはわかっていた……この夜ハリーが、ほかの誰よりも強く心に思っていた女性なのだから……。
髪の長い若い女性の煙のような影が、バーサと同じように地上に落ち、すっと立ってハリーを見つめた……。ハリーの腕は今やどうにもならないほど激しく震えていたが、ハリーも母親のゴーストを見つめ返した。
「お父さんが来ますよ……」女性が静かに言った。
「お父さんのためにもがんばるのよ……大丈夫……がんばって……」

そして、父親がやってきた……。最初は頭が、それから体が……背の高い、ハリーと同じくしゃくしゃな髪。ジェームズ・ポッターの煙のような姿が、ヴォルデモートの杖先から花開くように現れた。その姿は地上に落ち、妻と同じようにすっくと立った。そしてハリーのほうに近づき、ハリーを見下ろして、ほかの影と同じように遠くから響くような声で、静かに話しかけた。殺戮の犠牲者に周りを徘徊され、恐怖で鉛色の顔をしたヴォルデモートに聞こえないよう、低い声だった……。

「つながりが切れると、私たちはほんの少しの間しかとどまっていられない……それでもおまえのために時間をかせいであげよう……移動キーのところまで行きなさい。それがおまえをホグワーツに連れ帰ってくれる……ハリー、わかったね？」

「はい」

手の中ですべり、抜け落ちそうになる杖を必死でつかみながら、ハリーはあえぎあえぎ答えた。

「ハリー……」セドリックの影がささやいた。

「僕の体を連れて帰ってくれないか？　僕の両親の所へ……」

「わかった」

ハリーは杖を離さないために、顔がゆがむほど力を込めていた。

「さあ、やりなさい」父親の声がささやいた。
「走る準備をして……さあ、今だ……」
「行くぞ！」
ハリーが叫んだ。どっちにせよ、もう一刻も杖をつかんでいることはできないと思った――ハリーは渾身の力で杖を上にねじ上げた。すると金色の糸が切れた。光のかごが消え去り、不死鳥の歌がふっつりとやんだ――しかし、ヴォルデモートの犠牲者の影は消えていなかった――ハリーの姿をヴォルデモートの目から隠すように、ヴォルデモートに迫っていった。
ハリーは走った。こんなに走ったことはないと思えるほど走った。途中であっけにとられている死喰い人を二人跳ね飛ばした。墓石で身をかばいながら、ジグザグと走った。死喰い人の呪いが追いかけてくるのを感じながら、呪いが墓石に当たる音を聞きながら走った――呪いと墓石をかわしながら、ハリーはセドリックのなきがらに向かって飛ぶように走った。足の痛みもはや感じない。やらなければならないことに、全身全霊を傾けて走った――。
「やつを『失神』させろ！」ヴォルデモートの叫びが聞こえた。
セドリックまであと三メートル。ハリーは赤い閃光をよけて大理石の天使の像の陰に飛び込んだ。呪文が像に当たり、天使の片翼の先が粉々になった。杖をいっそう固く握りしめ、ハリーは天使の陰から飛び出した――。

「インペディメンタ！　妨害せよ！」

杖を肩に担ぎ、追いかけてくる死喰い人に、当てずっぽうに杖先を向けながら、ハリーが叫んだ。

わめき声がくぐもったので、少なくとも一人は阻止できたと思ったが、振り返ってたしかめているひまはない。ハリーは優勝杯を飛び越え、後ろでいよいよ盛んに杖が炸裂するのを聞きながら、身を伏せた。倒れ込むと同時に、ますます多くの閃光が頭上を飛び越していった。ハリーはセドリックの腕をつかもうと手を伸ばした――。

「どけ！　俺様が殺してやる！　やつは俺様のものだ！」

ヴォルデモートがかん高く叫んだ。

ハリーの手がセドリックの手首をつかんだ。ハリーとヴォルデモートとの間には墓石一つしかない。しかし、セドリックは重過ぎて、運べない。優勝杯に手が届かない――。

暗闇の中で、ヴォルデモートの真っ赤な目がメラメラと燃えた。ハリーに向けて杖を構え、口元がニヤリとゆがむのを、ハリーは見た。

「アクシオ！　来い！」

ハリーは優勝杯に杖を向けて叫んだ。

優勝杯がすっと浮き上がり、ハリーに向かって飛んできた――ハリーは、その取っ手をつかんだ――。

ヴォルデモートの怒りの叫びが聞こえたと同時に、ハリーはへその裏側がぐいと引っ張られるのを感じた。『移動キー』が作動したのだ――風と色の渦の中を、『移動キー』はぐんぐんハリーを連れ去った。セドリックも一緒に……二人は、帰っていく……。

第35章 真実薬

ハリーは地面にたたきつけられるのを感じた。顔が芝生に押しつけられ、草いきれが鼻腔を満たした。「移動キー」に運ばれている間、ハリーは目を閉じていた。そして今も、そのまま目を閉じていた。ハリーは動かなかった。体中の力が抜けてしまったようだった。頭がひどくくらくらして、体の下で地面が、船のデッキのように揺れているような感じがした。体を安定させるため、ハリーはそれまでしっかりつかんでいた二つのものを、いっそう強く握りしめた――なめらかな冷たい優勝杯の取っ手と、セドリックのなきがらだ。どちらかを離せば、脳みその端に広がってきた真っ暗闇の中にすべり込んでいきそうな気がした。ショックと疲労で、ハリーは地面に横たわったまま、草の香りを吸い込んで、待った……誰かが何かをするのを待った……何かが起こるのを待った……その間、額の傷痕が鈍く痛んだ……。

突然耳を聾するばかりの音の洪水で、頭が混乱した。四方八方から声がする。足音が、叫び声がする……ハリーは騒音に顔をしかめながらじっとしていた。悪夢が過ぎ去るのを待つかのように……。

二本の手が乱暴にハリーをつかみ、仰向けにした。

「ハリー！　ハリー！」

ハリーは目を開けた。

見上げる空に星が瞬き、アルバス・ダンブルドアがかがんでハリーをのぞき込んでいた。大勢の黒い影が、二人の周りを取り囲み、だんだん近づいてきた。みんなの足音で、頭の下の地面が振動しているような気がした。

ハリーは迷路の入口に戻ってきていた。スタンドが上のほうに見え、そこにうごめく人影が見え、その上に星が見えた。

ハリーは優勝杯を離したが、セドリックはますますしっかりと引き寄せた。空いたほうの手を上げ、ハリーはダンブルドアの手首をとらえた。ダンブルドアの顔がときどきぼうっと霞んだ。

「あの人が戻ってきました」ハリーがささやいた。

「戻ったんです。ヴォルデモートが」

「何事かね？　何が起こったのかね？」

コーネリウス・ファッジの顔が逆さまになって、ハリーの上に現れた。愕然として蒼白だった。

「何たることだ――ディゴリー！」ファッジの顔がささやいた。
「ダンブルドア――死んでいるぞ！」
同じ言葉がくり返された。周りに集まってきた人々の影が、息をのみ、自分の周りに同じ言葉を伝えた……叫ぶように伝える者――金切り声で伝える者――言葉が夜の闇に伝播した――「死んでいる！」「死んでいる！」「セドリック・ディゴリーが！　死んでいる！」
「ハリー、手を離しなさい」
ファッジの言う声が聞こえ、ぐったりしたセドリックの体から、ハリーの手を指で引きはがそうとしているのを感じた。しかし、ハリーはセドリックを離さなかった。
すると、ダンブルドアの顔が――まだぼやけ、霧がかかっているような顔が近づいてきた。
「ハリー、もう助けることはできんのじゃ。終わったのじゃよ。離しなさい」
「セドリックは、僕に連れて帰ってくれと言いました」
ハリーがつぶやいた――大切なことなんだ。説明しなければと思った。
「セドリックは僕に、ご両親の所に連れて帰ってくれと言いました……」
「もうよい、ハリー……さあ、離しなさい……」
ダンブルドアはかがみ込んで、やせた老人とは思えない力でハリーを抱き起こし、立たせた。

ハリーはよろめいた。頭がずきずきした。傷んだ足は、もはや体を支えることができなかった。周りの群集がもっと近づこうと、押し合いへし合いしながら、暗い顔でハリーを取り囲んだ。

「どうしたんだ？」「どこか悪いのか？」「ディゴリーが死んでる！」

「医務室に連れていかなければ！」ファッジが大声で言った。

「この子は病気だ。けがしている――ダンブルドア、ディゴリーの両親を。二人ともここに来ている。スタンドに……」

「ダンブルドア、私がハリーを医務室に連れていこう。私が連れていく――」

「いや、むしろここに――」

「ダンブルドア、エイモス・ディゴリーが走ってくるぞ……こちらに来る……話したほうがいいのじゃないかね――ディゴリーの目に入る前に？」

「ハリー、ここにじっとしているのじゃ――」

女の子たちが泣きわめき、ヒステリー気味にしゃくり上げていた……。ハリーの目にその光景が、奇妙に映ったり消えたりしている……。

「大丈夫だ、ハリー。わしがついているぞ……行くのだ……医務室へ……」

「ダンブルドアがここを動くなって言った」

ハリーはガサガサに荒れた声で言った。傷痕がずきずきして、今にも吐きそうだった。目の前がますますぼんやりしてきた。

「おまえは横になっていなければ……さあ、行くのだ……」

ハリーより大きくて強い誰かが、ハリーを半ば引きずるように、半ば抱えるようにして、おびえる群衆の中を進んだ。その誰かがハリーを支え、人垣を押しのけるようにして城に向かう途中、周囲から息をのむ声、悲鳴、叫び声がハリーの耳に入ってきた。芝生を横切り、湖やダームストラングの船を通り過ぎた。ハリーには、自分を支えて歩かせているその男の荒い息づかい以外は何も聞こえなかった。

「ハリー、何があったのだ？」

しばらくして、ハリーを抱え上げて石段を上りながら、その男が聞いた。コツッ、コツッ、コツッ。マッドーアイ・ムーディだ。

「優勝杯は『移動キー』でした」

玄関ホールを横切りながら、ハリーが言った。

「僕とセドリックを墓場に連れていって……そして、そこにヴォルデモートがいた……ヴォルデモート卿が……」

コツッ、コツッ、コツッ。大理石の階段を上がって……。
「闇の帝王がそこにいたと？　それからどうした？」
「セドリックを殺して……あの連中がセドリックを殺したんだ……」
「それで？」
コツッ、コツッ、コツッ。廊下を渡って……。
「薬を作って……身体を取り戻した……」
「闇の帝王が身体を取り戻したと？　あの人が戻ってきたと？」
「それに、死喰い人たちも来た……。そして僕、決闘をして……」
「おまえが、闇の帝王と決闘した？」
「逃れた……。僕の杖が……何か不思議なことをして……。僕、父さんと母さんを見た……ヴォルデモートの杖から出てきたんだ……」
「さあ、ハリー、ここに……。ここに来て、座って……もう大丈夫だ……。これを飲め……」
ハリーは鍵がカチャリとかかる音を聞き、コップが手に押しつけられるのを感じた。
「飲むんだ……。気分がよくなるから……。さあ、ハリー、いったい何が起こったのか、わしは正確に知っておきたい……」

ムーディはハリーが薬を飲みほすのを手伝った。のどが焼けるような胡椒味で、ハリーは咳き込んだ。ムーディの部屋が、そしてムーディ自身が少しはっきり見えてきた……ムーディはファッジと同じくらい蒼白に見え、両眼が瞬きもせずしっかりとハリーを見すえていた。

「ヴォルデモートが戻ったのか？　ハリー？　それはたしかか？　どうやって戻ったのだ？」

「あいつは父親の墓からと、ワームテールと僕から材料を取った」

ハリーが言った。頭はだんだんはっきりしてきたし、傷痕の痛みもそうひどくはなかった。ムーディの部屋が暗かったにもかかわらず、今はその顔がはっきりと見えた。遠くのクィディッチ競技場から、まだ悲鳴や叫び声が聞こえてきた。

「闇の帝王はおまえから何を取ったのだ？」ムーディが聞いた。

「血を」

ハリーは腕を上げた。ワームテールが短剣で切り裂いたそでが破れていた。

ムーディはシューッと長い息をもらした。

「それで、死喰い人は？　やつらは戻ってきたのか？」

「はい」ハリーが答えた。「大勢……」

「あの人は死喰い人をどんなふうに扱ったかね？」ムーディが静かに聞いた。

「許したか？」

しかし、ハリーはハッと気づいた。ダンブルドアに話すべきだった。あの時、すぐに話すべきだった――「ホグワーツに死喰い人がいるんです。ここに、死喰い人がいる――そいつが僕の名前を『炎のゴブレット』に入れて、僕に最後までやりとげさせたんだ――」

ハリーは起き上がろうとした。しかし、ムーディが押し戻した。

「誰が死喰い人か、わしは知っている」ムーディが落ち着いて言った。

「カルカロフ？」ハリーが興奮して言った。

「どこにいるんです？　もう捕まえたんですか？　閉じ込めてあるんですか？」

「カルカロフ？」

ムーディは奇妙な笑い声を上げた。

「カルカロフは今夜逃げ出したわ。腕についた闇の印が焼けるのを感じてな。闇の帝王の忠実なる支持者を、あれだけ多く裏切ったやつだ。連中に会いたくはなかろう……しかし、そう遠くへは逃げられまい。闇の帝王には敵を追跡するやり方がある」

「カルカロフがいなくなった？　逃げた？　でも、それじゃ――僕の名前をゴブレットに入れたのは、カルカロフじゃないの？」

「ちがう」
ムーディは言葉をかみしめるように言った。
「ちがう。あいつではない。わしがやったのだ」
ハリーはその言葉を聞いた。しかし、飲み込めなかった。
「まさか、ちがう」ハリーが言った。
「先生じゃない……先生がするはずがない……」
「わしがやった。たしかだ」
ムーディの「魔法の目」がぐるりと動き、ぴたっとドアを見すえた。外に誰もいないことをたしかめているのだと、ハリーにはわかった。同時にムーディは杖を出してハリーに向けた。
「それでは、あのお方はやつらを許したのだな？　自由の身になっていた死喰い人の連中を？　アズカバンをまぬかれたやつらを？」
「何ですって？」
ハリーはムーディが突きつけている杖の先を見ていた。悪い冗談だ。きっとそうだ。
「聞いているのだ」ムーディが低い声で言った。
「あのお方をお探ししようともしなかったカスどもを、あのお方はお許しになったのかと、聞いているのだ。あのお方のためにアズカバンに入るという勇気もなかった、裏切りの臆病者たちを。クィディッチ・ワールドカップで仮面をかぶってはしゃぐ勇気はあっても、この俺が空に打ち上げた闇の印を見て逃げ出した、不実な、役にも立たないうじ虫どもを」

「先生が打ち上げた……いったい何をおっしゃっているのですか……？」

「ハリー、俺は言ったはずだ……言っただろう。俺が何よりも憎むのは、自由の身になった死喰い人だ。一番必要とされていたその時に、ご主人様に背を向けたやつらだ。あのお方がやつらを罰せられることを、俺は期待していた。ご主人様が、あいつらを拷問なさることを期待した。ハリー、あのお方が連中を痛い目にあわせたと言ってくれ……」

ムーディは突然狂気の笑みを浮かべ、顔を輝かせた。

「言ってくれ。あのお方が、俺だけが忠実であり続けたとおっしゃったと……あらゆる危険をおかして、俺は、あのお方が何よりも欲しがっておいでだったものを、御前にお届けしようとした……おまえをな」

「ちがう……あ——あなたのはずがない……」

「別な学校の名前を使って、『炎のゴブレット』におまえの名前を入れたのは誰だ？　この俺だ。おまえを傷つけたり、試合でおまえが優勝するのをじゃまするおそれがあれば、そいつらを全員脅しつけたのは誰だ？　この俺だ。ハグリッドをそそのかして、ドラゴンをおまえに見せるように仕向けたのは誰だ？　この俺だ。おまえがドラゴンをやっつけるにはこれしかないという方法を思いつかせたのは誰だ？　**この俺だ**」

ムーディの「魔法の目」がドアから離れ、ハリーを見すえた。ゆがんだ口が、ますます大きくひん曲がった。

「簡単ではなかったぞ、ハリー。あやしまれずに、おまえが課題を成しとげるように誘導するのはな。おまえの成功の陰に俺の手が見えないようにするには、俺の狡猾さを、余すところなく使わなければならなかった。おまえがあまりにやすやすと全部の課題をやってのければ、ダンブルドアは大いに疑っただろう。おまえがいったん迷路に入れば、そして、できればかなりハンディをつけて先発してくれれば――その時は、ほかの代表選手を取り除き、おまえの行く手に何の障害もないようにするチャンスはある。そう思っていた。しかし、俺はおまえのばかさかげんとも戦わなければならなかった。第二の課題……しくじるのではないかと、俺が最も恐れていたときだ。俺はおまえをしっかり見張っていた。おまえが卵の謎を解けないでいたことを、俺は知っていた。そこで、またおまえにヒントをくれてやらねばならなかった――」

「もらわなかった」ハリーはかすれた声で言った。

「セドリックがヒントをくれたんだ――」

「水の中で開けとセドリックに教えたのは誰だ？　それは俺だ。セドリックがおまえにそれを教えるにちがいないと、確信があった。ポッター、誠実な人間は扱いやすい。セドリックが、おまえにドラゴンのことを教えてもらった礼をしたいだろうと、俺はそう考えた。セドリックはそのとおりにした。それでも、ポッター、おまえは失敗しそうだった。俺はいつも見張っていた……図書館にいる間もずっとだ。おまえの必要としていた本が、はじめからおまえの寮にあったことに、気づかなかったのか？　俺はずいぶん前から仕組んでおいたのだ。あのロングボトムの小僧にやった。覚えていないのか？　『地中海の水生魔法植物』の本を。あの本が、『エラ昆布』について、おまえが必要なことを、全部教えてくれたろうに。おまえは誰にでも聞くだろう、誰にでも助けを求めるだろうと、俺は期待していた。ロングボトムなら、すぐにでもおまえに教えてくれたろうに。しかし、おまえはそうしなかった……聞かなかった……。おまえには、自尊心の強い、何でも一人でやろうとするところがある。おかげで、何もかもだめになってしまうところだった」

「それでは俺はどうすればよいのか？　どこか疑われないところから、おまえに情報を吹き込むしかない。おまえはクリスマス・ダンスパーティのとき、ドビーという屋敷しもべ妖精がプレゼントをくれたと俺に言った。俺は、洗濯物のローブを取りに来るよう、しもべ妖精を職員室に呼んだ。そして、やつの前で一芝居打って、マクゴナガル先生と大声で話をした。誰が人質になったかとか、ポッターは『エラ昆布』を使うことを思いつくだろうか、と話した。するとおまえのかわいい妖精の友人は、すぐさまスネイプの研究室の戸棚に飛んでいき、それから急いでおまえを探した……」

ムーディの杖は、依然としてまっすぐにハリーの心臓を指していた。ムーディの肩越しに、壁にかかった「敵鏡」が見え、煙のような影がいくつかうごめいていた。

「ポッター、おまえはあの湖で、ずいぶん長い時間かかっていた。おぼれてしまったのかと思ったぐらいだ。しかし、ダンブルドアは、おまえの愚かさを高潔さだと考え、高い点をつけた。俺はまたホッとした」

「今夜の迷路も、本来なら、おまえはもちろんもっと苦労するはずだった」

ムーディが言った。

「楽だったのは、俺が巡回していて、生け垣の外側から中を見透かし、おまえの行く手の障害物を呪文で取り除くことができたからだ。フラー・デラクールは、通り過ぎたときに呪文で『失神』させた。クラムにはディゴリーをやっつけさせ、おまえの優勝杯への道をすっきりさせようと、『服従の呪文』をかけた」

ハリーはムーディを見つめた。この人が……ダンブルドアの友人で、有名な「闇祓い」のこの人が……多くの死喰い人を捕らえたというこの人が……こんなことを……わけがわからない……つじつまが合わない……。

「敵鏡」に映った煙のような影が次第にはっきりしてきて、姿が明瞭になってきた。ムーディの肩越しに、三人のりんかくがだんだん近づいてくるのが見えた。しかし、ムーディは見ていない。

「魔法の目」はハリーを見すえている。

「闇の帝王は、おまえを殺しそこねた。ポッター、あのお方は、それを強くお望みだった」

ムーディがささやいた。

「かわりに俺がやりとげたら、あのお方がどんなに俺をほめてくださることか。俺はおまえをあのお方に差し上げたのだ――あのお方が、よみがえりのために何よりも必要だったおまえを――そして、あのお方のためにおまえを殺せば、俺は、ほかのどの死喰い人よりも高い名誉を受けるだろう。俺はあのお方の、最もいとしく、最も身近な支持者になるだろう……息子よりも身近な……」

ムーディの普通の目がふくれ上がり、「魔法の目」はハリーをにらみつけていた。ドアはかんぬきがかかっている。自分の杖を取ろうとしても、絶対に間に合わないと、ハリーにはわかっていた……。

「闇の帝王と俺は」

ムーディはしゃべり続けた。今や、ハリーの前にぬっと立ってハリーを毒々しい目つきで見下ろしているムーディは、まったく正気を失っているように見えた。

「……共通点が多い。二人とも、たとえば、父親に失望していた……まったく幻滅していた。二人とも、父親と同じ名前をつけられるという屈辱を味わった。そして二人とも、同じ楽しみを味わった……まったくのすばらしい楽しみだ……自分の父親を殺し、闇の秩序が確実に隆盛し続けるようにしたのだ！」

「狂ってる！」

ハリーが叫んだ――叫ばずにはいられなかった――。

「おまえは狂っている！」

「狂っている？　俺が？」

ムーディの声が止めどなく高くなってきた。

「今にわかる！　闇の帝王がお戻りになり、俺があのお方のおそばにいる今、どっちが狂っているか、わかるようになる。あのお方が戻られた。ハリー・ポッター、おまえはあのお方を征服してはいない――そして今――俺がおまえを征服する！」

ムーディは杖を上げた。口を開いた。ハリーはローブに手を突っ込んだ――。

「ステューピファイ！　まひせよ！」

目もくらむような赤い閃光が飛び、バリバリ、メキメキとごう音を上げて、ムーディの部屋の戸が吹っ飛んだ――。

ムーディはのけぞるように吹き飛ばされ、床に投げ出された。ハリーは、つい今しがたまでムーディの顔があったところを見つめた。「敵鏡」の中からハリーを見つめ返している姿があった。アルバス・ダンブルドア、スネイプ先生、マクゴナガル先生の姿だ。振り向くと、三人が戸口に立ち、ダンブルドアが先頭で杖をかまえていた。

その瞬間、ハリーは初めてわかった。ダンブルドアが、ヴォルデモートの恐れる唯一人の魔法使いだという意味が。気を失ったマッドーアイ・ムーディの姿を見下ろすダンブルドアの形相は、ハリーが想像もしたことがないほどすさまじかった。あの柔和なほほ笑みは消え、めがねのむこうの目には、踊るようなキラキラした光はない。年を経た顔のしわの一本一本に、冷たい怒りが刻まれていた。体が焼けるような熱を発しているかのように、ダンブルドアの体からエネルギーが周囲に放たれていた。
ダンブルドアは部屋に入り、意識を失ったムーディの体の下に足を入れ、けり上げて顔がよく見えるようにした。スネイプがあとから入ってきて、自分の顔がまだ映っている「敵鏡」をのぞき込んだ。鏡の中の顔が、部屋の中をじろりと見た。
マクゴナガル先生はまっすぐハリーのところへやってきた。
「さあ、いらっしゃい。ポッター」
マクゴナガル先生がささやいた。真一文字の薄い唇が、今にも泣き出しそうにヒクヒクしていた。
「さあ、行きましょう……医務室へ……」
「待て」ダンブルドアが鋭く言った。
「ダンブルドア、この子は行かなければ――ごらんなさい――今夜一晩で、もうどんな目にあったか――」
「ミネルバ、その子はここにとどまるのじゃ。ハリーに納得させる必要がある」
ダンブルドアはきっぱり言った。
「納得してこそ初めて受け入れられるのじゃ。受け入れてこそ初めて回復がある。この子は知らねばならん。今夜自分をこのような苦しい目にあわせたのがいったい何者で、なぜなのかを」
「ムーディが」
ハリーが言った。まだまったく信じられない気持ちだった。
「いったいどうしてムーディが？」
「こやつはアラスター・ムーディではない」ダンブルドアが静かに言った。
「ハリー、君はアラスター・ムーディに会ったことがない。本物のムーディなら、今夜のようなことが起こったあとで、わしの目の届くところから君を連れ去るはずがないのじゃ。こやつが君を連れていった瞬間、わしにはわかった――そして、跡を追ったのじゃ」
ダンブルドアはぐったりしたムーディの上にかがみ込み、そのローブの中に手を入れた。そして、ムーディの携帯用酒瓶と鍵束を取り出し、マクゴナガル先生とスネイプのほうを振り向いた。
「セブルス、君の持っている『真実薬』の中で一番強力なのを持ってきてくれぬか。それから厨房に行き、ウィンキーという屋敷妖精を連れてくるよう。ミネルバ、ハグリッドの小屋に行ってくださらんか。大きな黒い犬がかぼちゃ畑にいるはずじゃ。犬をわしの部屋に連れていき、まもなくわしも行くからとその犬に伝え、それからここに戻ってくるのじゃ」
スネイプもマクゴナガルも、奇妙な指示もあるものだと思ったかもしれない。しかし、二人ともそんなそぶりは見せなかった。二人はすぐさまきびすを返し、部屋から出ていった。ダンブルドアは七つの錠前がついたトランクのところへ歩いていき、一本目の鍵を錠前に差し込んでトランクを開けた。中には呪文の本がぎっしり詰まっていた。ダンブルドアはトランクを閉め、二本目の鍵を二つ目の錠前に差し込み、再びトランクを開けた。呪文の本は消えていた。今度は壊れた「かくれん防止器」や、羊皮紙、羽根ペン、銀色の透明マントらしいものが入っていた。ダンブルドアが三つ目、四つ目、五つ目、六つ目と、次々に鍵を合わせ、トランクを開くのを、ハリーは驚いて見つめていた。開くたびに、トランクの中身がちがっていた。七番目の鍵が錠前に差し込まれ、ふたがパッと開いた。ハリーは驚いて叫び声をもらした。

たて穴のような、地下室のようなものが見下ろせた。三メートルほど下の床に横たわり、深々と眠っている、やせおとろえ飢えた姿。それが本物のマッドーアイ・ムーディだった。木製の義足はなく、「魔法の目」が入っているはずの眼窩は、閉じたまぶたの下でからっぽのようだった。白髪まじりの髪の一部がなくなっていた。ハリーは雷に打たれたかのように、トランクの中で眠るムーディと、気を失って床に転がっているムーディをまじまじと見比べた。

ダンブルドアはトランクの縁をまたぎ、中に降りていき、眠っているムーディのかたわらの床に軽々と着地し、ムーディの上に身をかがめた。

『失神術』じゃ――『服従の呪文』で従わされておるな――非常に弱っておる」

ダンブルドアが言った。

「もちろん、ムーディを生かしておく必要があったじゃろう。ハリー、そのペテン師のマントを投げてよこすのじゃ。ムーディは凍えておる。マダム・ポンフリーに看てもらわねば。しかし急を要するほどではなさそうじゃ」

ハリーは言われたとおりにした。ダンブルドアはムーディにマントをかけ、端を折り込んで包み、再びトランクをまたいで出てきた。それから机の上に立てておいた携帯用酒瓶を取り、ふたを開けてひっくり返した。床にねばねばした濃厚な液体がこぼれ落ちた。

「ポリジュース薬じゃ、ハリー」ダンブルドアが言った。

「単純でしかも見事な手口じゃ。ムーディは、けっして、自分の携帯用酒瓶からでないと飲まなかった。そのことはよく知られていた。このペテン師は、当然のことじゃが、ポリジュース薬を作り続けるのに、本物のムーディをそばに置く必要があった。ムーディの髪をごらん……」

ダンブルドアはトランクの中のムーディを見下ろした。

「ペテン師はこの一年間、ムーディの髪を切り取り続けた。髪がふぞろいになっているところが見えるか？　しかし、偽ムーディは、今夜は興奮のあまり、これまでのようにひんぱんに飲むのを忘れていた可能性がある……一時間ごとに……きっちり毎時間……今にわかるじゃろう……」

ダンブルドアは机のところにあった椅子を引き、腰かけて、床のムーディをじっと見た。ハリーもじっと見た。何分間かの沈黙が流れた……。

すると、ハリーの目の前で、床の男の顔が変わりはじめた。傷痕は消え、肌がなめらかになり、そがれた鼻はまともになり、小さくなりはじめた。長いたてがみのような白髪まじりの髪は、頭皮の中に引き込まれていき、色が薄茶に変わった。突然ガタンと大きな音がして、木製の義足が落ち、足がその場所に生え出てきた。次の瞬間、「魔法の目」が男の顔から飛び出し、そのかわりに本物の目玉が現れた。「魔法の目」は床を転がっていき、くるくるとあらゆる方向に回り続けていた。

目の前に横たわる、少しそばかすのある、色白の、薄茶色の髪をした男を、ハリーは見た。ハリーはこの男が誰かを知っていた。ダンブルドアの「憂いの篩」で見たことがある。クラウチ氏に、無実を訴えながら、吸魂鬼に法廷から連れ出されていった……しかし、今は目の周りにしわがあり、ずっと老けて見えた。

廊下を急ぎ足でやってくる足音がした。スネイプが足元にウィンキーを従えて戻ってきた。そのすぐ後ろにマクゴナガル先生がいた。

「クラウチ！」スネイプが、戸口で立ちすくんだ。「バーティ・クラウチ！」
「なんてことでしょう」
マクゴナガル先生も、立ちすくんで床の男を見つめた。
汚れきって、よれよれのウィンキーが、スネイプの足元からのぞき込んだ。ウィンキーは口をあんぐり開け、金切り声を上げた。
「バーティさま、バーティさま、こんなところで何を？」
ウィンキーは飛び出して、その若い男の胸にすがった。
「あなたたちはこの人を殺されました！　この人を殺されました！　ご主人さまの坊っちゃまを！」
「『失神術』にかかっているだけじゃ、ウィンキー」
ダンブルドアが言った。
「どいておくれ。セブルス、薬は持っておるか？」
スネイプがダンブルドアに、澄みきった透明な液体の入った小さなガラス瓶を渡した。授業中に、ハリーに飲ませるとスネイプが脅した、ベリタセラム、真実薬だ。ダンブルドアは立ち上がり、床の男の上にかがみ込み、男の上半身を起こして「敵鏡」の下の壁に寄りかからせた。

「敵鏡」にはダンブルドア、スネイプ、マクゴナガルの影がまだ映っていて、部屋にいる全員をにらんでいた。ウィンキーはひざまずいたまま、顔を手で覆って震えている。ダンブルドアは男の口をこじ開け、薬を三滴流し込んだ。それから杖を男の胸に向け、「リナベイト！　蘇生せよ！」と唱えた。

クラウチの息子は目を開けた。顔がゆるみ、焦点の合わない目をしている。ダンブルドアは、顔と顔が同じ高さになるように男の前にひざをついた。

「聞こえるかね？」ダンブルドアが静かに聞いた。

男はまぶたをパチパチさせた。

「はい」男がつぶやいた。

「話してほしいのじゃ」ダンブルドアがやさしく言った。

「どうやってここに来たのかを。どうやってアズカバンを逃れたのじゃ？」

クラウチは深く身を震わせて、深々と息を吸い込み、抑揚のない、感情のない声で話しはじめた。

「母が助けてくれた。母は自分がまもなく死ぬことを知っていたのだ。母の最後の願いとして俺を救出するように父を説き伏せた。俺をけっして愛してくれなかった父だが、母を愛していた。

父は承知した。二人が訪ねてきた。俺に、母の髪を一本入れたポリジュース薬をくれた。母は俺の髪を入れたものを飲んだ。俺と母の姿が入れ替わった」

ウィンキーが震えながら頭を振った。

「もう、それ以上言わないで、バーティ坊っちゃま、どうかそれ以上は。お父さまが困らせられます！」

しかし、クラウチはまた深く息を吸い込み、相変わらず一本調子で話し続けた。

「吸魂鬼は目が見えない。健康な者が一名と、死にかけた者が一名、アズカバンに入るのを感じ取っていた。健康な者一名と、死にかけた者一名が出ていくのも感じ取った。父は囚人の誰かが独房の戸のすきまから見ていたりする場合のことを考え、俺に母の姿をさせて、密かに連れ出したのだ」

「母はまもなくアズカバンで死んだ。最後までポリジュース薬を飲み続けるように気をつけていた。母は俺の名前で、俺の姿のまま埋葬された。誰もが母を俺だと思った」

男のまぶたがパチパチした。

「そして、君の父親は、君を家に連れ帰ってから、どうしたのだね？」

ダンブルドアが静かに聞いた。

「母の死を装った。静かな、身内だけの葬式だった。母の墓はからっぽだ。屋敷しもべ妖精の世話で、俺は健康を取り戻した。それから俺は隠され、管理されなければならなかった。父は俺をおとなしくさせるためにいくつかの呪文を使わなければならなかった。俺は、元気を取り戻したとき、ご主人様を探し出すことしか考えなかった……ご主人様の下で仕えることしか考えなかった」

「お父上は君をどうやっておとなしくさせたのじゃ？」ダンブルドアが聞いた。

「『服従の呪文』だ」男が答えた。

「俺は父に管理されていた。昼も夜も無理やり透明マントを着せられた。いつも、俺はしもべ妖精と一緒だった。しもべ妖精が俺を監視し、世話した。妖精は俺を哀れんだ。ときどきは気晴らしさせるようにと、妖精が父を説き伏せた。おとなしくしていたらそのほうびとして」

「バーティ坊っちゃま。バーティ坊っちゃま」

ウィンキーは顔を覆ったまますすり泣いた。

「この人たちにお話ししてはならないでございます。あたしたちは困らせられます」

「君がまだ生きていることを、誰かに見つかったことがあるのかね？」

ダンブルドアがやさしく聞いた。

「君のお父上と屋敷妖精以外に、誰か知っていたかね？」
「はい」クラウチが言った。まぶたがまたパチパチした。
「父の役所の魔女で、バーサ・ジョーキンズ。あの女が、父のサインをもらいに書類を持って家に来た。父は不在だった。ウィンキーが中に通して、台所に戻った。俺のところに。しかし、バーサ・ジョーキンズはウィンキーが俺に話をしているのを聞いた。あの女は調べに入ってきた。透明マントに隠れているのが誰なのかを充分想像することができるほどの、話の内容を聞いてしまった。父が帰宅した。あの女が父を問いつめた。父は、あの女が知ってしまったことを忘れさせるのに、強力な『忘却術』をかけた。あまりに強過ぎて、あの女の記憶は永久にそこなわれたと父が言った」
「あの女の人はどうしてご主人さまの個人的なことにおせっかいを焼くのでしょう？」
ウィンキーがすすり泣いた。
「どうしてあの女の人は、あたしたちをそっとしておかないのでしょう？」
「クィディッチ・ワールドカップについて話しておくれ」ダンブルドアが言った。
「ウィンキーが父を説き伏せた」クラウチが依然として抑揚のない声で言った。
「何か月もかけて父を説き伏せた。俺は何年も家から出ていなかった。俺はクィディッチが好きだった。ウィンキーが、行かせてやってくれと頼んだ。透明マントを着せるから、観戦できると。もう一度新鮮な空気を吸わせてあげてくれと。ウィンキーは、お母さまもきっとそれをお望みですと言った。母が俺を自由にするために死んだのだと父に言った。お母さまが坊っちゃまを救ったのは、生涯幽閉の身にするためではありませんと、ウィンキーが言った。父はついに折れた」

「計画は慎重だった。父は、俺とウィンキーを、まだ早いうちに貴賓席に連れていった。ウィンキーが父の席を取っているという手はずだった。姿の見えない俺がそこに座った。みんながいなくなってから俺たちが退席すればよい。ウィンキーは一人で座っているように見える。誰も気づかないだろう」

「しかし、ウィンキーは、俺がだんだん強くなっていることを知らなかった。父の『服従の呪文』を、俺は破りはじめていた。ときどきほとんど自分自身に戻ることがあった。短い間だが、父の管理を逃れたと思えるときがあった。それが、ちょうど貴賓席にいるときに起こった。深い眠りから覚めたような感じだ。俺は公衆の中にいた。試合の真っ最中だ。そして、前の男の子のポケットから杖が突き出しているのが見えた。アズカバンに行く前から、ずっと杖は許されていなかった。俺はその杖を盗んだ。ウィンキーは知らなかった。ウィンキーは高所恐怖症だ。顔を隠していた」

「バーティ坊っちゃま、悪い子です！」
ウィンキーが指の間からボロボロ涙をこぼしながら、小さな声で言った。
「それで、杖を取ったのじゃな」ダンブルドアが言った。
「そして、杖で何をしたのじゃ？」
「俺たちはテントに戻った」クラウチが言った。
「その時やつらの騒ぎを聞いた。死喰い人の騒ぎを。アズカバンに入ったことがない連中だ。あのお方に背を向けたやつらだ。あのお方のために苦しんだことがないやつらだ。あいつらは、俺のようにつながれてはいなかった。やつらは自由にあのお方をお探しできたのに、そうしなかった。マグルをもてあそんでいただけだ。やつらの声が俺を呼び覚ました。ここ何年もなかったほど、俺の頭ははっきりしていた。俺は怒った。手には杖があった。俺は、ご主人様に忠義を尽くさなかったやつらを襲いたかった。父はテントにいなかった。マグルを助けに行ったあとだった。ウィンキーは俺が怒っているのを見て心配した。ウィンキーは自分なりの魔法を使って俺を自分の体に縛りつけた。ウィンキーは俺をテントから引っ張り出し、死喰い人から遠ざけようと森へ引っ張っていった。俺はウィンキーを引き止めようとした。俺はキャンプ場に戻りたかった。死喰い人の連中に、闇の帝王への忠義とは何かを見せつけてやりたかった。そして不忠者を罰したかった。俺は盗んだ杖で空に『闇の印』を打ち上げた」
「魔法省の役人がやってきた。四方八方に『失神の呪文』が発射された。そのうちの一つが木の間から俺とウィンキーが立っているところに届いた。俺たち二人を結んでいた絆が切れた。二人とも『失神』させられた」
「ウィンキーが見つかったとき、父は必ず俺がそばにいると知っていた。ウィンキーが見つかった潅木の中を探し、父は俺が倒れているのをさわってたしかめた。父は魔法省の役人たちが森からいなくなるのを待った。そして俺に『服従の呪文』をかけ、家に連れ帰った。父はウィンキーを解雇した。ウィンキーは父の期待に添えなかった。俺に杖を持たせたし、もう少しで俺を逃がすところだった」
ウィンキーは絶望的な泣き声を上げた。
「家にはもう、父と俺だけになった。そして……そしてその時……」
クラウチの頭が、首の上でぐるりと回り、その顔に狂気の笑いが広がった。
「ご主人様が俺を探しにおいでになった……」
「ある夜遅く、ご主人様は下僕のワームテールの腕に抱かれて、俺の家にお着きになった。俺がまだ生きていることがおわかりになったのだ。ご主人様はアルバニアでバーサ・ジョーキンズを捕らえ、拷問した。あの女はいろいろとご主人様に話した。三大魔法学校対抗試合のこと、闇祓いのムーディがホグワーツで教えることになったことも話した。ご主人様は、父があの女にかけた『忘却呪文』さえ破るほどに拷問した。あの女は俺がアズカバンから逃げたことを話した。父が俺を幽閉し、ご主人様を探し求めないようにしていると、あの女が話した。そこでご主人様は、俺がまだ忠実な従者であることが――たぶん最も忠実な者であることが――おわかりになった。ご主人様はバーサの情報に基づいて、ある計画を練られた。俺が必要だった。ご主人様は真夜中近くにおいでになった。父が玄関に出た」

人生で一番楽しいときを思い出すかのように、クラウチの顔にますます笑みが広がった。ウィンキーの指の間から、恐怖で凍りついた茶色の目がのぞいていた。驚きのあまり口もきけない様子だ。

「あっという間だった。父はご主人様の『服従の呪文』にかかった。今度は父が幽閉され、管理される立場だった。ご主人様は、父がいつものように仕事を続け、何事もなかったかのように振る舞うように服従させた。そして俺は解放され、目覚めた。俺はまた自分を取り戻した。ここ何年もなかったほど生き生きした」

「そして、ヴォルデモート卿は君に何をさせたのかね？」ダンブルドアが聞いた。

「あのお方のために、あらゆる危険をおかす覚悟があるかと、俺にお聞きになった。もちろんだ。あのお方にお仕えして、俺の力をあのお方に認めていただくのが、俺の最大の夢、最大の望みだった。あのお方はホグワーツに忠実な召使いを送り込む必要があると、俺におっしゃった。三校対抗試合の間、それと気取られずに、ハリー・ポッターを誘導する召使いが必要だった。ハリー・ポッターを監視する召使い。ハリー・ポッターが確実に優勝杯にたどり着くようにする召使い。優勝杯を『移動キー』にし、最初にそれに触れたものをご主人様の下に連れていくようにする召使い。しかし、その前に――」

「君にはアラスター・ムーディが必要だった」

ダンブルドアの声は相変わらず落ち着いていたが、そのブルーの目は、メラメラと燃えていた。

「ワームテールと俺がやった。その前にポリジュース薬を準備しておいた。ムーディの家に出かけた。ムーディは抵抗した。騒ぎが起こった。何とか間に合ってやつをおとなしくさせた。あいつ自身の魔法のトランクの一室にあいつを押し込んだ。あいつの髪の毛を少し取って、薬に入れた。俺がそれを飲んで、ムーディになりすました。俺はあいつの義足と『魔法の目』をつけた。準備を整えて、騒ぎを聞きつけてマグルの処理にかけつけたアーサー・ウィーズリーに会った。俺はごみバケツを庭で暴れさせ、アーサー・ウィーズリーに、何者かが庭に忍び込んだのでごみバケツが警報を発したと言った。それから俺は、ムーディの服や闇の検知器をムーディと一緒にトランクに詰め、ホグワーツに出発した。ムーディは『服従の呪文』にかけて生かしておいた。あいつに質問したいことがあった。ダンブルドアでさえだますことができるよう、あいつの過去も、くせも学ばなければならなかった。ポリジュース薬を作るのに、あいつの髪の毛も必要だった。ほかの材料は簡単だった。毒ツルヘビの皮は地下牢から盗んだ。魔法薬の先生に研究室で見つかったときは、捜索命令を執行しているのだと言った」

「ムーディを襲ったあと、ワームテールはどうしたのかね？」ダンブルドアが聞いた。

「ワームテールは父の家で、ご主人様の世話と父の監視に戻った」

「しかしお父上は逃げ出した」ダンブルドアが言った。

「そうだ。しばらくして、俺がやったと同じように、父は『服従の呪文』に抵抗しはじめた。何が起こっているのか、父はときどき気がついた。ご主人様は、父が家を出るのはもはや安全ではないとお考えになった。ご主人様は父に魔法省への手紙を書かせることにした。父に命じて、病気だという手紙を書かせた。しかし、ワームテールは義務をおこたった。充分に警戒していなかった。父は逃げ出した。ご主人様は父がホグワーツに向かったと判断なさった。父はダンブルドアにすべてを打ち明け、告白するつもりだった。俺をアズカバンからこっそり連れ出したと自白するつもりだった」

「ご主人様は父が逃げたと知らせをよこした。あのお方は、何としてでも父を止めるようにとおっしゃった。そこで俺は待機して見張っていた。ハリー・ポッターから手に入れた地図を使った。もう少しですべてをだいなしにしてしまうかもしれなかった、あの地図だ」

「地図？」ダンブルドアが急いで聞いた。

「何の地図じゃ？」

「ポッターのホグワーツ地図だ。ポッターは俺をその地図で見つけた。ポッターは、ある晩、俺がポリジュースの材料をスネイプの研究室から盗むところを地図で見た。俺は父と同じ名前なので、ポッターは俺を父だと思った。俺はその夜、ポッターから地図を取り上げた。俺はポッターに、『クラウチ氏は闇の魔法使いを憎んでいる』と言った。ポッターは父がスネイプを追っていると思ったようだ」

「一週間、俺は父がホグワーツに着くのを待った。ついにある晩、父が校庭内に入ってくるのを、地図が示した。俺は透明マントをかぶり、父に会いに出ていった。父は禁じられた森の周りを歩いていた。その時ポッターが来た。クラムもだ。俺は待った。ポッターにけがをさせるわけにはいかない。ご主人様がポッターを必要としている。ポッターがダンブルドアを迎えに走った。

俺はクラムに『失神術』をかけ、父を殺した」
「あぁぁぁぁ！」ウィンキーが嘆き叫んだ。
「坊っちゃま、バーティ坊っちゃま、何をおっしゃるのです？」
「君はお父上を殺したのじゃな」
ダンブルドアが依然として静かな声で言った。
「遺体はどうしたのじゃ？」
「禁じられた森の中に運んだ。透明マントで覆った。その時俺は、地図を持っていた。地図で、ポッターが城にかけ込むのが見えた。ポッターはスネイプに出会った。ダンブルドアが加わった。ポッターがダンブルドアを連れて城から出てくるのを見た。俺は森から出て、二人の後ろに回り、現場に戻って二人に会った。ダンブルドアには、スネイプが俺に現場を教えてくれたと言った」
「ダンブルドアは俺に、クラウチ氏を探せと言った。俺は父親の遺体の所に戻り、地図を見ていた。みんながいなくなってから、俺は父の遺体を変身させ、骨に変えた……。透明マントを着て、その骨を、ハグリッドの小屋の前の、掘り返されたばかりの場所に埋めた」
すすり泣きを続けるウィンキーの声以外は、物音一つしない。
やがて、ダンブルドアが言った。

「そして、今夜……」
「俺は夕食前に、優勝杯を迷路に運び込む仕事を買って出た」
バーティ・クラウチがささやくように言った。
「俺はそれを『移動キー』に変えた。ご主人様の計画はうまくいった。あのお方は権力の座に戻ったのだ。そして俺は、ほかの魔法使いが夢見ることもかなわぬ栄誉を、あのお方から与えられるだろう」
狂気の笑みが再び顔を輝かせ、クラウチは頭をだらりと肩にもたせかけた。そのかたわらで、ウィンキーがさめざめと泣き続けていた。

第36章　決別

ダンブルドアが立ち上がった。嫌悪の色を顔に浮かべ、しばらくバーティ・クラウチを見つめていた。そしてもう一度杖を上げると、杖先から飛び出した縄が、ひとりでにバーティ・クラウチにぐるぐる巻きついてしっかり縛り上げた。

ダンブルドアがマクゴナガル先生のほうを見た。

「ミネルバ、ハリーを上に連れていく間、ここで見張りを頼んでもよいかの？」

「もちろんですわ」

マクゴナガル先生が答えた。たった今誰かが嘔吐するのを見て、自分も吐きたくなったような顔をしていた。しかし、杖を取り出してバーティ・クラウチに向けたとき、その手はしっかりしていた。

「セブルス」

ダンブルドアがスネイプのほうを向いた。

「マダム・ポンフリーに、ここに下りてくるように頼んでくれんか？　アラスター・ムーディを医務室に運ばねばならん。そのあとで校庭に行き、コーネリウス・ファッジを探して、この部屋に連れてきてくれ。ファッジはまちがいなく、自分でクラウチを尋問したいことじゃろう。ファッジに、わしに用があれば、あと半時間もしたら、わしは医務室に行っておると伝えてくれ」

スネイプはうなずき、無言でサッと部屋を出ていった。

「ハリー？」ダンブルドアがやさしく言った。

ハリーは立ち上がったが、またぐらりとした。クラウチの話を聞いている間は気づかなかった痛みが、今完全に戻ってきた。その上、体が震えているのに気づいた。ダンブルドアはハリーの腕をつかみ、介助しながら暗い廊下に出た。

「ハリー、まずわしの部屋に来てほしい」

ダンブルドアは廊下を歩きながら静かに言った。

「シリウスがそこで待っておる」

ハリーはうなずいた。一種の無感覚状態と非現実感とが、ハリーを襲っていた。しかし、ハリーは気にならなかった。むしろうれしかった。優勝杯に触れてから起こったことについて、何も考えたくなかった。写真のように鮮やかに、くっきりと、頭の中に明滅する記憶をじっくり調べてみる気にはなれなかった。トランクの中のマッドーアイ・ムーディ、手首のない腕をかばいながら地面にへたり込んでいるワームテール、湯気の立ち昇る大鍋からよみがえったヴォルデモート、セドリック……死んでいる……両親の元に返してくれと頼んだセドリック……。

「校長先生」ハリーが口ごもった。「ディゴリーさんご夫妻はどこに？」

「スプラウト先生と一緒じゃ」

ダンブルドアが言った。バーティ・クラウチを尋問している間、ずっと平静だったダンブルドアの声が、初めてわずかに震えた。

「スプラウト先生はセドリックの寮の寮監じゃ。あの子のことを一番よくご存じじゃ」

怪獣の石像の前に来た。ダンブルドアが合言葉を言うと、石像が脇に飛びのいた。ダンブルドアとハリーは、動くらせん階段で樫の扉まで上っていった。ダンブルドアが扉を押し開けた。

そこに、シリウスが立っていた。アズカバンから逃亡してきたときのように、蒼白でやつれた顔をしている。シリウスは一気に部屋を横切ってやってきた。

「ハリー、大丈夫か？　私の思ったとおりだ――こんなことになるのではないかと思っていた――いったい何があった？」

ハリーを介助して机の前の椅子に座らせながら、シリウスの手が震えていた。
「いったい何があったのだ？」シリウスがいっそう急き込んで尋ねた。
ダンブルドアがバーティ・クラウチの話を、一部始終シリウスに語りはじめた。ハリーは半分しか聞いていなかった。つかれはて、体中の骨が痛んだ。眠りに落ちて何も考えず、何も感じなくなるまで、何時間も何時間も、じゃまされず、ひたすらそこに座っていたかった。
やわらかな羽音がした。不死鳥のフォークスが、止まり木を離れ、部屋のむこうから飛んできて、ハリーのひざに止まった。
「やあ、フォークス」
ハリーは小さな声でそう言うと、不死鳥の真紅と金色の美しい羽をなでた。フォークスは安らかに瞬きしながらハリーを見上げた。ひざに感じる温もりと重みが心を癒やした。
ダンブルドアが話し終えた。そして、机のむこう側に、ハリーと向き合って座った。ダンブルドアはハリーを見つめた。ハリーはその目をさけた。――ダンブルドアは僕に質問するつもりだ。僕に、すべてをもう一度思い出させようとしている。
「ハリー、迷路の移動キーに触れてから、何が起こったのか、わしは知る必要があるのじゃ」
ダンブルドアが言った。

「ダンブルドア、明日の朝まで待てませんか？」
シリウスが厳しい声で言った。シリウスは片方の手をハリーの肩に置いていた。
「眠らせてやりましょう。休ませてやりましょう」
ハリーはシリウスへの感謝の気持ちがどっとあふれるのを感じた。しかし、ダンブルドアはシリウスの言葉を無視した。ダンブルドアがハリーのほうに身を乗り出した。ハリーは気が進まないままに顔を上げ、ダンブルドアのブルーの瞳を見つめた。
「それで救えるのなら」ダンブルドアがやさしく言った。
「君を魔法の眠りにつかせ、今夜の出来事を考えるのを先延ばしにすることで君を救えるなら、わしはそうするじゃろう。しかし、そうではないのじゃ。一時的に痛みをまひさせれば、あとになって感じる痛みは、もっとひどい。君は、わしの期待をはるかに超える勇気を示した。もう一度その勇気を示してほしい。何が起きたか、わしらに聞かせてくれ」
不死鳥が一声、やわらかに震える声で鳴いた。その声が空気を震わせると、ハリーは、熱い液体が一滴、のどを通り、胃に入り、体が温まり、力が湧いてくるような気がした。
ハリーは深く息を吸い込み、話しはじめた。話しながら、その夜の光景の一つ一つが、目の前にくり広げられるように感じられた。ヴォルデモートをよみがえらせたあの液体から出る火花。

周囲の墓と墓の間から「姿あらわし」してくる死喰い人。優勝杯のそばに横たわるセドリックのなきがら。

ハリーの肩をしっかりつかんだまま、一、二度、シリウスが何か言いたそうな声を出した。しかし、ダンブルドアは手を上げてそれを制した。ハリーにはそのほうがうれしかった。話しだしてしまえば、続けて話してしまうほうが楽だった。ホッとすると言ってもよかった。何か毒のようなものが体から抜き取られていくような気分でさえあった。話し続けるには、ハリーの意志のすべてを振りしぼらなければならなかった。それでも、話し終われば、気持ちがすっきりするような予感がした。

ワームテールが短剣でハリーの腕を突き刺した件になると、シリウスが激しくののしった。ダンブルドアがあまりにすばやく立ち上がったので、ハリーは驚いた。ダンブルドアは机を回り込んでやってきて、ハリーに腕を出して見せるように言った。ハリーは、切り裂かれたローブと、その下の傷を二人に見せた。

「僕の血が、ほかの誰の血よりも、あの人を強くすると、ヴォルデモートが言ってました」

ハリーがダンブルドアに言った。

「僕を護っているものが――僕の母が残してくれたものが――あの人にも入るのだと言ってまし

た。そのとおりでした――ヴォルデモートは僕にさわっても傷つきませんでした。僕の顔をさわったんです」

ほんの一瞬、ハリーはダンブルドアの目に勝ち誇ったような光を見たような気がした。しかし、次の瞬間、ハリーはきっと勘ちがいだったんだと思った。机のむこう側に戻ったダンブルドアが、ハリーがこれまで見たこともないほど老け込んで、つかれて見えたからだ。

「なるほど」

ダンブルドアは再び腰をかけた。

「ヴォルデモートはその障害については克服したというわけじゃな。ハリー、続けるのじゃ」

ハリーは話し続けた。ヴォルデモートが大鍋からどのようによみがえったのかを語り、死喰い人たちへのヴォルデモートの演説を、思い出せるかぎり話して聞かせた。それから、ヴォルデモートがハリーの縄目を解き、杖を返し、決闘しようとしたことを話した。

しかし、金色の光がハリーとヴォルデモートの杖同士をつないだ件では、ハリーはのどを詰まらせた。話し続けようとしても、ヴォルデモートの杖から現れたものの記憶が、どっとあふれ、胸がいっぱいになってしまったのだ。セドリックが出てくるのが見える。年老いた男が、バーサ・ジョーキンズが……母が……父が……。

シリウスが沈黙を破ってくれたのが、ハリーにはありがたかった。
「杖がつながった？」
シリウスはハリーを見て、ダンブルドアを見た。
「なぜなんだ？」
ハリーも再びダンブルドアを見上げた。ダンブルドアは何かに強く魅かれた顔をしていた。
「直前呪文じゃな」ダンブルドアがつぶやいた。
ダンブルドアの目がハリーの目をじっと見つめた。二人の間に、目に見えない光線が走り、理解し合ったかのようだった。
「呪文逆戻し効果？」シリウスが鋭い声で言った。
「さよう」ダンブルドアが言った。
「ハリーの杖とヴォルデモートの杖には共通の芯が使ってある。それぞれに同じ不死鳥の尾羽根が一枚ずつ入っている。じつは、この不死鳥なのじゃ」
ダンブルドアはハリーのひざに安らかに止まっている真紅と金色の鳥を指差した。
「僕の杖の羽根は、フォークスの？」ハリーは驚いた。
「そうじゃ」ダンブルドアが答えた。

「四年前、オリバンダー翁が、君があの店を出た直後に手紙をくれての、君が二本目の杖を買ったと教えてくれたのじゃ」
「すると、杖が兄弟杖に出会うと、何が起こるのだろう？」シリウスが言った。
「お互いに相手に対して正常に作動しない」ダンブルドアが言った。
「しかし、杖の持ち主が、二つを無理に戦わせると……非常に稀な現象が起こる」
「どちらか一本が、もう一本に対して、それまでにかけた呪文を吐き出させる――逆の順序で。一番新しい呪文を最初に……そしてそれ以前にかけたものを次々に……」
ダンブルドアがたしかめるような目でハリーを見た。ハリーがうなずいた。
「ということは」
ダンブルドアがハリーの顔から目を離さず、ゆっくりと言った。
「セドリックが何らかの形で現れたのじゃな？」
ハリーがまたうなずいた。
「ディゴリーが生き返った？」シリウスが鋭い声で言った。
「どんな呪文をもってしても、死者を呼び覚ますことはできぬ」
ダンブルドアが重苦しく言った。

「こだまが逆の順序で返ってくるようなことが起こったのじゃろう。生きていたときのセドリックの姿の影が杖から出てきた……そうじゃな、ハリー？」

「セドリックが僕に話しかけました」ハリーが言った。急にまた体が震えだした。

「ゴースト……セドリックのゴースト、それとも、何だったのでしょう。それが僕に話しかけました」

「こだまじゃ」ダンブルドアが言った。

「セドリックの外見や性格をそっくり保っておる。おそらく、ほかにも同じような姿が現れたのであろうと想像するが……もっと以前にヴォルデモートの杖の犠牲になった者たちが……」

「老人が」ハリーはまだのどがしめつけられているようだった。

「バーサ・ジョーキンズが。それから……」

「ご両親じゃな？」ダンブルドアが静かに言った。

「はい」

ハリーの肩をつかんだシリウスの手に力が入り、痛いくらいだった。

「杖が殺めた最後の犠牲者たちじゃ」ダンブルドアがうなずきながら言った。

「殺めた順序と逆に。もちろん、杖のつながりをもっと長く保っていれば、もっと多くの者が現れてきたはずじゃ。よろしい、ハリー、このこだまたち、影たちは……何をしたのかね？」

ハリーは話した。杖から現れた姿が、金色のかごの内側を徘徊したこと、ヴォルデモートが影たちを恐れていたこと、ハリーの父親の影がどうしたらよいか教えてくれたこと、セドリックの最後の願いのこと。

そこまで話したとき、ハリーはもうそれ以上は続けられないと思った。シリウスを振り返ると、シリウスは両手に顔をうずめていた。

ふと気がつくと、フォークスはもうハリーのひざを離れていた。不死鳥は床に舞い降りていた。そして、その美しい頭をハリーの傷ついた脚にもたせかけ、その目からは真珠のようなとろりとした涙が、蜘蛛が残した脚の傷にこぼれ落ちていた。痛みが消えた。皮膚は元どおりになり、脚は癒えた。

「もう一度言う」

不死鳥が舞い上がり、扉のそばの止まり木に戻ると、ダンブルドアが言った。

「ハリー、今夜、君は、わしの期待をはるかに超える勇気を示した。君は、ヴォルデモートの力が最も強かった時代に戦って死んだ者たちに劣らぬ勇気を示した。一人前の魔法使いに匹敵する重荷を背負い、大人に勝るとも劣らぬ君自身を見出したのじゃ――さらに君は今、我々が知るべきことをすべて話してくれた。わしと一緒に医務室に行こうぞ。今夜は寮に戻らぬほうがよい。魔法睡眠薬、それに安静じゃ……。シリウス、ハリーと一緒にいてくれるかの？」

シリウスがうなずいて立ち上がった。そして黒い犬に変身し、ハリー、ダンブルドアと一緒に部屋を出て、階段を下り、医務室までついていった。

ダンブルドアが医務室のドアを開けると、そこには、ウィーズリーおばさん、ビル、ロン、ハーマイオニーが、弱りきった顔をしたマダム・ポンフリーを取り囲んでいた。どうやら、「ハリーはどこか」「ハリーの身に何が起こったか」と問い詰めていた様子だ。

ハリー、ダンブルドア、そして黒い犬が入ってくると、みんないっせいに振り返った。ウィーズリーおばさんは声を詰まらせて叫んだ。

「ハリー！　ああ、ハリー！」

おばさんはハリーにかけ寄ろうとしたが、ダンブルドアが二人の間に立ちふさがった。

「モリー」ダンブルドアが手で制した。

「ちょっと聞いておくれ。ハリーは今夜、恐ろしい試練をくぐり抜けてきた。それをわしのために、もう一度再現してくれたばかりじゃ。今ハリーに必要なのは、安らかに、静かに、眠ることじゃ。もしハリーが、みんなにここにいてほしければ」

ダンブルドアはロン、ハーマイオニー、そしてビルと見回した。
「そうしてよろしい。しかし、ハリーが答えられる状態になるまでは、質問をしてはならぬぞ。今夜は絶対に、質問してはならぬ」
ウィーズリーおばさんが、真っ青な顔でうなずいた。
おばさんは、まるでロン、ハーマイオニー、ビルがうるさくしていたかのように、シーッと言って三人を叱った。
「わかったの？　ハリーは安静が必要なのよ！」
「校長先生」マダム・ポンフリーが、シリウスの変身した黒い大きな犬をにらみながら言った。
「いったいこれは――？」
「この犬はしばらくハリーのそばにいる」ダンブルドアはさらりと言った。
「わしが保証する。この犬はたいそうしつけがよい。ハリー――わしは君がベッドに入るまでここにおるぞ」
ダンブルドアがみんなに質問を禁じてくれたことに、ハリーは言葉に言い表せないほど感謝していた。みんなに、ここにいてほしくないというわけではない。しかし、もう一度あれをまざまざと思い出し、再び説明することなど、ハリーにはとてもたえられない。

「ハリー、わしは、ファッジに会ったらすぐに戻ってこよう」ダンブルドアが言った。
「明日、わしが学校のみなに話をする。それまで、明日もここにおるのじゃぞ」
そして、ダンブルドアはその場を去った。
マダム・ポンフリーはハリーを近くのベッドに連れていった。一番隅のベッドに、本物のムーディが死んだように横たわっているのがちらりと見えた。木製の義足と「魔法の目」が、ベッド脇のテーブルに置いてある。
「あの人は大丈夫ですか？」ハリーが聞いた。
「大丈夫ですよ」
マダム・ポンフリーがハリーにパジャマを渡し、ベッドの周りのカーテンを閉めながら言った。
ハリーはローブを脱ぎ、パジャマを着てベッドに入った。ロン、ハーマイオニー、ビル、ウィーズリーおばさん、そして黒い犬がカーテンを回り込んで入ってきて、ベッドの両側に座った。ロンとハーマイオニーは、まるで怖いものでも見るように、恐る恐るハリーを見た。
「僕、大丈夫」ハリーが二人に言った。「つかれてるだけ」
ウィーズリーおばさんは、必要もないのにベッドカバーのしわを伸ばしながら、目にいっぱい涙を浮かべていた。

マダム・ポンフリーは、いったんせかせかと事務室に行ったが、戻ってきたときには、手にゴブレットと紫色の薬が入った小瓶を持っていた。

「ハリー、これを全部飲まないといけません」マダム・ポンフリーが言った。

「この薬で、夢を見ずに眠ることができます」

ハリーはゴブレットを取り、二口、三口飲んでみた。すぐに眠くなってきた。周りのものすべてがぼやけてきた。病室中のランプが、カーテンを通して、親しげにウィンクしているような気がした。羽根布団の温もりの中に、全身が深々と沈んでいくようだった。薬を飲み干す前に、一言も口をきく間もなく、疲労がハリーを眠りへと引き込んでいた。

目覚めたとき、あまりに温かく、まだとても眠かったので、もう一眠りしようと、ハリーは目を開けなかった。部屋はぼんやりと灯りがともっていた。きっとまだ夜で、あまり長い時間は眠っていないのだろうと思った。

その時、そばでヒソヒソ話す声が聞こえた。

「あの人たち、静かにしてもらわないと、この子を起こしてしまうわ」

「いったい何をわめいてるんだろう？　また何か起こるなんて、ありえないよね？」

ハリーは薄目を開けた。誰かがハリーのめがねをはずしたらしい。すぐそばにいるウィーズリーおばさんとビルの姿がぼんやり見えた。おばさんは立ち上がっている。

「ファッジの声だわ」おばさんがささやいた。

「それと、ミネルバ・マクゴナガルだわね。いったい何を言い争ってるのかしら」

もうハリーにも聞こえた。誰かがどなり合いながら医務室に向かって走ってくる。

「残念だが、ミネルバ、仕方がない――」

コーネリウス・ファッジのわめき声がする。

「絶対に、あれを城の中に入れてはならなかったのです！」

マクゴナガル先生が叫んでいる。

「ダンブルドアが知ったら――」

ハリーは医務室のドアがバーンと開く音を聞いた。ビルがカーテンを開け、みんながドアのほうを見つめた。ハリーはベッドの周りの誰にも気づかれずに、起き上がって、めがねをかけた。

ファッジがドカドカと病室に入ってきた。すぐ後ろにマクゴナガル先生とスネイプ先生がいた。

「ダンブルドアはどこかね？」

ファッジがウィーズリーおばさんに詰め寄った。

「ここにはいらっしゃいませんわ」ウィーズリーおばさんが怒ったように答えた。
「大臣、ここは病室です。少しお静かに――」
しかし、その時ドアが開き、ダンブルドアがサッと入ってきた。
「何事じゃ」
ダンブルドアは鋭い目でファッジを、そしてマクゴナガル先生を見た。
「病人たちに迷惑じゃろう？　ミネルバ、あなたらしくもない――バーティ・クラウチを監視するようにお願いしたはずじゃが――」
「もう見張る必要がなくなりました。ダンブルドア！」マクゴナガル先生が叫んだ。
「大臣がその必要がないようになさったのです！」
ハリーはマクゴナガル先生がこんなに取り乱した姿を初めて見た。怒りのあまりほおはまだらに赤くなり、両手は拳を握りしめ、わなわなと震えている。
「今夜の事件を引き起こした死喰い人を捕らえたと、ファッジ大臣にご報告したのですが」
スネイプが低い声で言った。
「すると、大臣はご自分の身が危険だと思われたらしく、城に入るのに吸魂鬼を一人呼んで自分に付き添わせると主張なさったのです。大臣はバーティ・クラウチのいる部屋に、吸魂鬼を連れて入った――」

「ダンブルドア、私はあなたが反対なさるだろうと大臣に申し上げました！」

マクゴナガル先生がいきり立った。

「申し上げましたとも。吸魂鬼が一歩たりとも城内に入ることは、あなたがお許しになりませんと。それなのに――」

「失礼だが！」

ファッジもわめき返した。ファッジもまた、こんなに怒っている姿をハリーは初めて見た。

「魔法大臣として、護衛を連れていくかどうかは私が決めることだ。尋問する相手が危険性のある者であれば――」

しかし、マクゴナガル先生の声がファッジの声を圧倒した。

「あの――あのものが部屋に入った瞬間」

マクゴナガル先生は、全身をわなわなと震わせ、ファッジを指差して叫んだ。

「クラウチに覆いかぶさって、そして――そして――」

マクゴナガル先生が、何が起こったのかを説明する言葉を必死に探している間、ハリーは胃が凍っていくような気がした。マクゴナガル先生が最後まで言うまでもない。ハリーは吸魂鬼が何をやったのかわかっていた。バーティ・クラウチに死の接吻をほどこしたのだ。口から魂を吸い取ったのだ。クラウチは死よりもむごい姿になった。

「どのみち、クラウチがどうなろうと、何の損失にもなりはせん！」

ファッジがどなり散らした。

「どうせやつは、もう何人も殺しているんだ！」

「しかし、コーネリウス、もはや証言ができまい」

ダンブルドアが言った。まるで初めてはっきりとファッジを見たかのように、ダンブルドアはじっと見つめていた。

「なぜ何人も殺したのか、クラウチは何ら証言できまい」

「なぜ殺したか？　ああ、そんなことは秘密でも何でもなかろう？」ファッジがわめいた。

「あいつは支離滅裂だ！　ミネルバやセブルスの話では、やつは、すべて『例のあの人』の命令でやったと思い込んでいたらしい！」

「たしかに、ヴォルデモート卿が命令していたのじゃ、コーネリウス」

ダンブルドアが言った。

「何人かが殺されたのは、ヴォルデモートが再び完全に勢力を回復する計画の布石にすぎなかったのじゃ。計画は成功した。ヴォルデモートは肉体を取り戻した」

ファッジは誰かに重たい物で顔をなぐりつけられたような顔をした。ぼうぜんとして目を瞬きながら、ファッジはダンブルドアを見つめ返した。今聞いたことが、にわかには信じがたいという顔だ。

目を見開いてダンブルドアを見つめたまま、ファッジはブツブツ言いはじめた。

「『例のあの人』が……復活した？　バカバカしい。おいおい、ダンブルドア……」

「ミネルバもセブルスもあなたにお話ししたことと思うが」ダンブルドアが言った。

「わしらはバーティ・クラウチの告白を聞いた。真実薬の効き目で、クラウチは、わしらにいろいろ語ってくれたのじゃ。アズカバンからどのようにして隠密に連れ出されたか、ヴォルデモートが――クラウチがまだ生きていることをバーサ・ジョーキンズから聞き出し――クラウチを、どのように父親から解放するにいたったか、そして、ハリーを捕まえるのに、ヴォルデモートがいかにクラウチを利用したかをじゃ。計画はうまくいった。よいか、クラウチはヴォルデモートの復活に力を貸したのじゃ」

「いいか、ダンブルドア」ファッジが言った。

驚いたことに、ファッジの顔にはかすかな笑いさえ漂っていた。

「まさか――まさかそんなことを本気にしているのではあるまいね。『例のあの人』が――戻った？　まあ、まあ、落ち着け……まったく。クラウチは『例のあの人』の命令で働いていると、思い込んでいたのだろう――しかし、そんなたわ言を真に受けるとは、ダンブルドア……」

「今夜ハリーが優勝杯に触れたとき、まっすぐにヴォルデモートのところに運ばれていったのじゃ」

ダンブルドアはたじろぎもせずに話した。

「ハリーが、ヴォルデモートのよみがえるのを目撃した。わしの部屋まで来てくだされば、一部始終お話しいたしますぞ」

ダンブルドアはハリーをちらりと見て、ハリーが目覚めているのに気づいた。しかし、ダンブルドアは首を横に振った。

「今夜はハリーに質問するのを許すわけにはゆかぬ」

ファッジは、奇妙な笑いを漂わせていた。

ファッジもハリーをちらりと見て、それからダンブルドアに視線を戻した。

「ダンブルドア、あなたは――アー――本件に関して、ハリーの言葉を信じるというわけですな？」

一瞬、沈黙が流れた。静寂を破って、シリウスがうなった。毛を逆立て、ファッジに向かって歯をむいてうなった。

「もちろんじゃ。わしはハリーを信じる」

ダンブルドアの目が、今やメラメラと燃えていた。

「わしはクラウチの告白を聞き、優勝杯に触れてからの出来事をハリーから聞いた。二人の話はつじつまが合う。バーサ・ジョーキンズがこの夏に消えてから起こったことのすべてが説明できる」

ファッジは相変わらず変な笑いを浮かべている。もう一度ハリーをちらりと見て、ファッジは答えた。

「あなたはヴォルデモート卿が帰ってきたことを信じるおつもりらしい。異常な殺人者と、こんな少年の、しかも……いや……」

ファッジはもう一度すばやくハリーを見た。ハリーは突然ピンときた。

「ファッジ大臣、あなたはリータ・スキーターの記事を読んでいらっしゃるのですね」

ハリーが静かに言った。

ロン、ハーマイオニー、ウィーズリーおばさん、ビルが全員飛び上がった。ハリーが起きていることに、誰も気づいていなかったからだ。
ファッジはちょっと顔を赤らめたが、すぐに、挑戦的で、意固地な表情になった。
「だとしたら、どうだというのかね？」
ダンブルドアを見ながら、ファッジが言った。
「あなたはこの子に関する事実をいくつか隠していた。そのことを私が知ったとしたらどうなるかね？　蛇語使いだって、え？　それに、城のいたるところでおかしな発作を起こすとか――」
「ハリーの傷痕が痛んだことを言いたいのじゃな？」ダンブルドアが冷静に言った。
「では、ハリーがそういう痛みを感じていたと認めるわけだな？」
すかさずファッジが言った。
「頭痛か？　悪夢か？　もしかしたら――幻覚か？」
「コーネリウス、聞くがいい」
ダンブルドアがファッジに一歩詰め寄った。クラウチの息子に「失神術」をかけた直後にハリーが感じた、あの何とも形容しがたい力が、またしてもダンブルドアから発散しているようだった。
「ハリーは正常じゃ。あなたやわしと同じように。額の傷痕は、この子の頭脳を乱してはおらぬ。

ヴォルデモート卿が近づいたとき、もしくはことさらに残忍な気持ちになったとき、この子の傷痕が痛むのだと、わしはそう信じておる」

ファッジはダンブルドアから半歩あとずさりしたが、意固地な表情は変わらなかった。

「お言葉だが、ダンブルドア、呪いの傷痕が警鐘となるなどという話は、これまでついぞ聞いたことが……」

「でも、僕はヴォルデモートが復活するのを、見たんだ！」ハリーが叫んだ。

ハリーはベッドから出ようとしたが、ウィーズリーおばさんが押し戻した。

「僕は、死喰い人を見たんだ！　名前をみんな挙げることだってできる！　ルシウス・マルフォイ――」

スネイプがピクリと動いた。しかし、ハリーがスネイプを見たときには、スネイプの目はすばやくファッジに戻っていた。

「マルフォイの潔白は証明済みだ！」

ファッジはあからさまに感情を害していた。

「由緒ある家柄だ――いろいろと立派な寄付をしている――」

「マクネア！」ハリーが続けた。

「これも潔白！　今は魔法省で働いている！」
「エイブリー――ノット――クラッブ――ゴイル――」
「君は十三年前に死喰い人の汚名をそそいだ者の名前をくり返しているだけだ！」
ファッジが怒った。
「そんな名前は、古い裁判記録で見つけたのだろう！　たわけたことを。ダンブルドア――この子は去年も学期末に、さんざんわけのわからん話をしていた――話がだんだん大げさになってくる。それなのにあなたは、まだそんな話をうのみにしている――この子は蛇と話ができるのだぞ、ダンブルドア、それなのに、まだ信用できると思うのか？」
「愚か者！」マクゴナガル先生が叫んだ。
「セドリック・ディゴリー！　クラウチ氏！　この二人の死が、狂気の無差別殺人だとでも言うのですか！」
「反証はない！」
ファッジの怒りもマクゴナガル先生に負けず劣らずで、顔を真っ赤にして叫んだ。
「どうやら諸君は、この十三年間、我々が営々として築いてきたものを、すべて覆すような大混乱を引き起こそうという所存だな！」

ハリーは耳を疑った。ファッジはハリーにとって、常に親切な人だった。少しどなり散らすところも、尊大なところもあるが、根は善人だと思っていた。しかし、今目の前に立っている小柄な怒れる魔法使いは、心地よい秩序だった自分の世界が崩壊するかもしれないという予測を、頭から拒否し、受け入れまいとしている――ヴォルデモートが復活したことを信じまいとしている。

「ヴォルデモートは帰ってきた」ダンブルドアがくり返した。

「ファッジ、あなたがその事実をすぐさま認め、必要な措置を講じれば、我々はまだこの状況を救えるかもしれぬ。最初に取るべき重要な措置は、アズカバンを吸魂鬼の支配から解き放つことじゃ――」

「とんでもない！」ファッジが再び叫んだ。

「吸魂鬼を取り除けと！　そんな提案をしようものなら、私は大臣職からけり落とされる！　魔法使いの半数が、夜安眠できるのは、吸魂鬼がアズカバンの警備に当たっていることを知っているからなのだ！」

「コーネリウス、あとの半分は、安眠できるどころではない！　あの生き物に看視されているのは、ヴォルデモート卿の最も危険な支持者たちだ。そしてあの吸魂鬼は、ヴォルデモートの一声で、たちまちヴォルデモートと手を組むであろう」ダンブルドアが言った。

「連中はいつまでもあなたに忠誠を尽くしたりはしませんぞ、ファッジ！　ヴォルデモートはやつらに、あなたが与えているよりずっと広範囲な力と楽しみを与えることができる！　吸魂鬼を味方につけ、昔の支持者がヴォルデモートの下に帰れば、ヴォルデモートが十三年前のような力を取り戻すのを阻止するのは、至難の業ですぞ！」

ファッジは、怒りを表す言葉が見つからないかのように、口をパクパクさせていた。

「第二に取るべき措置は――」ダンブルドアが迫った。

「巨人に使者を送ることじゃ。しかも早急に」

「巨人に使者？」

ファッジがかん高く叫んだ。舌が戻ってきたらしい。

「狂気の沙汰だ！」

「友好の手を差し伸べるのじゃ、今すぐ、手遅れにならぬうちに」ダンブルドアが言った。

「さもないと、ヴォルデモートが、以前にもやったように、巨人を説得するじゃろう。魔法使いの中で自分だけが、巨人に権利と自由を与えるのだと言うてな！」

「ま、まさか本気でそんなことを！」

ファッジは息をのみ、頭を振り振り、さらにダンブルドアから遠ざかった。

「私が巨人と接触したなどと、魔法界にうわさが流れたら――ダンブルドア、みんな巨人を毛嫌いしているのに――私の政治生命は終わりだ――」

「あなたは、物事が見えなくなっている」

今やダンブルドアは声を荒らげていた。手で触れられそうなほど強烈なパワーのオーラが体から発散し、その目は再びメラメラと燃えている。

「自分の役職に恋々としているからじゃ、コーネリウス！　あなたはいつでも、いわゆる純血をあまりにも大切に考えてきた。大事なのはどう生まれついたかではなく、どう育ったかなのだということを、認めることができなかった！　あなたの連れてきた吸魂鬼が、たった今、純血の家柄の中でも旧家とされる家系の、最後の生存者を破壊した――しかも、その男は、その人生でいったい何をしようとしたか！　今、ここではっきり言おう――わしの言う措置を取るのじゃ。そうすれば、大臣職にとどまろうが、去ろうが、あなたは歴代の魔法大臣の中で、最も勇敢で偉大な大臣として名を残すであろう。もし、行動しなければ――歴史はあなたを、営々と再建してきた世界をヴォルデモートが破壊するのを、ただ傍観しただけの男として記憶するじゃろう！」

「正気の沙汰ではない」

またしても退きながら、ファッジが小声で言った。

「狂っている……」

そして、沈黙が流れた。マダム・ポンフリーがハリーのベッドの足元で、口を手で覆い、凍りついたように突っ立っていた。ウィーズリーおばさんはハリーに覆いかぶさるようにして、ハリーの肩を手で押さえ、立ち上がらないようにしていた。ビル、ロン、ハーマイオニーはファッジをにらみつけていた。

「目をつぶろうという決意がそれほど固いなら、コーネリウス」ダンブルドアが言った。

「たもとを分かつ時が来た。あなたはあなたの考えどおりにするがよい。そして、わしは――わしの考えどおりに行動する」

ダンブルドアの声には威嚇の響きはみじんもなかった。淡々とした言葉だった。しかし、ファッジは、ダンブルドアが杖を持って迫ってきたかのように、毛を逆立てた。

「いいか、言っておくが、ダンブルドア」

ファッジは人差し指を立て、脅すように指を振った。

「私はいつだってあなたの好きなように、自由にやらせてきた。あなたを非常に尊敬してきた。あなたの決定に同意しないことがあっても何も言わなかった。魔法省に相談なしに、狼人間をやとったり、ハグリッドをここに置いておいたり、生徒に何を教えるかを決めたり、そうしたことをだまってやらせておく者はそう多くないぞ。しかし、あなたがその私に逆らうというのなら――」

「わしが逆らう相手は一人しかいない」

ダンブルドアが言った。

「ヴォルデモート卿だ。あなたもやつに逆らうのなら、コーネリウス、我々は同じ陣営じゃ」

ファッジはどう答えていいのか思いつかないようだった。しばらくの間、小さな足の上で、体を前後に揺すり、山高帽を両手でくるくる回していた。

ついに、ファッジが弁解がましい口調で言った。

「戻ってくるはずがない。ダンブルドア、そんなことはありえない……」

スネイプが左のそでをまくり上げながら、ずいっとダンブルドアの前に出た。そして腕を突き出し、ファッジに見せた。ファッジがひるんだ。

「見るがいい」スネイプが厳しい声で言った。

「さあ、闇の印だ。一時間ほど前には、黒く焼け焦げて、もっとはっきりしていた。しかし、今でも見えるはずだ。死喰い人はみなこの印を闇の帝王によって焼きつけられている。互いに見分ける手段でもあり、我々を召集する手段でもあった。あの人が誰か一人の死喰い人の印に触れたときは、全員が『姿くらまし』し、すぐさまあの人の下に『姿あらわし』することになっていた。この印が、今年になってからずっと、鮮明になってきていた。カルカロフのもだ。カルカロフはなぜ今夜逃げ出したと思うか？　我々は二人ともこの印が焼けるのを感じたのだ。二人ともあの人が戻ってきたことを知ったのだ。カルカロフは闇の帝王の復讐を恐れた。やつはあまりに多くの仲間の死喰い人を裏切った。仲間として歓迎されるはずがない」

ファッジはスネイプからもあとずさりした。頭を振っている。スネイプの言ったことの意味がわかっていないようだった。スネイプの腕の醜い印に嫌悪感を抱いたらしく、じっと見つめて、それからダンブルドアを見上げ、ささやくように言った。

「あなたも先生方も、いったい何をふざけているのやら、ダンブルドア、私にはさっぱり。しかし、もう聞くだけ聞いた。私も、もう何も言うことはない。この学校の経営について話があるので、ダンブルドア、明日連絡する。私は省に戻らねばならん」

ファッジはほとんどドアを出るところまで行ったが、そこで立ち止まった。向きを変え、つかつかと病室を横切り、ハリーのベッドの前まで戻って止まった。

「君の賞金だ」

ファッジは大きな金貨の袋をポケットから取り出し、そっけなくそう言うと、袋をベッド脇のテーブルにドサリと置いた。
「一千ガリオンだ。授賞式が行われる予定だったが、この状況では……」
ファッジは山高帽をぐいとかぶり、ドアをバタンと閉めて部屋から出ていった。その姿が消えるや否や、ダンブルドアがハリーのベッドの周りにいる人々のほうに向きなおった。
「やるべきことがある」ダンブルドアが言った。
「モリー……あなたとアーサーは頼りにできると考えてよいかな？」
「もちろんですわ」
ウィーズリーおばさんが言った。唇まで真っ青だったが、決然とした面持ちだった。
「ファッジがどんな魔法使いか、アーサーはよく知ってますわ。アーサーはマグルが好きだから、ここ何年も魔法省で昇進できなかったのです。ファッジは、アーサーが魔法使いとしてのプライドに欠けると考えていますわ」
「ではアーサーに伝言を送らねばならぬ」ダンブルドアが言った。
「真実が何かを納得させることができる者には、ただちに知らさなければならぬ。魔法省内部で、コーネリウスとちがって先を見通せる者たちと接触するには、アーサーは格好の位置にいる」

「僕が父のところに行きます」ビルが立ち上がった。
「すぐ出発します」
「それは上々じゃ」ダンブルドアが言った。
「アーサーに、何が起こったかを伝えてほしい。近々わしが直接連絡すると言うてくれ。ただし、アーサーは目立たぬように事を運ばねばならぬ。わしが魔法省の内政干渉をしていると、ファッジにそう思われると――」
「僕に任せてください」ビルが言った。
ビルはハリーの肩をポンとたたき、母親のほおにキスすると、マントを着て、足早に部屋を出ていった。
「ミネルバ」
ダンブルドアがマクゴナガル先生のほうを見た。
「わしの部屋で、できるだけ早くハグリッドに会いたい。それから――もし、来ていただけるようなら――マダム・マクシームも」
マクゴナガル先生はうなずいて、だまって部屋を出ていった。
「ポピー」

ダンブルドアがマダム・ポンフリーに言った。
「頼みがある。ムーディ先生の部屋に行って、そこに、ウィンキーという屋敷妖精がひどく落ち込んでいるはずじゃから、探してくれるか？　できるだけの手を尽くして、それから厨房に連れて帰ってくれ。ドビーが面倒を見てくれるはずじゃ」
「は、はい」
驚いたような顔をして、マダム・ポンフリーも出ていった。
ダンブルドアはドアが閉まっていることを確認し、マダム・ポンフリーの足音が消え去るまで待ってから、再び口を開いた。
「さて、そこでじゃ。ここにいる者の中で二名の者が、お互いに真の姿で認め合うべき時が来た。シリウス……普通の姿に戻ってくれぬか」
大きな黒い犬がダンブルドアを見上げ、一瞬で男の姿に戻った。
ウィーズリーおばさんが叫び声を上げてベッドから飛びのいた。
「シリウス・ブラック！」おばさんがシリウスを指差して金切り声を上げた。
「ママ、静かにして！」ロンが声を張り上げた。「大丈夫だから！」
スネイプは叫びもせず、飛びのきもしなかったが、怒りと恐怖の入りまじった表情だった。

「こやつ！」
スネイプに負けず劣らず嫌悪の表情を見せているシリウスを見つめながら、スネイプがうなった。
「やつがなんでここにいるのだ？」
「わしが招待したのじゃ」
ダンブルドアが二人を交互に見ながら言った。
「セブルス、君もわしの招待じゃ。わしは二人とも信頼しておる。そろそろ二人とも、昔のいざこざは水に流し、お互いに信頼し合うべき時じゃ」
ハリーには、ダンブルドアがほとんど奇跡を願っているように思えた。シリウスとスネイプは、互いにこれ以上の憎しみはないという目つきでにらみ合っている。
「妥協するとしよう」
ダンブルドアの声が少しいらいらしていた。
「あからさまな敵意をしばらく棚上げにするということでもよい。握手をするのじゃ。君たちは同じ陣営なのじゃから。時間がない。真実を知る数少ない我々が、結束して事に当たらねば、望みはないのじゃ」

ゆっくりと――しかし、互いの不幸を願っているかのようにギラギラとにらみ合い――シリウスとスネイプが歩み寄り、握手した。そして、あっという間に手を離した。

「当座はそれで充分じゃ」ダンブルドアが再び二人の間に立った。

「さて、それぞれにやってもらいたいことがある。予想していなかったわけではないが、ファッジがあのような態度を取るのであれば、すべてが変わってくる。シリウス、君にはすぐに出発してもらいたい。昔の仲間に警戒体制を取るように伝えてくれ――リーマス・ルーピン、アラベラ・フィッグ、マンダンガス・フレッチャー。しばらくはルーピンのところに潜伏していてくれ。わしからそこに連絡する」

「でも――」ハリーが言った。

シリウスにいてほしかった。こんなに早くお別れを言いたくなかった。

「またすぐ会えるよ、ハリー」シリウスがハリーを見て言った。

「約束する。しかし、私は自分にできることをしなければならない。わかるね？」

「うん」ハリーが答えた。「うん……もちろん、わかります」

シリウスはハリーの手をギュッと握り、ダンブルドアのほうにうなずくと、再び黒い犬に変身して、ひと飛びにドアにかけ寄り、前脚で取っ手を回した。そしてシリウスもいなくなった。

「セブルス」
ダンブルドアがスネイプのほうを向いた。
「君に何を頼まねばならぬのか、もうわかっておろう。もし、準備ができているなら……もし、やってくれるなら……」
「大丈夫です」
スネイプはいつもより青ざめて見えた。冷たい暗い目が、不思議な光を放っていた。
「それでは、幸運を祈る」
ダンブルドアはそう言うと、スネイプの後ろ姿を、かすかに心配そうな色を浮かべて見送った。スネイプはシリウスのあとから、無言で、サッと立ち去った。
ダンブルドアが再び口を開いたのは、それから数分がたってからだった。
「下に行かねばなるまい」ようやくダンブルドアが言った。
「ディゴリー夫妻に会わなければのう。ハリー、残っている薬を飲むのじゃ。みんな、またあとでの」
ダンブルドアがいなくなると、ハリーはまたベッドに倒れ込んだ。ハーマイオニー、ロン、ウィーズリーおばさんが、みんなハリーを見ている。長い間、誰も口をきかなかった。

「残りのお薬を飲まないといけませんよ、ハリー」
ウィーズリーおばさんがやっと口を開いた。おばさんが、薬瓶とゴブレットに手を伸ばしたとき、ベッド脇のテーブルに置いてあった金貨の袋に手が触れた。
「ゆっくりお休み。しばらくは何かほかのことを考えるのよ……賞金で何を買うかを考えなさいな！」
「金貨なんかいらない」抑揚のない声でハリーが言った。
「あげます。誰でも欲しい人にあげる。僕がもらっちゃいけなかったんだ。セドリックのものだったんだ」
迷路を出てからずっと、必死に抑えつけてきたものが、どっとあふれそうだった。鼻の奥がツンとして、目頭が熱くなった。ハリーは目を瞬いて、天井を見つめた。
「あなたのせいじゃないわ、ハリー」ウィーズリーおばさんがささやいた。
「僕と一緒に優勝杯を握ろうって、僕が言ったんだ」ハリーが言った。
熱い想いがのどを詰まらせた。ハリーは、ロンが目をそらしてくれればいいのにと思った。
ウィーズリーおばさんは、薬をテーブルに置いてかがみ込み、両腕でハリーを包み込んだ。ハリーはこんなふうに、抱きしめられた記憶がなかった。母さんみたいだ。ウィーズリーおばさんの胸に抱かれていると、今晩見たすべてのものの重みが、どっとのしかかってくるようだった。母さんの顔、父さんの声、地上に冷たくなって横たわるセドリックの姿。すべてが頭の中でくるくると回りはじめ、ハリーはもうがまんできなかった。胸を突き破って飛び出しそうな哀しい叫びをもらすまいと、ハリーは顔をくしゃくしゃにしてがんばった。

パーンと大きな音がした。ウィーズリーおばさんとハリーがパッと離れた。ハーマイオニーが窓辺に立っていた。何かをしっかり握りしめている。

「ごめんなさい」

ハーマイオニーが小さな声で言った。

「お薬ですよ、ハリー」

ウィーズリーおばさんは、急いで手のこうで涙をぬぐいながら言った。

ハリーは一気に飲みほした。たちまち効き目が現れた。夢を見ない深い眠りが、抵抗しがたい波のように押し寄せた。ハリーは枕に倒れ込み、もう何も考えなかった。

第37章　始まり

一か月たってから振り返ってみても、あれから数日のことは、ハリーには切れ切れにしか思い出せなかった。これ以上はとても受け入れるのが無理だというくらい、あまりにいろいろなことが起こった。断片的な記憶も、みな痛々しいものだった。一番つらかったのは、たぶん、次の朝にディゴリー夫妻に会ったことだろう。

二人とも、あの出来事に対して、ハリーを責めなかった。それどころか、セドリックの遺体を二人の元に返してくれたことを感謝した。ハリーに会っている間、ディゴリー氏はほとんどずっとすすり泣きしていたし、夫人は、涙もかれはてるほどの嘆き悲しみようだった。

「それでは、あの子はほとんど苦しまなかったのですね」

ハリーがセドリックの死んだときの様子を話すと、夫人がそう言った。

「ねえ、あなた……結局あの子は、試合に勝ったその時に死んだのですもの。きっと幸せだったにちがいありませんわ」

二人が立ち上がったとき、夫人はハリーを見下ろして言った。
「どうぞ、お大事にね」
ハリーはベッド脇のテーブルにあった金貨の袋をつかんだ。
「どうぞ、受け取ってください」ハリーが夫人に向かってつぶやいた。
「これはセドリックのものになるはずでした。セドリックが一番先に着いたんです。受け取ってください――」
しかし、夫人はあとずさりして言った。
「まあ。いいえ、それはあなたのものですよ。私はとても受け取れません……あなたがお取りなさい」

翌日の夜、ハリーはグリフィンドール塔に戻った。ハーマイオニーやロンの話によれば、ダンブルドアが、その日の朝、朝食の席で学校のみんなに話をしたそうだ。ハリーをそっとしておくよう、迷路で何が起こったかと質問したり、話をせがんだりしないようにとさとしただけだったという。大多数の生徒が、ハリーに廊下で出会うと、目を合わせないようにしてさけて通るのに、ハリーは気づいた。ハリーが通ったあとで、手で口を覆いながらヒソヒソと話をする者もいた。

リータ・スキーターが書いた記事で、ハリーが錯乱していて、危険性があるということを信じている生徒が多いのだろうと、ハリーは想像した。たぶん、みんな、セドリックがどんなふうに死んだのか、自分勝手な説を作り上げているのだろう。しかし、ハリーはあまり気にならなかった。ロンやハーマイオニーと一緒にいるのが一番好きだった。三人でたわいのないことをしゃべったり、二人がチェスをするのを、ハリーがだまってそばで見ていたり、そんな時間が好きだった。三人とも、言葉に出さなくても一つの了解に達していると感じていた。つまり、三人とも、ホグワーツの外で起こっていることの何らかの印、何らかの便りを待っているということ——そして、何かたしかなことがわかるまでは、あれこれ詮索しても仕方がないということだ。一度だけ三人がこの話題に触れたのは、ウィーズリーおばさんが家に帰る前に、ダンブルドアと会ったことを、ロンが話したときだった。

「ママは、ダンブルドアに聞きにいったんだ。君が夏休みに、まっすぐ僕んちに来ていいかって」

ロンが言った。

「だけど、ダンブルドアは、少なくとも最初だけは君がダーズリーの所に帰ってほしいんだって」

「どうして？」ハリーが聞いた。

「ママは、ダンブルドアにはダンブルドアなりの考えがあるって言うんだ」
ロンはやれやれと頭を振った。
「ダンブルドアを信じるしかないんじゃないか？」
ハリーが、ロンとハーマイオニー以外に話ができると思えたのは、ハグリッドだけだった。
「闇の魔術に対する防衛術」の先生はもういないので、その授業は自由時間だった。木曜日の午後、その時間を利用して、三人はハグリッドの小屋を訪ねた。明るい、よく晴れた日だった。三人が小屋の近くまで来ると、ファングがほえながら、しっぽをちぎれんばかりに振って、開け放したドアから飛び出してきた。
「誰だ？」ハグリッドが戸口に姿を見せた。
「ハリー！」
ハグリッドは大股で外に出てきて、ハリーを片腕で抱きしめ、髪をくしゃくしゃっとなでた。
「よう来たな、おい。よう来た」
三人が中に入ると、暖炉前の木のテーブルに、バケツほどのカップと、受け皿が二組置いてあった。
「オリンペとお茶を飲んどったんじゃ」

ハグリッドが言った。
「たった今帰ったところだ」
「誰と？」ロンが興味津々で聞いた。
「マダム・マクシームに決まっとろうが！」ハグリッドが言った。
「お二人さん、仲なおりしたんだね？」ロンが言った。
「何のこった？」
ハグリッドが食器棚からみんなのカップを取り出しながら、すっとぼけた。お茶をいれ、生焼けのビスケットをひとわたり勧めると、ハグリッドは椅子の背に寄りかかり、コガネムシのような真っ黒な目で、ハリーをじっと観察した。
「大丈夫か？」ハグリッドがぶっきらぼうに聞いた。
「うん」ハリーが答えた。
「いや、大丈夫なはずはねえ」ハグリッドが言った。
「そりゃ当然だ。しかし、じきに大丈夫になる」
ハリーは何も言わなかった。
「やつが戻ってくると、わかっとった」

ハグリッドが言った。ハリー、ロン、ハーマイオニーは、驚いてハグリッドを見上げた。
「何年も前からわかっとったんだ、ハリー。あいつはどこかにいた。時を待っとった。いずれこうなるはずだった。そんで、今、こうなったんだ。俺たちゃ、それを受け止めるしかねえ。戦うんだ。あいつが大きな力を持つ前に食い止められるかもしれん。とにかく、それがダンブルドアの計画だ。偉大なお人だ、ダンブルドアは。俺たちにダンブルドアがいるかぎり、俺はあんまり心配してねえ」
三人が信じられないという顔をしているので、ハグリッドはぼさぼさ眉をピクピク上げた。
「くよくよ心配しても始まらん」ハグリッドが言った。
「来るもんは来る。来たときに受けて立ちゃええ。ダンブルドアが、おまえさんのやったことを話してくれたぞ、ハリー」
ハリーを見ながら、ハグリッドの胸が誇らしげにふくらんだ。
「おまえさんは、おまえの父さんと同じぐらいたいしたことをやってのけた。これ以上のほめ言葉は、俺にはねえ」
ハリーはハグリッドにニッコリほほ笑み返した。ここ何日かで初めての笑顔だった。
「ダンブルドアは、ハグリッドに何を頼んだの？」ハリーが聞いた。

「ダンブルドアはマクゴナガル先生に、ハグリッドとマダム・マクシームに会いたいと伝えるようにって……あの晩」
「この夏にやる仕事をちょっくら頼まれた」ハグリッドが答えた。
「だけんど、秘密だ。しゃべっちゃなんねえ。おまえさんたちにでもだめだ。オリンペも――おまえさんたちにはマダム・マクシームだな――俺と一緒に来るかもしれん。来ると思う。俺が説得できたと思う」
「ヴォルデモートと関係があるの？」
ハグリッドはその名前の響きにたじろいだ。
「かもな」はぐらかした。
「さて……俺と一緒に、最後の一匹になったスクリュートを見にいきたいもんはおるか？　いや、冗談――冗談だ！」
みんなの顔を見て、ハグリッドがあわててつけ加えた。
プリベット通りに帰る前夜、ハリーは寮でトランクを詰めながら、気が重かった。お別れの宴が怖かった。例年なら、学期末のパーティは、寮対抗の優勝が発表される祝いの宴だった。ハリーは病室を出て以来、大広間がいっぱいのときはさけていた。ほかの生徒にじろじろ見られるのがいやで、ほとんど人がいなくなってから食事をするようにしていた。

ハリー、ロン、ハーマイオニーが大広間に入ると、すぐに、いつもの飾りつけがないことに気づいた。お別れの宴のときは、いつも、優勝した寮の色で大広間を飾りつける。しかし、今夜は、教職員テーブルの後ろの壁に黒の垂れ幕がかかっている。ハリーはすぐに、それがセドリックの喪に服している印だと気づいた。

本物のマッドーアイ・ムーディが教職員テーブルに着いていた。木製の義足も、「魔法の目」も元に戻っている。ムーディは神経過敏になっていて、誰かが話しかけるたびに飛び上がっていた。無理もない、とハリーは思った。もともと襲撃に対する恐怖心があったものが、自分自身のトランクに十か月も閉じ込められて、ますますひどくなったにちがいない。カルカロフ校長の席はからっぽだった。カルカロフはいったい今、どこにいるのだろう、ヴォルデモートが捕まえたのだろうか。グリフィンドール生と一緒にテーブルに着きながら、ハリーはそんなことを考えていた。

マダム・マクシームはまだ残っていた。ハグリッドの隣に座っている。二人で静かに話していた。その二人から少し離れて、マクゴナガル先生の隣にスネイプがいた。ハリーがスネイプを見ると、スネイプの目が一瞬ハリーを見た。表情を読むのは難しかった。いつもと変わらず辛辣で不機嫌な表情に見えた。スネイプが目をそらしたあとも、ハリーはしばらくスネイプを見つめていた。

ヴォルデモートの復活の夜、ダンブルドアの命を受けてスネイプは何をしたのだろう？

それに、どうして……どうして……ダンブルドアはスネイプが味方だと信じているのだろう？スネイプは味方のスパイだったと、ダンブルドアが「憂いの篩」の中で言っていた。スネイプは「大きな身の危険をおかして」スパイになり、ヴォルデモートに対抗した。またしてもその任務に就くのだろうか？　もしかして、死喰い人たちと接触したのだろうか？　本心からダンブルドアに寝返ったわけではない、ヴォルデモート自身と同じように、時の来るのを待っていたのだというふりをして？

ダンブルドア校長が教職員テーブルで立ち上がり、ハリーは物思いから覚めた。大広間は、いずれにしても、いつものお別れの宴よりずっと静かだったのだが、水を打ったように静かになった。

「今年も」

ダンブルドアがみんなを見回した。

「終わりがやってきた」
一息置いて、ダンブルドアの目がハッフルパフのテーブルで止まった。ダンブルドアが立ち上がるまで、このテーブルが最も打ち沈んでいたし、大広間のどのテーブルより哀しげな青い顔が並んでいた。
「今夜はみなにいろいろと話したいことがある」ダンブルドアが言った。
「しかし、まずはじめに、一人の立派な生徒を失ったことを悼もう。本来ならここに座って――ダンブルドアはハッフルパフのテーブルのほうを向いた――「みなと一緒にこの宴を楽しんでいるはずじゃった。さあ、みんな起立して、杯を挙げよう。セドリック・ディゴリーのために」
全員がその言葉に従った。椅子が床をする音がして、大広間の全員が起立した。全員がゴブレットを挙げ、沈んだ声が集まり、一つの大きな低い響きとなった。
「セドリック・ディゴリー」
ハリーは大勢の中から、チョウの顔をのぞき見た。涙が静かにチョウのほおを伝っていた。みんなと一緒に着席しながら、ハリーはうなだれてテーブルを見ていた。
「セドリックはハッフルパフ寮の特性の多くを備えた、模範的な生徒じゃった」

ダンブルドアが話を続けた。
「忠実なよき友であり、勤勉であり、フェアプレーを尊んだ。セドリックをよく知る者にも、そうでない者にも、セドリックの死はみなそれぞれに影響を与えた。それ故、わしは、その死がどのようにしてもたらされたものかを、みなが正確に知る権利があると思う」
ハリーは顔を上げ、ダンブルドアを見つめた。
「セドリック・ディゴリーはヴォルデモート卿に殺された」
大広間に、恐怖にかられたざわめきが走った。みんないっせいに、まさかという面持ちで、恐ろしそうにダンブルドアを見つめていた。みんながひとしきりざわめき、また静かになるまで、ダンブルドアは平静そのものだった。
「魔法省は」
ダンブルドアが続けた。
「わしがこのことをみなに話すことを望んでおらぬ。みなのご両親の中には、わしが話したということで驚愕なさる方もおられるじゃろう——その理由は、ヴォルデモート卿の復活を信じられぬから、または、みなのようにまだ年端もゆかぬ者に話すべきではないと考えるからじゃ。しかし、わしは、たいていの場合、真実はうそに勝ると信じておる。さらに、セドリックが事故や、自らの失敗で死んだと取りつくろうことは、セドリックの名誉を汚すものだと信ずる」

驚き、恐れながら、今や大広間の顔という顔がダンブルドアを見ていた……ほとんど全員の顔が。スリザリンのテーブルでは、ドラコ・マルフォイがクラッブとゴイルに何事かコソコソ言っているのを、ハリーは目にした。むかむかする熱い怒りがハリーの胃にあふれた。ハリーは無理やりダンブルドアのほうに視線を戻した。

「セドリックの死に関連して、もう一人の名前を挙げねばなるまい」

ダンブルドアの話は続いた。

「もちろん、ハリー・ポッターのことじゃ」

大広間にさざなみのようなざわめきが広がった。何人かがハリーのほうを見て、また急いでダンブルドアに視線を戻した。

「ハリー・ポッターは、からくもヴォルデモート卿の手を逃れた」ダンブルドアが言った。

「自分の命を賭して、ハリー・ポッターは、セドリックのなきがらをホグワーツに連れ帰ったのじゃ。ヴォルデモート卿に対峙した魔法使いの中で、あらゆる意味でこれほどの勇気を示した者は、そう多くはない。そういう勇気を、ハリー・ポッターは見せてくれた。それが故に、わしはハリー・ポッターをたたえたい」

ダンブルドアは厳かにハリーのほうを向き、もう一度ゴブレットを挙げた。大広間のほとんどすべての者がダンブルドアに続いた。セドリックのときと同じく、みんながハリーの名を唱和し、杯を挙げた。しかし、起立した生徒たちの間から、ハリーはマルフォイ、クラッブ、ゴイル、それにスリザリンのほかの多くの生徒が、かたくなに席に着いたまま、ゴブレットに手も触れずにいるのを見た。ダンブルドアでも、「魔法の目」を持たない以上、それは見えなかった。

みんなが再び席に着くと、ダンブルドアは話を続けた。

「三大魔法学校対抗試合の目的は、魔法界の相互理解を深め、進めることじゃ。このたびの出来事――ヴォルデモート卿の復活じゃが――それに照らせば、そのような絆は以前にも増して重要になる」

ダンブルドアは、マダム・マクシームからハグリッドへ、フラー・デラクールからボーバトンの生徒たちへ、スリザリンのテーブルのビクトール・クラムからダームストラング生へと、視線を移していった。ダンブルドアが厳しいことを言うのではないかと恐れているかのように、クラムが目をそらしているのをハリーは見た。

「この大広間にいるすべての客人は」

ダンブルドアは視線をダームストラングの生徒たちにとどめながら言った。

「好きなときにいつでもまた、おいでくだされ。みなにもう一度言おう――ヴォルデモート卿の復活に鑑みて、我々は結束すれば強く、バラバラでは弱い」

「ヴォルデモート卿は、不和と敵対感情を蔓延させる能力にたけておる。それと戦うには、同じぐらい強い友情と信頼の絆を示すしかない。目的を同じくし、心を開くならば、習慣や言葉のちがいはまったく問題にはならぬ」

「わしの考えでは――まちがいであってくれればと、これほど強く願ったことはないのじゃが――我々は暗く困難な時を迎えようとしている。この大広間にいる者の中にも、すでに直接ヴォルデモート卿の手にかかって苦しんだ者もおる。みなの中にも、家族を引き裂かれた者も多くいる。一週間前、一人の生徒が我々のただ中から奪い去られた」

「セドリックを忘れるでないぞ。正しきことと、易きことのどちらかの選択を迫られたとき、思い出すのじゃ。一人の善良な、親切で勇敢な少年の身に何が起こったかを。たまたまヴォルデモート卿の通り道に迷い出たばかりに。セドリック・ディゴリーを忘れるでないぞ」

ハリーはトランクを詰め終わった。ヘドウィグはかごに収まり、トランクの上だ。ハリー、ロン、ハーマイオニーは、混み合った玄関ホールでほかの四年生と一緒に馬車を待った。馬車はホグズミード駅までみんなを運んでくれる。今日もまた、美しい夏の一日だった。夕方プリベット通りに着くころは、暑くて、緑が濃く、花壇は色とりどりの花が咲き乱れているだろうと、ハリーは思った。そう思っても、何の喜びも湧いてこなかった。

「アリー！」

ハリーはあたりを見回した。フラー・デラクールが急ぎ足で石段を上ってくるところだった。その後ろの、校庭のずっとむこうで、ハリーは、ハグリッドがマダム・マクシームを手伝って巨大な馬たちの中の二頭に馬具をつけているのを見た。ボーバトンの馬車が、まもなく出発するところだった。

「まーた、会いましょーね」

フラーが近づいて、ハリーに片手を差し出しながら言った。

「わたーし、英語が上手になりたーいので、ここであたらけるようにのぞんでいます」

「もう充分に上手だよ」

ロンがのどをしめつけられたような声を出した。フラーがロンにほほ笑んだ。ハーマイオニーが顔をしかめた。

「さようなら、アリー」フラーは帰りかけながら言った。

「あなたに会えて、おんとによかった！」
ハリーは少し気分が明るくなって、フラーを見送った。フラーは太陽に輝くシルバーブロンドの髪を波打たせ、急いで芝生を横切り、マダム・マクシームのところへ戻っていった。
「ダームストラングの生徒はどうやって帰るんだろ？」ロンが言った。
「カルカロフがいなくても、あの船の舵取りができると思うか？」
「カルカロフヴぁ、舵を取っていなかった」ぶっきらぼうな声がした。
「あの人ヴぁ、自分がキャビンにいて、ヴぉくたちに仕事をさせた」
クラムはハーマイオニーに別れを言いに来たのだ。
「ちょっと、いいかな？」クラムが頼んだ。
「え……ええ……いいわよ」
ハーマイオニーは少しうろたえた様子で、クラムについて人混みの中に姿を消した。
「急げよ！」ロンが大声でその後ろ姿に呼びかけた。「もうすぐ馬車が来るぞ！」
そのくせ、ロンはハリーに馬車が来るかどうかを見張らせて、自分はそれから数分間、クラムとハーマイオニーがいったい何をしているのかと、人群れの上に首を伸ばしていた。
二人はすぐに戻ってきた。ロンはハーマイオニーをじろじろ見たが、ハーマイオニーは平然としていた。
「ヴぉく、ディゴリーが好きだった」突然クラムがハリーに言った。
「ヴぉくに対して、いつも礼儀正しかった。いつも。ヴぉくがダームストラングから来ているのに――カルカロフと一緒に」
クラムは顔をしかめた。
「新しい校長はまだ決まってないの？」ハリーが聞いた。
クラムは肩をすぼめて、知らないというしぐさをした。クラムもフラーと同じように手を差し出して、ハリーと握手し、それからロンと握手した。
ロンは何やら内心の葛藤に苦しんでいるような顔をした。クラムがもう歩きだしたとき、ロンが突然叫んだ。
「サイン、もらえないかな？」
ハーマイオニーが横を向き、ちょうど馬車道を近づいてきた馬なしの馬車のほうを見てほほ笑んだ。クラムは驚いたような顔をしたが、うれしそうに羊皮紙の切れ端にサインした。
キングズ・クロス駅に向かう戻り旅の今日の天気は、一年前の九月にホグワーツに来たときと天と地ほどにちがっていた。空には雲一つない。ハリー、ロン、ハーマイオニーは、何とか三人だけで一つのコンパートメントを独占できた。ホーホーと鳴き続けるピッグウィジョンをだまらせるために、またしてもロンのドレスローブがかごを覆っていた。ヘドウィグは頭を羽にうずめてうとうとしていた。クルックシャンクスは空いている席に丸まって、オレンジ色の大きなふわふわのクッションのようだ。

列車が南に向かって速度を上げだすと、ハリー、ロン、ハーマイオニーは、ここ一週間なかったほど自由に、たくさんの話をした。ダンブルドアのお別れの宴での話が、なぜかハリーの胸に詰まっていたものを取り除いてくれたような気がした。今は、あの時の出来事を話すのがそれほど苦痛ではなかった。三人は、ダンブルドアがヴォルデモートを阻止するのに、今この時にもどんな措置を取っているだろうかと、ランチのカートが回ってくるまで話し続けた。

ハーマイオニーがカートから戻り、お釣りをかばんにしまうとき、そこに挟んであった『日刊予言者新聞』が落ちた。

読みたいような読みたくないような気分で、ハリーは新聞に目をやった。それに気づいたハーマイオニーが、落ち着いて言った。

「何にも書いてないわ。自分で見てごらんなさい。でもほんとに何にもないわ。私、毎日チェックしてたの。第三の課題が終わった次の日に、小さな記事で、あなたが優勝したって書いてあっただけ。セドリックのことさえ書いてない。あのことについては、なあんにもないわ、私の見るところじゃ。ファッジがだまらせてるのよ」

「ファッジはリータをだまらせられないよ」ハリーが言った。「こういう話だもの、無理だ」

「あら、リータは第三の課題以来、何にも書いてないわ」

ハーマイオニーが変に抑えた声で言った。

「実はね」

ハーマイオニーの声が、今度は少し震えていた。

「リータ・スキーターはしばらくの間、何も書かないわ。私に自分の秘密をばらされたくないならね」

「どういうことだい？」ロンが聞いた。

「学校の敷地に入っちゃいけないはずなのに、あの女がどうやって個人的な会話を盗み聞きしたのか、私、突き止めたの」ハーマイオニーが一気に言った。

ハーマイオニーは、ここ数日、これが言いたくてうずうずしていたのだろう。しかしほかの出来事の重大さから判断して、ずっとがまんしてきたのだろう、とハリーは思った。

「どうやって聞いてたの？」ハリーがすぐさま聞いた。
「君、どうやって突き止めたんだ？」ロンがハーマイオニーをまじまじと見た。
「そうね、実は、ハリー、あなたがヒントをくれたのよ」ハーマイオニーが言った。
「僕が？」ハリーは面食らった。「どうやって？」
「盗聴器、つまり虫よ」ハーマイオニーがうれしそうに言った。
「だけど、君、それはできないって言ったじゃない――」
「ああ、機械の虫じゃないのよ。そうじゃなくて、あのね……リータ・スキーターは」ハーマイオニーは、静かな勝利の喜びに声を震わせていた――「無登録の『動物もどき』なの。あの女は変身して――」
ハーマイオニーはかばんから密封した小さなガラスの広口瓶を取り出した。
「――コガネムシになるの」
「うそだろう」ロンが言った。「まさか君……あの女がまさか……」
「いいえ、そうなのよ」
ハーマイオニーが、ガラス瓶を二人の前で見せびらかしながら、うれしそうに言った。
中には小枝や木の葉と一緒に、大きな太ったコガネムシが一匹入っていた。

「まさかこいつが――君、冗談だろ――」
ロンが小声でそう言いながら、瓶を目の高さに持ち上げた。
「いいえ、本気よ」ハーマイオニーがニッコリした。
「病室の窓枠の所で捕まえたの。よく見て。触角の周りの模様が、あの女がかけていたいやらしいめがねにそっくりだから」
ハリーがのぞくと、たしかにハーマイオニーの言うとおりだった。それに、思い出したことがあった。
「ハグリッドがマダム・マクシームに自分のお母さんのことを話すのを、僕たちが聞いちゃったあの夜、石像にコガネムシが止まってたっけ！」
「そうなのよ」ハーマイオニーが言った。
「それに、ビクトールが湖のそばで私と話したあとで、私の髪からコガネムシを取り除いてくれたわ。それに、私の考えがまちがってなければ、あなたの傷痕が痛んだ日、『占い学』の教室の窓枠にリータが止まっていたはずよ。この女、この一年、ずっとネタ探しにブンブン飛び回っていたんだわ」
「僕たちが木の下にいるマルフォイを見かけたとき……」ロンが考えながら言った。

「マルフォイは手の中のリータに話していたのよ」ハーマイオニーが言った。
「マルフォイはもちろん、知ってたんだわ。だからリータはスリザリンの連中からあんなにいろいろおあつらえ向きのインタビューが取れたのよ。スリザリンは、私たちやハグリッドのとんでもない話をリータに吹き込めるなら、あの女が違法なことをしようがどうしようが、気にしないんだわ」
ハーマイオニーはロンから広口瓶を取り戻し、コガネムシに向かってニッコリした。コガネムシは怒ったように、ブンブン言いながらガラスにぶつかった。
「私、ロンドンに着いたら出してあげるって、リータに言ったの」ハーマイオニーが言った。
「ガラス瓶に『割れない呪文』をかけたの。ね、だから、リータは変身できないの。それから、私、これから一年間、ペンは持たないようにって言ったの。他人のことでうそ八百を書くくせが治るかどうか見るのよ」
落ち着きはらってほほ笑みながら、ハーマイオニーはコガネムシをかばんに戻した。
コンパートメントのドアがすうっと開いた。
「なかなかやるじゃないか、グレンジャー」ドラコ・マルフォイだった。
クラッブとゴイルがその後ろに立っている。三人とも、これまで以上に自信たっぷりで、傲慢で、威嚇的だった。

「それじゃ」

マルフォイはおもむろにそう言いながら、コンパートメントに少し入り込み、唇の端に薄笑いを浮かべて、中を見回した。

「哀れな新聞記者を捕らえたってわけだ。そしてポッターはまたしてもダンブルドアのお気に入りか。けっこうなことだ」

マルフォイのニヤニヤ笑いがますます広がった。クラッブとゴイルは横目で見ている。

「考えないようにすればいいってわけかい？」

マルフォイが三人を見回して、低い声で言った。

「何にも起こらなかった。そういうふりをするわけかい？」

「出ていけ」ハリーが言った。

ダンブルドアがセドリックの話をしている最中に、マルフォイがクラッブとゴイルにヒソヒソと話していたのを見て以来、ハリーは初めてマルフォイとこんなに近くで顔を合わせた。ハリーはじんじん耳鳴りがするような気がした。ローブの下で、ハリーは杖を握りしめた。

「君は負け組を選んだんだ、ポッター！　言ったはずだぞ！　友達は慎重に選んだほうがいいと、僕が言ったはずだ。覚えてるか？　ホグワーツに来る最初の日に、列車の中で出会ったときのことを？　まちがったのとはつき合わないことだって、そう言ったはずだ！」

マルフォイがロンとハーマイオニーのほうをあごでしゃくった。

「もう手遅れだ、ポッター！　闇の帝王が戻ってきたからには、そいつらは最初にやられる！　穢れた血やマグル好きが最初だ！　いや――二番目か――ディゴリーが最――」

誰かがコンパートメントで花火を一箱爆発させたような音がした。四方八方から発射された呪文の、目のくらむような光、バンバンと連続して耳をつんざく音。ハリーは目をパチパチさせながら床を見た。

ドアのところに、マルフォイ、クラッブ、ゴイルが三人とも気を失って転がっていた。

ハリー、ロン、ハーマイオニーの三人とも立ち上がって、別々の呪いをかけていた。しかもやったのは三人だけではなかった。

「こいつら三人が何をやってるのか、見てやろうと思ったんだよ」

フレッドがゴイルを踏みつけてコンパートメントに入りながら、ごくあたりまえの顔で言った。杖を手にしていた。ジョージもそうだった。フレッドに続いてコンパートメントに入るとき、絶対にマルフォイを踏んづけるように気をつけた。

「おもしろい効果が出たなあ」
クラッブを見下ろして、ジョージが言った。
「誰だい、『できもの』の呪いをかけたのは？」
「僕」ハリーが言った。
「変だな」
ジョージが気楽な調子で言った。
「俺は『くらげ足』を使ったんだがなあ。どうもこの二つは一緒に使ってはいけないらしい。こいつ、顔中にくらげの足が生えてるぜ。おい、こいつらここに置いとかないほうがいいぞ。装飾には向かないからな」
ロン、ハリー、ジョージが気絶しているマルフォイ、クラッブ、ゴイルを――呪いがごた混ぜにかかって、一人一人が相当ひどいありさまになっていたが――けとばしたり、転がしたり、押したりして廊下に運び出し、それからコンパートメントに戻ってドアを閉めた。
「爆発スナップして遊ばないか？」フレッドがカードを取り出した。
五回目のゲームの途中で、ハリーは思いきって聞いてみた。
「ねえ、教えてくれないか？」ハリーがジョージに言った。

「誰を脅迫していたの？」
「あぁ」ジョージが暗い顔をした。「あのこと」
「何でもないさ」フレッドがいらいらと頭を振った。
「たいしたことじゃない。少なくとも今はね」
「俺たちあきらめたのさ」ジョージが肩をすくめた。
しかし、ハリー、ロン、ハーマイオニーはしつこく聞いた。ついにフレッドが言った。
「わかった、わかった。そんなに知りたいのなら……ルード・バグマンさ」
「バグマン？」
ハリーが鋭く聞いた。
「ルードが関係してたっていうこと？」
「いーや」
ジョージが暗い声を出した。
「そんな深刻なことじゃない。あのマヌケ。あいつにそんなことにかかわる脳みそはないよ」
「それじゃ、どういうこと？」ロンが聞いた。
フレッドはためらったが、ついに言った。

「俺たちがあいつと賭けをしたこと、覚えてるか？　クィディッチ・ワールドカップで？　アイルランドが勝つけど、クラムがスニッチを捕るって？」
「うん」ハリーとロンが思い出しながら返事した。
「それが、あのろくでなし、アイルランドのマスコットのレプラコーンが降らせた金貨で俺たちに支払ったんだ」
「それで？」
「それで」
フレッドがいらいらと言った。
「消えたよ、そうだろ？　次の朝にはパーさ！」
「だけど――まちがいってこともあるんじゃない？」ハーマイオニーが言った。
ジョージが苦々しく笑った。
「ああ、俺たちも最初はそう思った。あいつに手紙を書いて、まちがってましたよって言えば、しぶしぶ払ってくれると思ったさ。ところが、全然だめ。手紙は無視された。ホグワーツでも何度も話をつけようとしたけど、そのたびに口実を作って俺たちから逃げたんだ」
「とうとう、あいつ、相当汚い手に出た」フレッドが言った。

「俺たちは賭け事をするには若過ぎる、だから何にも払う気がないって言うのさ」
「だから俺たちは、元金を返してくれって頼んだんだ」ジョージが苦い顔をした。
「まさか断らないわよね！」ハーマイオニーが息をのんだ。
「そのまさかだ」フレッドが言った。
「だって、あれは全財産だったじゃないか！」ロンが言った。
「言ってくれるじゃないか」ジョージが言った。
「もちろん、俺たちも最後にゃ、わけがわかったさ。リー・ジョーダンの父さんもバグマンから取り立てるのにちょっとトラブったことがあるらしい。バグマンは小鬼たちと大きな問題を起こしてたってことがわかったんだ。大金を借りてた。小鬼の一団がワールドカップのあとでバグマンを森で追い詰めて、持ってた金貨を全部ごっそり取り上げた。それでも借金の穴埋めには足りなかったんだ。小鬼たちがホグワーツまではるばる追ってきて、バグマンを監視してた。バグマンはギャンブルで、すっからかんになってた。財布を逆さに振っても何にも出ない。それであのバカ、どうやって小鬼に返済しようとしたか、わかるか？」
「どうやったの？」ハリーが聞いた。
「君を賭けにしたのさ」フレッドが言った。

「君が試合に優勝するほうに、大金を賭けたんだ。小鬼を相手にね」
「そうか。それでバグマンは僕が勝つように助けようとしてたんだ！」ハリーが言った。
「でも――僕、勝ったよね？　それじゃ、バグマンは君たちに金貨を支払ったんだよね！」
「どういたしまして」ジョージが首を振った。
「小鬼もさる者。あいつらは、君とディゴリーが引き分けに終わったって言い張ったんだ。バグマンは君の単独優勝に賭けた。だから、バグマンは、逃げ出すしかない。第三の課題が終わった直後に、トンズラしたよ」
ジョージは深いため息をついて、またカードを配りはじめた。
残りの旅は楽しかった。事実、ハリーはこのままで夏が過ぎればいい、キングズ・クロスに着かないでほしいと思った……しかし、ハリーが今年苦しい経験から学んだように、何かいやなことが待ち受けているときには、時間はけっしてゆっくり過ぎてはくれない。あっという間に、ホグワーツ特急は九と四分の三番線に入線していた。生徒が列車を下りるときの、いつもの混雑と騒音が廊下にあふれた。ロンとハーマイオニーは、トランクを抱えてマルフォイ、クラッブ、ゴイルをまたぐのに苦労していた。しかし、ハリーはじっとしていた。
「フレッド――ジョージ――ちょっと待って」

双子が振り返った。ハリーはトランクを開けて、対抗試合の賞金を取り出した。
「受け取って」ハリーはジョージの手に袋を押しつけた。
「何だって？」フレッドがびっくり仰天した。
「受け取ってよ」ハリーがきっぱりとくり返した。
「僕、いらないんだ」
「狂ったか」ジョージが袋をハリーに押し返そうとした。
「ううん、狂ってない」ハリーが言った。
「君たちが受け取って、発明を続けてよ。これ、いたずら専門店のためさ」
「やっぱり狂ってるぜ」フレッドがほとんど恐れをなしたように言った。
「いいかい」ハリーが断固として言った。
「君たちが受け取ってくれないなら、僕、これをどぶに捨てちゃう。僕、欲しくないし、いらないんだ。でも、僕、少し笑わせてほしい。僕たち全員、笑いが必要なんだ。僕の感じでは、まもなく、僕たち、これまでよりもっと笑いが必要になる」
「ハリー」
ジョージが両手で袋の重みを計りながら、小さい声で言った。

「これ、一千ガリオンもあるはずだ」
「そうさ」ハリーがニヤリと笑った。
「カナリア・クリームがいくつ作れるかな」
双子が目を見張ってハリーを見た。
「ただ、おばさんにはどこから手に入れたか、内緒にして……。もっとも、考えてみれば、おばさんはもう、君たちを魔法省に入れることには、そんなに興味がないはずだけど……」
「ハリー」フレッドが何か言おうとした。しかし、ハリーは杖を取り出した。
「さあ」ハリーがきっぱりと言った。
「受け取れ、さもないと呪いをかけるぞ。今ならすごい呪いを知ってるんだから。ただ、一つだけお願いがあるんだけど、いいかな？　ロンに新しいドレスローブを買ってあげて。君たちからだと言って」
二人が二の句が継げないでいるうちに、ハリーはマルフォイ、クラッブ、ゴイルをまたぎ、コンパートメントの外に出た。三人とも全身呪いの痕だらけで、まだ廊下に転がっていた。
柵のむこうでバーノンおじさんが待っていた。ウィーズリーおばさんがそのすぐそばにいた。おばさんはハリーを見るとしっかり抱きしめ、耳元でささやいた。

「夏休みの後半は、あなたが家に来ることを、ダンブルドアが許してくださると思うわ。連絡をちょうだいね、ハリー」

「じゃあな、ハリー」ロンがハリーの背中をたたいた。

「さよなら、ハリー！」

ハーマイオニーは、これまで一度もしたことのないことをした。ハリーのほおにキスしたのだ。

「ハリー――ありがと」

ジョージがもごもご言う隣で、フレッドが猛烈にうなずいていた。

ハリーは二人にウインクして、バーノンおじさんのほうに向かい、だまっておじさんのあとについて駅を出た。今心配してもしかたがない。ダーズリー家の車の後部座席に乗り込みながら、ハリーは自分に言い聞かせた。

ハグリッドの言うとおりだ。来るもんは来る……来たときに受けて立てばいいんだ。

J.K. ローリング 作

不朽の人気を誇る「ハリー・ポッター」シリーズの著者。1990年、旅の途中の遅延した列車の中で「ハリー・ポッター」のアイデアを思いつくと、全7冊のシリーズを構想して執筆を開始。1997 年に第1巻『ハリー・ポッターと賢者の石』が出版、その後、完結までにはさらに10年を費やし、2007年に第7巻となる『ハリー・ポッターと死の秘宝』が出版された。シリーズは現在85の言語に翻訳され、発行部数は6億部を突破、オーディオブックの累計再生時間は10億時間以上、制作された8本の映画も大ヒットとなった。また、シリーズに付随して、チャリティのための短編『クィディッチ今昔』と『幻の動物とその生息地』(ともに慈善団体〈コミック・リリーフ〉と〈ルーモス〉を支援)、『吟遊詩人ビードルの物語』(〈ルーモス〉を支援)も執筆。『幻の動物とその生息地』は魔法動物学者ニュート・スキャマンダーを主人公とした映画「ファンタスティック・ビースト」シリーズが生まれるきっかけとなった。大人になったハリーの物語は舞台劇『ハリー・ポッターと呪いの子』へと続き、ジョン・ティファニー、ジャック・ソーンとともに執筆した脚本も、書籍化された。その他の児童書に『イッカボッグ』(2020年)『クリスマス・ピッグ』(2021年)があるほか、ロバート・ガルブレイスのペンネームで発表し、ベストセラーとなった大人向け犯罪小説「コーモラン・ストライク」シリーズも含め、その執筆活動に対し多くの賞や勲章を授与されている。J.K. ローリングは、慈善信託〈ボラント〉を通じて多くの人道的活動を支援するほか、性的暴行を受けた女性の支援センター〈ベイラズ・プレイス〉、子供向け慈善団体〈ルーモス〉の創設者でもある。

J.K. ローリングに関するさらに詳しい情報はjkrowlingstories.comで。

松岡佑子 訳

翻訳家。国際基督教大学卒、モントレー国際大学院大学国際政治学修士。日本ペンクラブ会員。スイス在住。訳書に「ハリー・ポター」シリーズ全7巻のほか、「少年冒険家トム」シリーズ、映画オリジナル脚本版「ファンタスティック・ビースト」シリーズ、『ブーツをはいたキティのはなし』、『とても良い人生のために』『イッカボッグ』『クリスマス・ピッグ』(以上静山社)がある。

静山社ペガサス文庫

ハリー・ポター 9

ハリー・ポターと炎のゴブレット〈新装版〉4-3

2024年8月6日　第 1 刷発行

作者　J.K.ローリング
訳者　松岡佑子
発行者　松岡佑子
発行所　株式会社静山社
〒102-0073 東京都千代田区九段北1-15-15
電話・営業 03-5210-7221
https://www.sayzansha.com
装画　ダン・シュレシンジャー
装丁　城所 潤(ジュン・キドコロ・デザイン)
印刷・製本　中央精版印刷株式会社

本書の無断複写複製は著作権法により例外を除き禁じられています。
また、私的使用以外のいかなる電子的複写複製も認められておりません。
落丁・乱丁の場合はお取り替えいたします。

© Yuko Matsuoka 2024 ISBN 978-4-86389-868-4 Printed in Japan
Published by Say-zan-sha Publications Ltd.

「静山社ペガサス文庫」創刊のことば

小さくてもきらりと光る、星のような物語を届けたい――一九七九年の創業以来、静山社が抱き続けてきた願いをこめて、少年少女のための文庫「静山社ペガサス文庫」を創刊します。

読書は、みなさんの心に眠っている想像の羽を広げ、未知の世界へいざないます。読書体験をとおしてつちかわれた想像力は、楽しいとき、苦しいとき、悲しいとき、どんなときにも、みなさんに勇気を与えてくれるでしょう。

ギリシャ神話に登場する天馬・ペガサスのように、大きなつばさとたくましい足、しなやかな心で、みなさんが物語の世界を、自由にかけまわってくださることを願っています。

二〇一四年

静山社